금
병
매
3

금병매 金瓶梅 3

초판 1쇄 발행 2022년 9월 30일

지 은 이　　소소생(笑笑生)
옮 긴 이　　강태권
펴 낸 이　　한승수
펴 낸 곳　　문예춘추사

편　　집　　이상실
마 케 팅　　박건원, 김지윤
디 자 인　　박소윤

등록번호　　제300-1994-16
등록일자　　1994년 1월 24일
주　　소　　서울특별시 마포구 동교로 27길 53, 309호
전　　화　　02 338 0084
팩　　스　　02 338 0087
메　　일　　moonchusa@naver.com

I S B N　　978-89-7604-533-1 04820
　　　　　　978-89-7604-530-0 (세트)

천하제일기서

완역

금병매

소소생笑笑生 지음

강태권 옮김

3

□춘추사

서문경의 여인들

오월랑 첫째 부인. 청하좌위 오천호의 딸로 서문경의 전처가 죽자 정실로 들어온다. 서문경 집안의 큰마님으로 행세하며 집안 여인들 간의 질서를 유지하고자 노력하고, 서문경이 죽은 후에는 유복자 아들을 잘 키워보고자 노력하나, 결국 인생이 한바탕 꿈에 불과함을 깨닫는다.

이교아 둘째 부인. 노래 부르는 기생이었으나 서문경의 눈에 들어 부인이 된다. 서문경이 죽자 재물을 훔쳐 기원으로 돌아간다.

맹옥루 셋째 부인. 포목상의 정처였으나 남편이 죽자 설씨의 주선으로 서문경과 혼인한다. 나름 행실을 바르게 하며 산 덕분에 쉽게 맞이할 수도 있는 불운을 피해 간다.

손설아 넷째 부인. 서문경 전처의 몸종이었다가 서문경의 눈에 들어 그의 부인이 된다. 집안 하인과 눈이 맞아 도망가는 등, 삶의 신세가 바람에 나부끼는 깃발처럼 이리 움직였다 저리 움직였다 한다.

반금련 다섯째 부인. 무대의 부인이었으나 서문경과 눈이 맞아 무대를 독살하고 서문경에게 시집온다. 영리하고 시기심 많은 성격에 서문경을 독차지하려고 애쓰지만, 끝내 원수의 칼날을 피하지 못한다. 삶의 영고성쇠가 무상함을 증명하듯 실로 파란만장한 삶을 산다.

이병아 여섯째 부인. 화자허의 부인이었으나 화자허가 화병으로 죽자 서문경의 부인이 된다. 천성이 착하지만 죽은 화자허의 좋지 않은 기운이 그녀의 삶을 지치게 한다.

춘매 반금련의 몸종으로 서문경의 총애를 받는다. 사람 일은 알 수 없음을 증명하는 인물로서, 쇠락해지는 듯하다 다시 최고의 영예를 누리는 삶을 산다.

이계저 이교아의 조카로 기원의 기생. 행사 때마다 서문경의 집안에 불려온다.

송혜련 서문경 집안의 하인인 내왕의 부인. 자신의 미색 때문에 남편이 쫓겨나게 된다.

임부인 서문경을 의붓아버지로 섬기는 왕삼관의 어머니. 아들을 핑계삼아 서문경 과 관계를 맺는다.

여의아 서문경의 아들 관가의 유모. 이병아가 죽은 뒤 서문경의 눈에 들어 관계를 맺는다. 서문경이 그녀를 죽은 이병아를 대하듯 한다.

왕륙아 한도국의 부인. 딸의 혼사를 매개로 서문경의 눈에 들어 은밀한 만남을 갖 는다. 남편의 암묵적 승인 하에 자신의 몸을 팔아 생계를 이어간다.

반금련의 남자들

무대 금련이 독살한 전남편. 동생 무송에게 자신의 억울한 죽음을 알리고 복수를 부탁한다.

서문경 금련이 재가한 남편. 천하의 난봉꾼으로, 집안의 여러 부인을 거느리고도 틈만 나면 새로운 여인에게 눈을 돌린다.

진경제 서문경의 사위. 일찌감치 장인 집에서 기거하며 서문경이 다른 여자를 탐하 는 사이에 금련과 정을 통한다. 수려한 외모로 어린 나이부터 정욕에 이끌 리는 삶을 산다.

금동 서문경의 하인.

왕조아 왕노파의 아들.

일러두기

* 이 책은 『신각금병매사화(新刻金瓶梅詞話)』와 『신각수상비평금병매(新刻繡像
批評金瓶梅)』의 합본을 저본삼아 이를 완역한 것이다.
** 본문 삽화는 『신각수상비평금병매』에서 가져온 것이다.
*** 본문 중 괄호 안의 글은 옮긴이의 주이다.
**** 각 이야기의 소제목은 편집부에서 새로 만든 것이다.

아, 뜻하지 않은 일이려니

서문경은 몰래 내왕의 처를 범하고,
춘매는 정색하며 이명을 꾸짖네

능한 자는 힘든 것을 싫어하고, 서툰 자는 한가로움을 싫어하네.
선한 자는 나약함을 미워하고, 악한 자는 완고함을 미워하네.
부자는 질투를 받고, 가난한 자는 욕을 보네.
너무 근면하면 욕심 많다 할까, 검소하면 인색하다 할까 두렵네.
일을 함에 사리를 분간치 못하면 모두가 졸렬하다고 비웃고
기회를 보아 일을 하면 또한 간교하다 의심을 하네.
생각하네, 어느 것이 사람들의 뜻에 맞는지를
사람이 되게 하기도 어렵고, 사람이 되기도 힘들구나.

巧厭多勞拙厭閑 薔嫌懦弱惡嫌頑
富遭嫉妬貧遭辱 勤怕貪圖儉怕慳
觸事不分皆笑拙 見機而作又疑奸
思量那件合人意 爲人難做做人難

　　다시 얘기는 바뀌어 다음 날 오대구의 부인과 양씨 고모 그리고
반금련의 어머니 등이 모두 와서 맹옥루의 생일을 축하해주었다. 오
월랑은 안채 대청에서 술자리를 벌여 손님들을 대접하고 있었다. 그

렇게 한참 술을 마시고 있을 때 한 사건이 일어났다.

　다름이 아니라 내왕의 처가 기침을 자주 해 폐병으로 죽게 되자 오월랑이 최근에 내왕에게 부인을 새로 얻어준 것이다. 그 부인은 성이 송[宋]으로 관을 파는 송인[宋仁]의 딸이었다. 처음에는 채통판[蔡通判](주지사의 보좌관)에게 팔려가 하인으로 있었는데, 나중에 나쁜 짓을 하다가 발각되자 쫓겨나서 요리사인 장충의 첩이 되었다. 이 장충은 서문경의 집에 자주 불려와서 집안의 허드렛일을 거들곤 했다. 내왕이 아침저녁으로 장충을 부르러 그 집에 가곤 했는데, 이때 장충의 마누라와 눈이 맞았다. 함께 술을 마시면서 수작을 나누다가 내왕은 결국 장충의 마누라를 손에 넣게 되었다.

　어느 날 장충이 다른 요리사와 함께 돈을 나누다가 싸움이 벌어졌다. 술에 취해 서로 치고받다가 칼부림을 하게 되었는데 장충은 그 자리에서 찔려 죽고 말았다. 그리고 장충과 싸우던 자는 담장을 넘어 도망쳐버렸다. 이에 장충의 마누라는 내왕에게 부탁해 서문경에게 이러한 사정을 설명하고 남편의 억울한 죽음을 하소연했다. 서문경이 그녀 대신 현의 현승에게 범인을 잡아달라고 부탁해 마침내 범인을 체포하고 사형에 처함으로써 장충의 원수를 갚아주었다. 이런 일이 있은 후에 내왕은 오월랑에게 이 부인이 바느질도 잘하고 살림도 잘한다고 속여 자기의 부인이 되게 힘을 써달라고 사정했다. 이에 오월랑은 은자 닷 냥과 옷 두 벌, 푸른색 비단 네 필과 약간의 장신구를 주고 내왕의 부인을 맺어주었다. 오월랑은 이 부인의 이름이 다섯째인 반금련과 같아 부르기가 어색하다 하여 이름을 혜련[蕙蓮]으로 고쳐 불렀다.

　말띠로 금련보다 두 살이 적은 스물넷의 이 부인은 생김이 빼어나고 살결이 희며 몸은 마르지도 통통하지도 않고, 키도 크지도 작지도 않았으며 발은 반금련의 발보다도 더욱 작았다. 영리하고 총명한 데 다 재치가 있었으며 멋도 부릴 줄 알고 남자를 홀리는 데 명수여서 남의 가정에 평지풍파를 일으키는 데는 둘째가라면 서러워할 정도 였다. 혜련의 솜씨가 어떠한가 보자.

문가에 비스듬히 서서
지나가는 사람에게 추파를 던지네.
턱을 고이고 손가락을 깨물며
공연히 옷을 매만지네.
앉거나 서거나 다리를 흔들고
사람이 없으면 나지막이 노래를 부르네.
창과 문을 열어놓고
바느질을 멈추고 때로는 말이 없네.
말을 하기 전에 미리 웃음을 흘리는 건
반드시 외간남자와 사통하려는 것.
斜倚門兒立 人來倒目隨
托腮幷咬指 無故整衣裳
坐立隨搖腿 無人曲唱低
開窓推戶牖 停針不語時
未言先欲笑 必定與人私

혜련이 처음 왔을 때는 다른 하인의 아내들과 함께 부엌에서 일을 했다. 그다지 멋도 부리지 않고 수수하게 행동해 별로 남의 눈에 띄지 않았다. 그러다가 한 달이 지나 맹옥루나 반금련의 옷맵시나 멋내는 것을 본 뒤로 머리를 높다랗게 틀어올리고, 귀밑머리를 부풀리는 등 한껏 모양을 부렸다. 그러한 혜련이 차를 나른다, 물을 나른다 하면서 왔다 갔다 하니, 자연스레 서문경의 눈에 띄게 되었고 서문경은 혜련에게 눈독을 들이게 되었다. 어느 날 서문경은 내왕에게 오백 냥을 주어 항주에 가서 채태사의 생일 선물로 바칠 비단과 집 안에서 부인들이 입을 비단을 사오게 하는 꾀를 냈다. 왕복 거의 반년이 걸리는 긴 여정이었다. 마침내 동짓달 중순경에 육로를 택해 수레를 타고 출발하게 했다. 이렇게 남편을 멀리 보낸 뒤에 혜련을 손아귀에 넣을 적당한 기회를 보고 있었다. 마침내 맹옥루의 생일, 오월랑은 다른 여인들과 대청에서 술을 마시고 있었고, 서문경도 마침 이날 아무 데도 가지 않고 집에 있었다. 오월랑이 옥소에게 분부를 내렸다.

"방 안의 다른 탁자에 술과 음식을 준비해 나리께 올리거라."

서문경은 옥소의 시중을 받으며 혼자 술잔을 기울이고 있었다. 그러다가 문득 주렴 너머로 혜련이 붉은 비단 저고리에 자주색 비단 치마를 입고 술좌석에서 손님들에게 술을 따르고 있는 모습이 보였다. 서문경은 짐짓 모른 체하며 옥소에게 묻는다.

"저 붉은 저고리를 입은 여자가 누구냐?"

"내왕의 새 부인인 혜련입니다."

"저 부인은 어째서 붉은색 저고리에 자주색 치마를 입었단 말이냐. 보기 흉하구나. 다음에 큰마님께 말해 다른 색 치마를 맞춰 입히거라."

"저 치마도 제 것을 빌려 입은 거예요."

옥소는 이렇게 말하고는 입을 다물었다.

맹옥루의 생일이 지나고, 다음 날 오월랑은 맞은편에 있는 교대호의 집으로 생일 초대를 받아 축하주를 마시러 갔다. 점심때가 지나 서문경이 거나하게 취해 집으로 돌아와 중문쯤 다다랐을 때 마침 급히 밖에서 오던 혜련과 마주쳤다. 서문경은 바로 손으로 혜련의 목덜미를 감싸 안고는 입을 맞추었다.

　"귀여운 것아, 내 말만 잘 듣는다면 옷이건 머리장식이건 원하는 대로 가질 수 있단다!"

라고 소곤거리니 장총의 부인은 아무 말 없이 서문경의 손을 뿌리치고는 곧장 안으로 들어갔다. 서문경은 안방으로 들어가 옥소를 불러 남색 비단 한 필을 혜련에게 전해주라고 했다. 옥소는 물건을 가지고 혜련에게 가서 일렀다.

　"나리께서 지난번에 술좌석에서 당신이 손님들에게 술을 따를 때 붉은 저고리에 자주색 치마를 입고 있는 것을 보고는 보기 흉하다고 말씀하시기에 치마도 제 것을 빌려준 것이라고 말씀을 드렸지요. 그랬더니 좀 전에 옷상자를 열고 이 비단을 내와 가져다주라고 하시면서 치마를 지어 입으라고 하셨어요."

　혜련이 받아 펼쳐보니 과연 남색 바탕에 사철꽃과 '희[囍]'자가 좌우로 새겨진 비단 한 필이었다. 그것을 보고,

　"만약 내가 지어 입었다가 마님이 보고 물으시면 어쩌지?"

하니 옥소가,

　"내일 나리께서 마님께 말씀하실 테니 걱정하지 마세요. 만약 당신이 나리의 뜻대로만 해준다면 원하는 것은 모두 다 사주겠다고 하셨어요. 오늘 마침 마님께서 안 계시니 잠시 만나면 좋겠다고 그러시던데 어떠세요?"

혜련은 이 말을 듣고 그저 웃기만 할 뿐 아무 말도 하지 않았다. 그러면서,

"나리께서 언제 오시겠다고 그러시던? 내가 맞이할 준비를 해야 되잖아."

라고 물었다. 이에 옥소가 답한다.

"나리께서 말씀하시기를 아랫것들이 보고 있어 이곳에 오시기는 좀 그렇답니다. 그러니 아무도 모르게 산 밑에 있는 동굴로 오면 사람도 없고 해서 만나기가 좋다고 하셨어요."

"다섯째와 여섯째 마님께서 아시면 안 될 텐데."

"셋째와 다섯째 마님께서는 모두 여섯째 마님 처소에서 바둑을 두고 있으니 당신이 가는 걸 모를 거예요."

이렇게 만날 약속을 정해놓고 옥소는 바로 돌아가 서문경에게 전하였다. 둘이 산 밑의 동굴에서 재미를 보는 사이 옥소는 밖에서 망을 보고 있었다. 한편 금련과 옥루는 함께 이병아의 방에서 바둑을 두고 있었는데 소란이 들어와,

"나리께서 돌아오셨어요."

하기에 세 사람은 모두 흩어져 옥루는 안채로 들어가고 금련은 자기 방으로 돌아가 얼굴을 새롭게 매만지고 안채로 들어갔다. 안채로 가다 보니 소옥이 안방 앞에 서 있었다. 금련이,

"나리께서는 안에 계시냐?"

묻자 소옥은 손을 흔들며 앞을 가리키고, 금련은 바로 그 뜻을 알아차렸다. 곧장 뜰로 통하는 쪽문으로 가자 옥소가 문을 가로막고 섰다. 금련은 단지 옥소와 서문경이 그곳에서 사통을 하려는 줄 알고 바로 안으로 들어가려고 했다. 이에 옥소가 당황해하며,

"다섯째 마님, 들어가지 마세요. 나리께서 안에서 재미를 보고 계세요!"

하니 반금련은,

"이런 버르장머리 없는 년이! 내가 나리를 두려워할 줄 아느냐?"

라고 욕하고는 아무 말 없이 곧바로 뜰 안으로 들어가 곳곳을 찾아보았다. 그러다가 장춘오라는 산 모퉁이 동굴까지 와서 두 사람이 한참 재미를 보고 있는 것을 발견했다. 혜련은 바깥에서 사람이 오는 소리가 들리자 황급히 치마를 챙겨 입고 밖으로 나왔다. 나와서 금련을 보고서 얼굴이 온통 빨개지며 어찌할 줄을 몰랐다. 금련이 이를 보고 말했다.

"더러운 계집 같으니라구! 네년이 이곳에서 무슨 지랄을 하고 있었느냐?"

"저는 화동을 부르러 왔어요."

그러면서 혜련은 슬그머니 눈치를 보다가 잽싸게 도망쳐버렸다. 반금련이 안으로 들어가 보니 그곳에서는 서문경이 막 바지를 추켜올리며 허리띠를 매고 있었다. 이를 보고 반금련은 악을 쓰며 소리질렀다.

"이런 염치도 모르는 양반아! 그 음탕한 계집과 이 시뻘건 대낮에 이곳에서 도대체 무슨 짓들을 하고 있었지요? 내 이럴 줄 알았더라면 방금 그 음탕한 계집의 따귀를 올려붙이는 거였는데! 그런데 그렇게 재빨리 도망을 쳐버릴 줄 누가 알았겠어요. 아, 원래 당신이 화동이고 그년이 당신을 찾아온 것이군요. 자, 이제 제게 솔직히 털어놓아 보시죠? 그년과 도대체 몇 번이나 만나 그 짓을 했는지 말이에요? 만약 사실대로 말을 하지 않으신다면, 큰마님이 돌아오시기를

기다려 내가 말씀을 드리나 드리지 않나 보세요! 그년의 얼굴을 돼
지 얼굴처럼 묵사발로 만들어놓지 않으면 내 사람의 자식이 아니에
요. 우리들이 한가하게 놀고 있는 소리가 이곳까지 들리니 당신은 또
다른 곳에 그 물건을 꽂고 있군요. 제 눈은 절대 속일 수가 없어요!"

이에 서문경은 웃으면서 대꾸한다.

"귀여운 것! 좀 조용히 해라! 그렇게 큰소리로 악을 써대면 남들이
다 알지 않겠느냐? 내 너에게 솔직히 말해 이번 같은 일은 오늘이 처
음이란다."

"한 번이건 두 번이건 나는 믿지 않아요. 당신이 그 음탕한 계집과
놀아나기 위해 둘이서 사람들의 귀와 눈을 피하고 우리를 속이려고
한다면, 나도 무슨 수단을 써서라도 알아내고 말 거예요. 그때 가서
대가를 치른다고 해도 저를 원망하지는 마세요!"

이 말을 듣고도 서문경은 웃으면서 밖으로 나갔다.

금련은 뒤따라 안채로 들어갔다가 하인들이 수군대는 얘기를 들
었다.

"나리께서 집으로 돌아오셔서 옥소를 시켜 푸른색 비단 한 필을
수건에 싸서 앞 사랑채로 가져오게 했는데 도대체 누구에게 주시려
는 걸까?"

반금련은 바로 혜련에게 주려 한다는 것을 알아차렸지만, 옥루에
게는 이 얘기를 하지 않았다.

이 일이 있고 나서 혜련은 매일 금련에게 와서 음식을 만들어주거
나 바느질도 해주고, 신발을 만들어주거나 이병아와 함께 바둑을 두
면서도 항상 반금련의 비위를 맞추려고 노력했다. 간혹 서문경과 함
께 있을 때 주위에 사람이 없으면 반금련은 모르는 체하고 두 사람

이 재미볼 시간을 만들어주곤 했다. 혜련은 이렇게 서문경과 몰래 정을 통한 뒤로는 옷이며 손수건, 장식품, 향이 나는 차 등을 받았다. 그뿐 아니라 돈도 꽤 얻어 몸에 돈을 지니게 되자 문 앞의 방울 장사치들한테서 장식품이나 화장품을 사서 쓰니 점차 눈에 띄게 차림이나 화장도 달라졌다. 서문경 또한 오월랑에게 혜련이 국을 잘 끓이니 부엌일을 시키지 말고 옥소와 함께 오월랑의 방에서 잔심부름이나 시키는 것이 좋겠다고 했다. 이에 오월랑은 혜련을 안채에 딸린 조그만 부엌에 있게 하니 이로부터 혜련은 차를 끓이거나 간단한 요리를 만들면서, 오월랑과 같이 식사를 하거나 함께 바느질을 하면서 생활했다.

여러분들 내 말 좀 들어보소. 예부터 주인은 절대로 노복이나 하인의 부인과는 사통을 해서는 안 된다고 하지 않소. 그런 것이 오래되면 필히 상하의 질서가 어지러워지고, 몰래 사람을 속이고 간교하게 기만하는 일이 생기며, 풍속을 해치는 일이 벌어지게 되며, 그때 가서는 가히 통제불능의 지경까지 이른다잖소!

서문경은 색을 탐해 존귀함과 비천함을 잃고
여러 첩들이 아름다움을 서로 다투나
그런 일은 의심조차 못하네.
월랑이 없는 틈을 타서
몰래 하인의 부인과 정을 통하니
윤리와 기강을 어지럽히도다.
西門貪色失尊卑 群妻爭妍竟莫疑
何事月娘欺不在 暗通僕婦亂倫彝

날은 흘러 섣달 여드렛날로 서문경은 일찍 일어나 응백작과 함께 대가방에 있는 상추관의 장례에 가기로 약속을 해놓았다. 하인을 시켜 말 두 필을 준비시켜놓았는데 백작이 나타나지 않았다. 얼마 있다가 이명이 춘매 등 네 명에게 노래 등을 가르치기 위해 왔다. 이때 서문경은 대청에서 화로 주위에 앉아 춘매와 옥소와 난향, 영춘이 곱게 차려입고 나와서 이명에게 노래와 악기 다루는 법을 배우는 것을 구경하고 있었다. 또한 사위 진경제도 곁에서 함께 얘기를 나누고 있었다.「애끓는 매화[三弄梅花]」를 부르고 있을 때 백작이 도착했는데 응보가 가죽 꾸러미를 안고 따라 들어왔다. 이들이 들어오는 것을 보고 춘매 등이 노래를 부르다 말고 안으로 들어가려고 하자 서문경이 소리쳐 부르며,

　"너희도 아는 응씨 아저씨인데 와서 인사들을 올려야지, 어디로 도망치려는 게냐?"

하고는 백작이 의자에 앉자 서문경은 춘매 등 네 명에게 백작에게 인사를 올리게 했다. 이에 춘매 등이 윗자리를 향해 큰절을 올리니, 당황한 백작은 황급히 답례를 하며 칭찬했다.

　"누가 형님같이 복이 있겠습니까? 이 아가씨 네 명이 하나하나 모두 이렇게 빼어나게 예쁠 수가 있단 말입니까? 그런데 이를 어쩌지? 오늘 이 응씨 아저씨가 급히 오느라 빈손으로 와서 특별히 줄 만한 게 없으니 말이야. 다른 날 다시 와서 분이라도 사 바를 돈을 주마."

　잠시 뒤에 춘매 등 네 명은 인사를 하고 안으로 들어갔다. 진경제도 다가와서 인사하고 함께 자리를 잡고 앉았다. 서문경이 백작에게 말한다.

　"아우는 오늘 왜 이리 늦게 왔지?"

"별로 좋은 일이 아니라서요. 큰딸애가 오랫동안 병을 앓고 있다가 최근에 겨우 좋아졌어요. 집사람이 마음에 걸리는지 집으로 데려다가 며칠 몸조리를 시켜주며 기분 전환을 해줬지요. 그런데 오늘이 마침 돌아가는 날이라 응보를 시켜 가마를 부르고 한편으로는 물건을 약간 사느라 이제 겨우 나올 수 있었어요. 그래서 조금 늦었지요."

서문경이 그 말을 듣고,

"자네 덕분에 한참을 기다렸네. 우리 죽이나 먹고 함께 나가세."

하면서 하인더러 안채로 들어가서 죽을 준비해 내오라 했다. 이명은 백작을 보고 무릎을 반쯤 굽히며 인사를 올렸다. 이를 보고 백작이 말한다.

"이자신(이명), 오랜만이구나."

"제가 뭐 별일 있겠어요. 매일 북쪽에 있는 서공공 댁에 가서 악기 타는 것을 가르치고, 최근 이삼 일은 이곳 나리 댁에 와서 일을 봐드리고 있어요."

이렇게 말하고 있을 때 하인 둘이 들어와 탁자를 내려놓고 죽을 준비해 차려놓았다. 상에는 짜게 절인 음식 네 종류와 반찬류 열 가지와 끓인 것 네 종류, 돼지 족발 한 접시, 비둘기 요리 한 접시, 하북성 보정에서 나는 특이한 채소 요리 한 접시와 닭 요리 한 접시 그리고 햅쌀에 여러 종류의 밤과 솔잎, 설탕 등을 넣어 만든 죽이 있었다. 서문경은 백작, 진경제와 함께 먹으며 작은 금잔에 금화주를 따라서 한 사람이 석 잔씩 마셨다. 술병에 반도 넘게 남자 하인인 화동을 시켜 상을 내가 아래채에서 이명과 함께 나누어 마시도록 했다. 그리고는 옷을 차려입고 백작과 함께 말을 타고 초상집으로 향했다. 남아 있던 이명은 아래채에서 술과 음식을 먹었다.

한편 월랑의 방에 있던 옥소와 난향 등은 서문경이 말을 타고 밖으로 나가는 것을 보고는 함께 방 안에서 떠들고 놀았다. 그러다가 잠시 뒤에 모두 건너편에 있는 서문경의 큰딸이 있는 곳으로 건너가 놀았다. 단지 춘매만이 혼자 남아서 이명에게 비파를 배우고 있었다. 이때 이명은 술도 적당히 마신 데다 또한 춘매가 아리따운 손으로 비파를 타는 것을 보고 슬그머니 춘매 손을 잡았다. 그러고는 손을 슬슬 문지르자 놀란 춘매는 냅다 소리를 질렀다.

"이런 날도적놈이, 네가 어떻게 감히 내 손을 잡고 희롱을 할 수 있단 말이냐? 이 두 눈깔이 썩어빠진 놈아, 너는 아직도 내가 누군지 모른단 말이냐? 그래 술 한 모금 처마시더니 쓸데없는 데에 힘이 솟구쳐 지랄을 하고 있구나. 함부로 내 손을 잡다니, 돼먹지 못한 놈 같으니라구. 너 이번에 잘못 짚었다. 사람들에게 물어봐, 내 손을 가지고 네가 떡 주무르듯이 가지고 놀고 있는데 너를 어떻게 할 것인지를! 나리께서 돌아오시면 내 모든 것을 일러바쳐 네놈을 죽사발이 되도록 패서 문밖으로 내쫓아버릴 테니! 너 같은 자식이 없다고 내가 노래를 배우지 못할 줄 아는 모양이지? 뒷골목에서 자란 놈이라 어디 그 버릇 개 주겠어?"

하며 말끝마다 병신 새끼라고 욕을 해대니 욕을 먹은 이명은 옷을 감싸쥐고 걸음아 날 살려라 하고 밖으로 달아났다. 바로 '두 손으로 여는 것은 생사의 길이요, 몸을 돌려 뛰쳐나가는 것은 시비의 문이로다.' 격이었다.

이명이 기겁을 하고 밖으로 달아난 뒤에도 춘매는 분을 이기지 못해 독기가 올라 연신 욕을 퍼부으며 안으로 들어왔다. 반금련과 맹옥루, 이병아가 송혜련과 함께 방 안에서 바둑을 두고 있다가 춘매가

밖에서 욕을 해대며 안으로 들어오는 것을 보고는 반금련이 묻는다.

"요 쪼그만 계집아, 누구를 그리 욕을 하고 있는 게냐? 누가 너를 이렇게 화나게 만들더냐?"

춘매는 잔뜩 화가 나서는,

"정황을 살펴보면 누군지 아실 거예요. 그 돼먹지 못한 이명 자식이지요! 나리께서 밖으로 나가시면서 친절을 베풀어 하인들에게 남아 있는 음식과 술 그리고 죽 등을 이명에게 주라 하셨지요. 옥소도 이명과 함께 있으면서 서로 때리며 장난치고 놀면서 이 거지발싸개 같은 놈을 바라보며 이빨을 보이고 히히덕거리며 서로 체면 같은 것은 가리지도 않고 한바탕 잘 논 다음에 모두들 서문 큰아씨의 방으로 건너갔지요. 그 미친 자식이, 사람들이 모두 건너가고 아무도 없자 제 손을 잡고 술에 취해서 쳐다보면서 비실비실 웃고 있잖아요. 그런 놈을 제가 어찌 가만둘 수 있겠어요! 그 병신 같은 자식은 제가 화를 내며 냅다 소리를 지르자 놀라 기겁을 하고 옷을 껴안고 밖으로 걸음아 나 살려라, 줄행랑을 쳤지요. 방금 그 병신 놈의 귀싸대기를 몇 대 후려갈겼어야 하는 건데! 병신 같은 자식, 사람을 골라 일을 저질러야지. 내가 그렇게 헤픈 여자가 아닌데 나를 어떻게 보고… 이참에 그놈의 버릇을 단단히 고쳐놓아야겠어요. 내 그놈 얼굴을 묵사발을 만들어놓고 말겠어요!"

하면서 씩씩거렸다. 이를 듣고 반금련이 말했다.

"요 꼬맹아! 배우고 안 배우고는 별로 중요한 것이 아닌데 뭘 그리 열을 내는 게냐! 나리가 돌아오시면 일을 모두 고해바쳐 그 병신자식을 내쫓아버리면 될 텐데 말이야. 그런데 뭐가 그리 급해서 야단이냐. 그렇게 떠들어댄다고 돈이 생기는 것도 아닌데 말이야. 그렇지만 그 자식이 감히 내 아이를 건드리다니. 여하튼 그놈이 엄청난 일을 저지른 것을 알았으니 어디 두고 보자꾸나!"

이에 춘매는 다시,

"그렇지만 그놈은 둘째 마님의 동생인데, 둘째 마님이 저를 고깝게 보시어 두들겨 패면 어쩌지요?"

하자 송혜련이 말하기를,

"이치로 말하자면 악사 주제에 남의 집에서 노래나 가르칠 일이지, 감히 양가집 아낙네를 희롱해서는 안 되지요. 한 푼이라도 도와주는 사람이면 부모와 마찬가지인데, 더군다나 하루에도 몇 차례씩 차와 음식을 주며 도와주는데 그런 짓을 하면 안 되지요."

하니 반금련도,

"먹여만 주는 줄 알아? 갈 때는 돈까지 얻어가지고 간단 말이야. 그놈에게 한 달에 은자 다섯 냥씩 주고 있어. 병신 같은 놈, 상대를 잘못 골랐지, 어디 이 집안의 사람들에게 나리가 어떤 분인지 물어봐. 누가 감히 나리를 바라보면서 이를 드러내놓고 웃겠어. 말 한마디 잘못해봐? 기분이 좋을 때면 한두 마디 욕으로 그치지만 만약 기분이 안 좋을 때면 끌고 가서 곤장을 친단 말이야. 그러다가 나리께서 화가 나서 눈을 부릅뜰 것 같으면 정말 평소의 나리 같지 않다니까. 그 병신자식은 정말로 재수도 지지리 없어. 하필이면 나리의 화를 돋우다니! 너도 아마 나리가 얼마나 악랄한지 모를 거야!"

하면서 춘매를 향해 말하기를,

"너도 그래! 나리께서 나가셨으면 너도 안으로 들어왔으면 아무 일도 없었을 것을. 왜 쓸데없이 그 방에 남아서 그놈과 무슨 짓을 하려고 했단 말이냐? 어쨌기에 그놈이 너를 희롱했단 말이냐?"

하자 춘매는 대꾸한다.

"옥소와 다른 사람들은 이명과 함께 장난을 치면서 안으로 들어가지 않았어요."

옥루가 말하기를,

"그들 셋은 지금도 그 방에 있니?"

하자 춘매는,

"그들은 모두 건너에 있는 서문 아씨 방으로 갔어요."

라고 대답했다. 옥루가 말하기를,

"내 한번 가서 봐야겠다."

하면서 몸을 일으켰다. 잠시 뒤에 이병아 역시 방으로 돌아가고 수춘을 시켜 영춘을 불러오게 했다. 이날 늦게 서문경이 돌아오자, 반금련은 서문경에게 낮에 있던 일의 자초지종을 자세히 알려주었다. 서문경은 내흥에게 분부해 차후에는 이명이 절대 집에 발걸음을 못하게 하니, 이로부터는 감히 서문경의 집에 얼씬도 못했다. 이 이명이야말로 나쁜 짓을 하면 불운이 함께 찾아온다는 것을 보여준 것이다.

시가 있어 이를 밝히고 있나니,

부호의 집에서는 하녀들에게 노래를 익히게 하며
날마다 한가로이 뜰에서 악기나 가지고 노네.
뜻하지 않은 일로 이명이 쫓겨나고
춘매의 명성은 하늘 높이 치솟네.
習教歌妓逞家豪 每日閑庭弄錦槽
不意李銘遭譴斥 春悔聲價競天高

물 따라 흐르는 가벼운 복사꽃

옥소가 월랑의 방을 망보고,
금련은 장춘오에서 몰래 엿듣네

천리를 생각하며 행동하지 않고
행위로는 도리어 세상의 규율을 어기네.
마음대로 놀아나 함부로 속이고 기만하며
세[勢]를 믿고 사람을 깔보고 자기만 잘난 줄 아네.
나갈 때는 화려한 옷에 좋은 말 타고
돌아와서는 미녀를 마음대로 부리누나.
금은보화를 살아가는 근본으로 삼지 말게나
떨어지면 흥망성쇠도 달아날까 두려우이.
行動不思天理 施爲怎卻成規
循情縱意任奸欺 仗勢慢人尊己
出則錦衣駿馬 歸時越女吳姬
休將金玉作根基 但恐莫逃興廢

섣달도 다 지나고 새로운 봄이 돌아왔을 때 서문경은 새해 인사를
다니느라 집에 없었고 오월랑은 혼자 친정오빠인 오대구의 집에 가
고 없었다. 정오 무렵에 맹옥루와 반금련은 이병아의 방에 모여 바둑

을 두고 있었다. 옥루가,

"오늘은 무슨 내기를 할까?"

하니 반금련이 말한다.

"한 사람이 세 판씩 두어 지는 사람이 은자 닷 냥을 내되, 석 냥으로는 금화주를 사고 나머지 두 냥으로는 돼지 머리를 사와 내왕의 부인에게 맛있게 삶아달라고 합시다. 듣자 하니 그 부인은 돼지머리를 아주 잘 삶는다던데. 장작 하나만 있으면 아주 먹음직스럽게 잘 만든대요."

옥루가,

"큰형님이 안 계신데 어떻게 하지?"

하자 반금련이,

"한쪽을 떼어서 큰형님 방에 보내드리면 되죠."

이렇게 말을 마친 후 세 사람은 바둑을 두었다. 바둑 세 판을 두어 이병아가 져 은자 다섯 냥을 내놓게 되었다. 이에 반금련은 수춘을 시켜 내흥에게 금화주 한 병과 돼지 머리 하나 그리고 돼지 다리 네 개를 사오게 하면서 말했다.

"뒤채의 부엌으로 가져가 혜련에게 일러 빨리 그것을 삶아 셋째 마님 방으로 가져오너라. 우리가 그 방에 가서 기다리고 있을 테니 말이다."

그러자 옥루가 답한다.

"다섯째, 다 삶으면 찬합에 넣어 이곳으로 내오게 해서 여기서 먹읍시다. 뒤채에 있는 손설아와 이교아가 보면 불러야 하잖아요."

그 말을 듣고 반금련은 옥루의 말에 따르기로 했다. 잠시 뒤 내흥이 술과 돼지 머리를 사와 부엌으로 가져갔다. 혜련은 마침 뒤채에서

옥소와 함께 집 앞 주춧돌 계단에 앉아서 수박씨를 가지고 놀이를 하고 있었다. 내흥은 혜련을 보자,

"혜련 아주머니, 다섯째와 셋째 마님의 심부름인데 나더러 술과 돼지 머리, 돼지 다리를 사와 모두 부엌에 갖다주라고 하셨어요. 그러면서 아주머니더러 그것들을 잘 삶아서 앞채에 있는 여섯째 마님의 방으로 가져오라 하셨어요."

라고 말했다. 이를 듣고 혜련은,

"나는 지금 큰마님 신발을 만드느라 바빠서 시간이 없는데! 아무한테나 시켜 대충 삶아가도록 해. 굳이 나를 지목해 삶도록 할까!"

하자 내흥은,

"당신이 삶든 말든 알아서 해요. 일단 내 할 일은 다 했으니까요."

라고 말하고는 횡 하니 나가버렸다. 옥소가 이를 보고 말을 거든다.

"잠시 이 일은 제쳐두고 당신이 가서 삶아주세요. 당신도 다섯째 성질이 어떤지 잘 알고 있을 텐데 공연히 잔소리를 들으려고 하세요?"

"다섯째 마님께서 내가 돼지 머리를 잘 삶는다는 것을 어떻게 아시고 굳이 나를 지목하셨을까?"

혜련은 웃으며 부엌으로 가서 솥에다 물을 붓고 돼지 머리와 발을 깨끗하게 손질했다. 그러고는 긴 장작 하나를 아궁이에 넣고 불을 붙인 후에 큰 공기로 하나씩 기름과 간장을 넣고, 또한 비린내를 없애기 위해 오향이라는 향료와 갖은 양념을 넣은 후에 뚜껑을 잘 닫았다. 한 시간쯤이 지나자 돼지 머리는 푹 익어서 껍질은 잘 벗겨지고 고기는 흐물흐물해지며 좋은 냄새가 그윽했다. 혜련은 이를 큰 접시에 담고 작은 접시에는 생강 등 양념을 담아서 하인을 시켜 찬합에 넣은 후

앞채 이병아의 방으로 보냈다. 이를 보고 모두 바로 금화주를 따랐다. 옥루는 오월랑을 위해 좋은 부위를 골라 한 접시를 썰고 또한 금화주 약간과 함께 오월랑이 돌아오면 먹도록 하인을 시켜 오월랑의 방으로 보냈다. 나머지를 세 사람이 둘러앉아 술을 마시며 먹고 있었다. 그렇게 먹고 있는데 혜련이 생글생글 웃으며 안으로 들어와,

"돼지 머리는 어떻게 잘 삶아졌어요?"

하자 반금련이 답한다.

"셋째 형님께서도 방금 자네 솜씨가 아주 뛰어나다고 칭찬하셨어! 이렇게 머리를 잘 삶으려면 아주 대단한 기술이 필요한데."

이병아가 곁에서,

"자네는 정말로 장작 하나만 써서 삶나?"

하자 혜련이 대답한다.

"솔직히 말해 장작 하나도 필요 없어요! 하나를 다 쓸 것 같으면 뼈도 다 떨어져 나가버려요."

옥루가 수춘을 불러 명했다.

"큰 잔을 가져와 가득 따라서 혜련 아주머니에게 드려라."

이병아는 급히 수춘을 시켜 술을 따르게 하고는 자기는 작은 접시에 돼지 머리 고기를 떼어와 혜련에게 주면서 권했다.

"당신이 만든 것이니 맛 좀 보게!"

"마님들께서 짠 것을 별로 좋아하시는 것 같지 않아서 간장을 조금밖에 넣지 않았어요. 그래서 간이 엉망일 거예요. 이다음에 삶을 때는 좀 더 맛있게 만들어드릴게요!"

혜련은 허리를 깊숙이 조아리며 절을 세 번 올리면서 상 모퉁이에 서서 함께 술을 마셨다. 저녁 무렵에 오월랑이 돌아오자 부인들은 가

서 인사를 드렸다. 이때 소옥이 낮에 부인들이 보내온 돼지 머리와 술을 내와 오월랑에게 보여주었다. 옥루가 웃으며,

"오늘 저희들이 병아 동생 방에서 내기 바둑을 두며 놀았어요. 병아 동생이 져서 돼지 머리를 샀는데 형님이 드시도록 남겨놓은 거예요."

하자 오월랑이 답했다.

"그건 좀 공평치가 않은데! 셋이 내기를 했는데 한 사람만 손해를 보다니. 우리 이렇게 하는 게 어때요? 마침 정월초고 하니 우리들이 돌아가며 차례로 술을 내고 욱씨 아씨도 불러 밤에 노는 것 말이에요? 그렇게 하면 억지로 내기를 해서 한 사람만 손해 보는 걸 피할 수 있으니 내 생각이 어때요?"

이를 듣고 모든 사람들이,

"큰형님의 생각이 좋아요!"

하며 대찬성했다. 이에 오월랑이 말한다.

"내일이 초닷새니 우선 나부터 시작하겠어요. 그리고 욱씨도 하인을 시켜 부르죠."

이병아는 초엿새, 맹옥루는 초이레, 반금련은 초아흐레로 차례가 정해졌다.

이에 반금련이 말한다.

"저는 잘 되었네요. 그날이 바로 제 생일인데, 그날 한턱을 내게 되었으니 일거양득이네요."

손설아에게도 물었으나 손설아는 아무 말도 하지 않았다. 오월랑은 이에,

"그만둬요. 그 사람에게는 그만두게 하고 병아 동생에게 하라고

하세요!"

하자 옥루가 말하기를,

"초아흐레는 다섯째 생일이라 반동생의 어머님과 오대구의 부인께서도 오실 텐데요."

하니 오월랑이,

"그럼 초아흐레는 바쁘니 병아 동생은 열흘날로 연기하세요!"

하자 사람들은 그렇게 하기로 결정했다.

첫 번째인 초닷새 날에 서문경은 집에 있지 않고 이웃집 모임에 갔기에 오월랑은 안방에 술자리를 마련하고는 욱아가씨에게 노래를 부르게 하며 여러 자매들과 하루 종일 마시고 논 후에 헤어졌다. 두 번째 날은 이병아의 차례였고 바로 뒤를 이어 옥루, 금련 등이었으나 자세히 말할 필요가 없을 것이다. 그러는 사이에 금련의 생일이 되니 금련의 친정어머니와 오대구의 부인 등이 모두 축하를 해주며 설을 지내러 왔다. 이윽고 다시 이병아의 차례가 되니 수춘을 안채로 보내 손설아를 잠시 오라고 연달아 두 번이나 불렀으나 온다고 대답을 해놓고는 오지 않고 있었다. 옥루가 말했다.

"제가 손설아는 오지 않을 거라고 말을 했는데도 여섯째가 억지로 오라고 하는 거예요. 그 사람은 다른 사람들에게 말하기를 '돈 있는 사람들이 서로 돌아가며 자리를 마련해 먹고 있는데 우리같이 아무것도 없는 사람들이 가면 감히 그들과 어울릴 수 있겠어요'라고 하더래요. 그러니 큰마님이나 우리를 당나귀 발로 여기는 것 아니겠어요!"

오월랑이 말하기를,

"그 사람은 원래 그렇게 세상을 삐딱하게 본다니깐! 그러니 누가 상대해주겠어. 뭐하려고 손설아를 오라고 해?”

하자, 이에 술상을 마련하고 모두 이병아 방으로 건너가 술을 마시고 욱아가씨는 곁에서 악기를 타고 노래를 불렀다. 이때 오대구의 부인과 서문경의 큰딸도 참여해 모두 여덟 명이 함께 술을 마시고 놀았다. 이날도 서문경이 출타중이어서 오월랑이 옥소에게 분부했다.

“만약 나리께서 돌아오셔서 술을 드시려고 한다면 너는 나리 방에서 술시중을 들거라.”

이에 옥소가 잘 알겠노라고 대답했다. 오후가 되어 서문경이 집에 돌아오자 옥소가 옷을 받아 걸고 시중을 드니 서문경은 오월랑이 어디에 갔느냐고 물었다. 이에 옥소가 대답했다.

“모두 앞채의 여섯째 마님 방에서 오대구 마님과 반씨 할머니와 함께 술을 마시고 있어요!”

“그래, 무슨 술을 마시고 있느냐?”

“금화주입니다.”

“연초에 응씨가 보내온 말리화주[茉莉花酒] 한 동이가 있는데 따서 마시게 하거라.”

그러면서 옥소에게 말리화주를 따게 하고는 서문경이 먼저 맛을 보고,

“이 정도면 여자들이 마시기에 좋겠구나.”

하면서 옥소와 소옥을 시켜 앞채 이병아 방으로 보내주었다. 혜련은 이때 월랑 곁에 서서 술시중을 들고 있다가 옥소가 술을 가져오는 것을 보고 바로 술을 받으러 내려갔다가 옥소가 눈짓을 하며 손을 가볍게 꼬집자 바로 눈치를 챘다. 월랑이 옥소에게 묻기를,

“누가 이 술을 보냈니?”

하자 옥소가 답한다.

"나리께서 보내셨어요."

"나리께서 언제 돌아오셨지?"

"좀 전에 돌아오셔서는 저에게 마님들께서 무슨 술을 마시냐고 물으시길래 금화주를 마시고 있다고 말씀드렸어요. 그랬더니 지난번에 응씨 아저씨가 가져온 말리화 술이 한 동이 있으니 마님들께 가져다주라고 하셨어요."

"만약 나리께서 술을 드시겠다고 하시면 방 안에 술상을 보아드리거라."

이에 옥소는 대답을 하고는 바로 안채로 들어갔다. 이때 혜련은 곁에 서 있다가 핑계를 대어 말했다.

"저는 안에 들어가 마님들을 위해 차를 끓여 내오겠어요."

이에 오월랑이,

"아이들에게 말해 안방 장 안에 육안차[六安茶](안휘성 육안주 곽산현에서 나는 차)가 있으니 잘 끓여 내오도록 해요."

라고 분부하니 혜련은 부리나케 안채로 들어갔다. 옥소는 문 앞에 서 있다가 혜련의 이러한 모습을 보고는 입을 삐쭉이 내밀었다. 혜련은 옥소의 이러한 모습을 못 본 척하고 주렴을 걷어올리고 월랑의 방으로 들어가니 서문경이 혼자 방 안에서 술을 마시고 있었다. 앞으로 다가가서는 서문경의 다리에 앉아 품에 파고들고는 바로 입을 맞추었다. 혜련은 서문경의 물건을 만지작거리면서 술을 머금어 입으로 먹여주었다. 그러면서 말하기를,

"나리, 향기 나는 차가 있으면 조금 더 주세요. 일전에 주신 건 다 먹었어요."

그러면서 다시,

"그리고 설씨 아주머니한테 돈을 약간 빌렸는데 돈이 있으면 조금만 주세요. 그러면 제가 갚을 수가 있거든요."

하자 이에 서문경이,

"돈주머니에 한두 냥이 있을 테니 가져가거라."

하면서 혜련의 치마를 벗기려고 하자,

"안 돼요, 사람들이 볼까 겁나요."

했다. 이에 서문경이,

"오늘 나가지 말고 안채에서 밤새도록 재미있게 놀아보자꾸나."

하자 이에 혜련이 고개를 가로 저으며,

"안채에는 사람들이 많아서 곤란해요. 그래도 다섯째 마님 방이 제일 좋겠어요."

했다. 이래서 옥소는 문 앞에서 망을 보고 안에서 둘은 재미를 보았다. 속담에도 이르기를, '길에서 말을 하면 숲 속의 사람들이 듣는다'라고 했던가? 이때 손설아가 안에서 나오다가 방 안에서 사람이 웃고 떠드는 소리가 들리자 단지 옥소가 서문경과 떠들고 있는 줄로 추측했는데 옥소는 밖에서 행랑 끝에 앉아 망을 보고 있지 않은가! 그래서 딱 걸음을 멈추었다. 옥소는 손설아가 안으로 들어갈까봐 겁이 나서 붙잡고 얘기하기를,

"앞채에서 여섯째 마님이 아씨도 같이 술을 드시자고 청하셨는데 어째 나가지 않으셨어요?"

하자 이에 손설아는 흥, 코웃음을 치면서,

"우리같이 복도 없는 사람이 어찌 같이 어울릴 수가 있겠어. 그 부인들은 발 빠른 말을 타고 달리니 아무리 해도 따라갈 수 없는데 쥐

코도 없는 것이 무엇을 가지고 서로 돌아가면서 먹고 즐기는 자리에 낄 수 있겠어? 우리같이 아무것도 없는 것이 무슨 능력이 있겠어. 뱁새가 황새 쫓다가 가랑이가 찢어지는 꼴이야!"

하는데 서문경이 안에서 기침을 하니 손설아는 바로 부엌으로 들어 갔다. 이에 옥소가 재빨리 주렴을 걷어올리니 혜련은 밖에 사람이 없 는 것을 보고 민첩하게 빠져나와 안으로 차를 끓이러 들어갔다. 잠시 뒤에 소옥이 안채로 들어와 외친다.

"혜련 아주머니, 마님께서 차를 가지러 가서 어째 나오지 않느냐 고 하세요."

"차는 다 되었는데, 애들에게 과일 씨를 좀 내오게 해서 그래."

오래지 않아 소옥이 찻잔과 접시를 들고, 혜련은 차를 들고는 바 로 바깥채로 나왔다. 오월랑이 묻기를,

"어째 차를 이제야 내오는 게야?"

하니 혜련은,

"나리께서 안에서 술을 드시고 계시기에 제가 감히 들어갈 수가 없었어요. 그래서 옥소에게 차를 내오게 하고 또 과일 씨를 까느라 그랬어요."

하자 사람들은 차를 마시기 시작했고, 소옥은 바로 안으로 들어갔다. 혜련은 탁자에 기대어 서서 오월랑 등이 골패를 하는 것을 보고는 고 의로 큰소리를 지른다.

"마님, 장요[長么]와 순육[純六]을 짝 지으면 천지분[天地分]이 되 어서 다섯째 마님을 이길 수 있잖아요."

다시 말하기를,

"여섯째 마님의 골패는 금병풍[錦屛風] 한 쌍이네요. 제가 보기에

셋째 마님의 요삼[소三]과 순오[純五]가 짝을 이루면 열녁 점밖에 안
되니 지겠네요!"

이에 옥루가 짜증을 내며,

"이 사람은 우리가 골패를 하고 있는데 웬 참견이 이렇게 많아?"
하자 이에 혜련은 부끄러워 아무 말 못하고 안절부절못하며 얼굴이
벌게져서는 아래로 내려갔다. 이를 두고 하는 말이 있으니, '누구나
서강의 물은 끌어올릴 수 있으나, 오늘의 부끄러운 얼굴은 씻기가 힘
들구나.'

등을 밝혀 저녁 늦도록 부인들이 먹고 마시고 있는데 서문경이 주
렴을 걷고 안으로 들어오며 웃으며 말한다.

"잘들 먹었소?"

오대구 부인이 일어나며,

"제부께서 오셨군요!"
하고는 황급히 자리를 양보해 앉도록 했다. 오월랑이 말한다.

"당신은 안채에서 드시고 계시면 되지, 여자들만 있는 곳에 오셔
서 뭘 하시겠다는 거예요?"

"그렇게 말한다면 내 가리다!"

서문경이 금련의 앞쪽으로 가니 금련이 뒤를 따라 나왔다. 서문경
은 반쯤 취해서 금련을 붙잡고 말한다.

"귀여운 것아! 내 너에게 긴히 할말이 있단다. 내가 혜련과 뒤채에
서 하룻밤을 새려고 하는데 마땅히 갈 데가 없구나. 네 방에서 하룻
밤 지내게 해줄 수 있겠니?"

"어이가 없어서… 뻔뻔스럽게 못하시는 말이 없군요! 아무 데서

나 그 짓거리를 하면 되잖아요. 제가 좋게 보아서 혜련을 이곳에서 자게 한다면 저는 어디에서 자란 말이죠! 제가 당신 뜻에 따른다 하더라도 춘매 그 쪼그만 계집에는 혜련이 이곳에서 자는 것을 허락지 않을 거예요! 당신이 믿지 못하시겠다면 그 계집애를 불러 물어보세요. 혜련이 이곳에 오는 걸 그 애가 승낙한다면 저도 당신이 혜련과 이곳에서 머무는 걸 눈감아드릴게요!"

"당신이 그렇게 핑계를 대며 허락해주지 않는다면 됐어! 혜련과 동굴에 가서 하룻밤을 보낼 테야. 그러니 당신은 하인을 시켜 이불과 요를 가져다놓고 불을 좀 지피라고 분부해주구려. 그렇지 않으면 추워서 어디 밤을 샐 수가 있겠나?"

반금련은 웃음을 참지 못하고,

"제가 감히 당신을 욕하고 내쫓을 수 있겠어요? 이 음탕한 계집이 당신을 길러준 어머니란 말이죠! 그래서 당신은 왕상[王祥](중국 스물넷 효자 중의 하나. 진[晋]나라 사람으로 한겨울에 물고기를 먹고 싶다고 하자 옷을 벗고 얼음 위에 누워 얼음을 녹인 후에 물속으로 들어가 잉어를 잡아 드렸다는 고사가 있음)처럼 동지섣달에 효도를 해 얼음 위에 눕겠다는 거지요!"

하자 서문경이 웃으며 답했다.

"요 주둥이만 살아 있는 계집아! 고만 주둥이를 놀려라. 여하튼 빨리 하인 애들을 시켜 불을 피워놓도록 해라!"

"그만 가세요. 잘 알았으니."

그날 밤 술좌석이 끝나 모두 흩어졌다. 금련은 추국에게 이불과 요와 불을 산기슭의 장춘오 동굴에 준비시켰다. 혜련은 서문경과 이교아, 맹옥루를 안채까지 배웅하고는 다른 속셈이 있기에 짐짓,

"마님들! 저는 그만 바깥채로 나가겠어요."

하자 서문경이 말했다.

"그래, 앞채에 가서 자도록 해요."

이에 송혜련은 서문경이 안채로 들어가는 것을 보고 중문 앞에 잠시 서서 다른 사람이 있나 없나 살피고 바로 미끄러지듯이 산기슭의 동굴로 달려갔다.

양왕이여 눈이 빠지게 기다리지 마라
무산에서 스스로 비와 구름이 오고 있으니.
莫教襄王勞望眼 巫山自送雨雲來

송혜련은 화원의 쪽문까지 와서는 서문경이 아직 오지 않았으려니 하고 쪽문을 잠그지 않고 빗장을 살짝 걸쳐만 놓았다. 장춘오의 동굴에 가보니 서문경은 이미 도착해서 그곳에 촛불을 켜놓고 있었다. 여인이 안으로 들어가 보니 찬기가 온몸에 엄습해 들어오고 침대에는 먼지가 가득했다. 이에 우선 소맷자락에서 긴 향 두 개를 꺼내 촛불로 불을 붙여 땅에 꽂아놓았다. 비록 땅바닥에 화롯불이 하나 놓여 있었지만, 추워서 이가 덜덜 떨릴 정도였다.

여인은 먼저 침대 위에 요를 깔고 그 위에 담비로 만든 큰 외투를 덮었다. 문을 걸고 둘은 바로 침대 위로 올라갔다. 서문경은 옷을 벗고 하얀 속옷차림으로 침대에 앉아 여인의 다리를 잡고 바지를 벗겼다. 혜련을 품에 안은 후에 양다리를 벌리고 자신의 물건을 여인의 깊숙한 곳에 밀어 넣은 다음 둘은 다시 꼭 껴안았다. 이렇게 한참 열을 내고 있을 때 반금련은 두 사람이 이미 동굴 안으로 들어갔다는 소식을 전해 들었다. 방 안에서 머리장식 등을 떼어내고는 가벼운 걸음으로 살그머니 화원에 들어가 두 사람이 무슨 말을 하나 엿들어보려고 했다. 문가에 이르러 혜련이 미처 닫지 못한 쪽문을 살짝 밀치고는 안으로 들어갔다. 얼어붙은 이끼가 신발을 적셨고 꽃의 가시가 치맛자락을 찔렀다. 발끝으로 다가가 몸을 장춘오의 창문 밑에 숨겼다. 안에서는 아직도 등불이 켜져 있고 여인이 웃으며 서문경에게 말한다.

"얼음 이불에 다시 얼음을 던지다니, 당신은 벌을 받을 거예요! 주변머리 없는 늙은 거지가 아무 데도 갈 능력이 없을 때 이런 지옥 같은 곳에 오는 것이지요! 그런데도 이토록 추운 곳에서 얼어죽는 것도 두려워하지 않고 그 짓을 하고 있다니, 얼어죽을지도 모르니 입에 새끼줄이라도 물고 계세요. 얼어죽으면 밖으로 끌어내게."

그러고는 다시 말을 이었다.

"아이구 추워라, 어서 잠이나 주무세요. 그런데 왜 제 발을 뚫어지게 보고 계시는 거죠? 이런 작은 발을 어디에서 본 적이 있으세요? 저 같은 사람은 신을 만들 천도 없는데 그 누가 천을 사주겠어요. 그저 사람들이 만드는 걸 보기만 할 뿐 제 것은 만들지 못해요!"

"귀여운 것, 서러워하지 마라. 내 조만간 신발 만들 천을 여러 가지 사줄 테니. 네 발이 다섯째보다 작을 줄 누가 알았겠어!"

"어찌 감히 반금련과 비교할 수 있겠어요! 사실은 제가 어제 슬쩍 반금련의 신발을 가져다가 신어보았더니 제가 신을 신고 신었는데도 신을 수가 있더군요. 크고 작은 것은 별반 중요한 것이 아니고 정말로 신이 예쁘더군요!"

금련이 밖에서 듣고서 속으로,

'이 음탕한 계집년이! 내 좀 더 들어보자, 도대체 무엇을 더 나불대는지?'

이렇게 마음먹고 잠시 밖에서 기다려 듣고 있노라니 혜련이 다시 서문경에게 말했다.

"다섯째 부인을 맞이한 지 얼마나 되었지요? 처녀 몸으로 시집온 초혼인가요? 아니면 재혼인가요?"

"몇 사람을 거친 재혼한 여인이야."

"어쩐지, 그래서 남자를 후려치는 솜씨가 보통이 아니었군요! 그러니까 눈이 맞아 부부가 된 거군요."

이 말을 금련이 못 들었으면 몰라도 듣고 나니 기가 막혀 온 다리의 힘이 빠져 마비가 되듯 잠시 꼼짝도 할 수가 없었다. 잠시 숨을 돌리고 나서 생각하기를,

'만약 이 음탕한 계집을 집안에 들인다면 우리 모두 쫓겨나겠어! 그때 가서 큰소리로 야단쳐도 서문경의 성질이 괴팍해 그년 편을 들고 적당히 용서를 해주면 아무 일도 없었다고 딱 잡아뗄 거야. 좋아, 표시를 하나 남겨놓아 내가 이곳에서 혜련이 한 일과 말을 모두 엿들었다는 사실을 알린 후에 조만간 혜련과 담판을 지어야겠군.'

그러고는 문 앞까지 가서 비녀를 뽑아 문지방 위에 걸어놓고 한을 품은 채 자기 방으로 돌아왔다. 잠자리에 들어서도 서문경과 여인이 밤새 히히덕거릴 것을 머릿속에 그리며 밤을 지샜다.

이튿날 아침 혜련이 먼저 일어나 옷을 입고 머리를 빗고 밖으로 나왔다. 쪽문이 잠겨 있는 것을 발견하고 소스라치게 놀라 문을 흔들어보았지만 몇 번을 그렇게 해도 문을 열 수가 없었다. 안으로 다시 들어와 이 사실을 서문경에게 말하니 서문경이 담 너머 영춘을 불러

문을 열게 했다. 문을 열고 밖으로 나와 보니 비녀가 문에 꽂혀 있는데 한눈에 바로 그것이 금련의 비녀임을 알 수 있었다. 혜련은 사색이 되어 안채로 들어가 방문을 열려 하는데 그때 평안이 화장실에서 나오며 혜련을 보고 배시시 웃었다. 이에 혜련이 소리쳤다.

"멍청한 놈 같으니라구! 누가 네놈하고 이빨을 드러내며 웃자고 했냐?"

"아주머니, 우리가 웃으면 화가 나세요?"

"이른 아침에 왜 쓸데없이 웃고 야단이냐?"

"아주머니께서 사흘을 아무것도 먹지 않은 사람처럼 눈이 푹 들어가고 푸석한 모습이 우스워서 그래요. 제가 추측건대 어제 집에 돌아가지 않고 외박하신 거죠!"

여인은 이 말을 듣고 얼굴이 빨개져서는 냅다 욕을 해댔다.

"이 병신 같은 놈이 아무것도 모르면서 무슨 허튼소리를 지껄이고 있는 게야! 내가 언제 집에서 잠을 자지 않았다고 그래? 왜 집에 돌아가지를 않아? 모든 게 증거가 있어야 되는 법이야!"

"좀 전에 멀리서 아주머니 집이 잠겨 있는 걸 보았어요. 그런데 왜 시치미를 떼시죠?"

"나는 아침 일찍 일어나 다섯째 마님 방에 갔다가 지금 막 나오는 길이야. 그런데 너는 어디 갔다 오는 길이냐?"

"다섯째 마님께서 아주머니한테 게장을 담게 하신다더군요. 아주머니께서 다리를 아주 잘 벌리신다구요. 또 다섯째 마님께서는 아주머니한테 문 앞에서 키질을 하시래요. 혀로 빠는 솜씨가 아주 대단하시다더군요."

이 말을 듣고 여인은 다급해져서는 문의 빗장을 들고는 평안을 쫓아 온 뜰을 다 누비면서 욕을 해댔다.

"이 싸가지 없는 자식아! 내 나리께 안 이르나 봐라. 아주 혼꾸멍 나게 버르장머리를 고쳐줄 테다!"

"아이구! 아주머니, 제발 좀 봐주세요. 도대체 누구에게 이르려고 하세요. 저도 아주머니가 물주 만난 걸 잘 알아요!"

이를 듣고 혜련은 더욱 부끄러워서 평안을 잡아 매질하려고 했다. 그때 대안이 전당포 안에 있다가 주렴을 걷고 밖으로 나와 빗장을 빼앗으며 말한다.

"아주머니, 왜 평안을 때리려고 하세요?"

"네가 직접 저 싸가지 없는 놈한테 물어봐! 입만 벌리면 허튼소리를 해서 내 팔다리의 온 힘을 다 빼놓고 있잖아!"

이때 평안은 재빠르게 밖으로 도망갔다. 이에 대안이 혜련을 말리면서,

"아주머니, 너무 골머리 앓지 마시고 안으로 들어가 머리 손질이나 하세요."

하자 혜련은 허리춤의 표주박 모양의 돈주머니에서 은 서너 푼을 꺼내 대안에게 주며 말했다.

"수고스럽지만 내가 먹게 탕국 두 그릇만 좀 사다줘. 국물은 냄비에 담아 오고."

"괜찮아요, 빨리 갔다 올게요."

대안은 돈을 받아 들고는 급히 세수를 하고 탕국을 사러 갔다. 혜련은 자기가 한 그릇을 먹고 다른 한 그릇은 대안에게 주었다. 그런 후에 머리를 빗고 문을 잠근 후에 먼저 안채로 들어가 월랑에게 문안인사를 드린 다음에 금련의 방으로 갔다. 금련은 마침 거울을 보면서

머리를 빗고 있었는데 혜련은 속으로 찔려 금련의 비위를 맞추기 위해 곁에서 거울을 닦거나 세숫물을 떠오면서 은근히 시중을 들어주었다. 금련은 그러한 혜련을 똑바로 쳐다보지도 않고 아는 체도 하지 않았다. 혜련이 말하기를,

"제가 전족하시는 것을 도와드릴까요?"

하자 금련은,

"그냥 내버려둬요. 하인 애들을 시키면 되니까."

하고 바로 추국을 부르며,

"이 망할 것이! 어디를 갔어?"

하자 혜련이 곁에서 답한다.

"추국은 마당을 쓸고 있고, 춘매는 저쪽에서 머리를 빗고 있어요."

금련은,

"그들 일에 관여하지 말고 내버려두게. 그들이 오면 정리하게 할 테니. 굽고 냄새나는 발로 어찌 아씨의 깨끗한 손을 더럽힐 수가 있겠느냐. 자네는 가서 나리께나 잘해드려 나리의 마음이나 사로잡게. 우리는 서로 눈이 맞아 이룬 뜨내기 부부이고, 이미 고물일세. 자네는 정명정대하게 가마를 타고 시집온 명실상부한 정부인이지 않느냐."

혜련은 이 말을 듣고 금련이 모두 엿들은 것을 알아차리고 금련 앞에 두 무릎을 꿇고서는 애걸한다.

"마님은 저의 하나밖에 없는 주인이십니다. 마님께서 저를 돌봐주시지 않으면 제가 어찌 사람 구실을 할 수 있겠어요. 당초에 마님께서 저를 받아주시지 않았다면 제가 어찌 나리를 모실 수가 있겠어요. 안채의 큰마님께서는 작은 일에 관여하지 않으셔서 저는 그저 마님만을 믿고 따를 뿐인데 제가 어찌 감히 마님 앞에서 다른 마음을 가

질 수 있겠어요. 소인이 만약 눈곱만큼이라도 다른 마음을 가졌다면 제대로 곱게 죽지 못하고 온몸에 몹쓸 병이 생길 거예요!"

"그렇게 말하지 말게. 나는 눈 속에 모래를 넣고는 살 수 없는 사람이네. 이미 나리가 자네를 범했으니 우리는 서로 시샘을 하지 않을 수 없네. 그래도 자네가 사내 앞에서 허튼수작을 부리며 함부로 말하는 것은 용납할 수 없네. 자네 생각에는 우리를 걷어차고 중간으로 뛰어올랐다고 여기겠지? 그러니 마음속에 있는 생각을 모두 한번 털어놔봐!"

"마님, 제가 어찌 감히 속이려는 마음을 갖고 있겠어요. 어젯밤에 마님께서 잘못 들으신 거예요."

"이런 멍청한… 내가 무슨 말을 들었다고 그래? 내 말해주지. 열 명의 계집이 있다고 하더라도 한 사내의 마음을 살 수는 없는 법이야. 나리께서 집안에 비록 많은 여인을 거느리고 있고 밖에서 계집 몇 명과 가깝게 지낸다고 해도 집안에 들어오면 하나도 속이는 것 없이 내게 다 말해주지. 일전에 여섯째와 나리께서 사이가 좋지 않았을 적에도 어떤 일이든 나에게 알려주지 않은 것이 없었지. 자네는 여섯째와 비교할 때 약간의 차이가 있지만."

이 말을 듣고 혜련은 아무 말도 못하고 방 안에 잠시 서 있다가 밖으로 나갔다. 밖으로 나가다 담장 사이 작은 골목길에서 서문경과 마주치자 서문경을 보고 말했다.

"당신은 정말 허우대만 멀쩡하고 믿을 수가 없는 사람이군요! 제가 어제 당신께 한 말을 모두 다른 사람에게 해주다니 말이에요. 그래서 다른 사람이 저를 얼마나 다그쳤는지 몰라요! 제가 나리께 드린 말씀은 단지 나리께서만 혼자 알고 계시면 좋을 텐데. 어떤 생각을 가지고 다른 사람에게 전부 말해버렸어요! 나리께서는 웬 입이 그리도 가벼우세요. 다음부터는 무슨 일이 있어도 말씀드리지 않겠어요."

"도대체 무슨 말을 하고 있는 게야? 나는 무슨 일인지 전혀 모르겠는데."

부인은 눈을 흘기면서 안쪽으로 들어가버렸다.

평소에 이 부인은 입심이 좋아 항상 문 앞에 서서 물건을 사며 부지배인을 부대랑이라 부르고, 진경제를 사위님, 분사를 노사[老四]라 부르고 있었다. 그런데 서문경과 눈이 맞아 놀아난 뒤부터는 옷차림도 달라졌고, 자주 사람들과 쓸데없는 소리를 지껄이며 아무 거리낌 없이 행동했다. 때로는 부대랑에게,

"저 부탁이 있는데, 저 대신 문밖에 나가서 분장수가 왔는지 봐주시겠어요?"

라고도 했다. 부지배인은 세상물정을 아는지라 속으로 놀랐지만 혜련을 대신해 보고 있다가 분장수가 오면 혜련이 나와서 사게 했다. 대안은 일부러 혜련을 놀리면서,

"아주머니, 분장수가 와요. 빨리 나와 저울로 달아 사세요."

하자 이에 부인은 욕을 하며 말했다.

"요 원숭이 같은 자식아! 안채의 다섯째와 여섯째 마님 대신 분을 사는 거야. 그런데 왜 저울에 달라고 하는 게냐? 연지 서 근과 분 두 근을 사서 음탕한 여인들 얼굴에 박박 바르라는 게냐? 내가 안에 들어가서 마님들께 말을 하나 안 하나 두고 봐라!"

대안이 말하기를,

"아야, 저것 보라니깐! 걸핏하면 다섯째 마님을 들고 나를 위협한

다니깐요!"

하자 잠시 뒤에 부인은 다시 분사를 부른다.

"분노사, 나 대신 문 앞에 가서 꽃비녀 장수를 불러주시겠어요? 두어 개 사서 머리에 꽂으려고 해요."

분사는 장사를 제껴두고 오로지 꽃비녀 장수가 오는지 잘 보고 있다가 혜련에게 일러주었다. 부인은 이층 문 안쪽에 서서 상자를 열게 하고 비취색의 큰 비녀 두 개와 자주색에 금빛 수를 놓은 손수건 두 장을 고르니 합계가 모두 일곱 냥 닷 푼이었다. 여인은 허리춤에서 은 덩어리를 꺼내 분사에게 주며 잘 달아보고 떼어내서 비녀 장수에게 주라고 했다. 분사는 이때 장부를 정리하고 있다가 급히 밖으로 나와 쭈그리고 앉아 혜련을 대신해 무게를 재고 떼어내었다. 이때 대안이 다가와서,

"제가 아주머님께 떼어드릴게요."

했다. 그러면서 은을 받아 들고는 떼어내지를 않고 들여다보기만 했다. 혜련이 이를 보고 말했다.

"이 원숭이 같은 놈아! 떼어내지 않고 무엇을 그리도 자세히 들여다보고 있는 게냐? 네놈은 한밤중에 개 짖는 소리도 나지 않았는데 은자라도 훔쳤다는 게냐?"

"훔친 건 아니지요. 그렇지만 이 은은 약간 눈에 익은 것이 나리의 돈주머니에서 본 것 같군요. 예전에 나리께서 등시[燈市]에서 금나라의 야만인한테 물건을 살 때 은 덩어리를 떼서 주었는데 그 나머지가 이 은 덩어리예요. 제 기억은 틀림없어요!"

"나쁜 자식아! 세상에는 똑같은 사람도 있어. 나리의 은 덩어리가 어떻게 내 수중에 있다는 말이냐?"

이에 대안이 웃으면서,

"나는 무슨 값으로 받았는지 잘 알고 있지요."

하자 이 말을 듣고 혜련이 대안을 때려주려고 했다. 대안은 은 덩어리에서 일곱 냥 닷 푼을 떼어 비녀 장수에게 주고 나머지를 자기 손에 들고 혜련에게 돌려주지 않았다. 부인이 말했다.

"이 도둑놈아! 네가 감히 그것을 가져갈 수 있다면, 내 너를 사내자식으로 인정해주마!"

"저는 가지고 가지 않을 테니, 나머지로 먹을 것이나 좀 사주세요."

"그래 이 원숭이 같은 놈아! 이리 오렴, 네 말대로 해줄 테니."

대안이 혜련에게 은을 돌려주자 그중에서 사오 분의 일을 떼어주고, 나머지는 허리춤에 잘 감싸 넣은 후에 바로 안으로 들어갔다.

그 후 혜련은 항상 문 앞에 서서 은을 몇 냥씩 꺼내 꽃비녀나 손수건을 사고 심지어는 수박씨를 너덧 되씩 사서 안으로 가지고 들어가서는 각 방 하인들에게 나누어주었다. 머리에는 진주로 만든 머리띠에, 금빛으로 번쩍이는 귀고리가 소리를 내었다. 옷 아래에는 노주산 비단으로 만든 붉은색 바지에 잘 엮은 무릎받이를 하고 있었다. 또 넓은 소매 안에는 향주머니를 서너 개 넣고 있었다. 또한 하루에 은을 두세 냥씩 썼는데 모두 서문경이 몰래 준 것임은 다시 말할 필요가 없는 것이다.

혜련은 반금련에게 자신의 계략을 간파당하고 나서는 하루가 멀다 하고 금련의 방에 가서 정성을 다해 비위를 맞추었다. 차를 끓이거나 국을 만들거나 신발을 깁고 바느질하는 것을 시키지 않아도 알아서 잘했다. 안채에 있는 정실부인인 오월랑에게는 단지 얼굴만 비추고는 바로 바깥채의 금련에게 와서 금련과 이병아 등과 함께 바둑을 두거나 골패를 하면서 함께 어울려 지냈다. 때로 서문경이 찾아오면 금련은 고의로 혜련을 시켜 서문경에게 술을 따르게 하는 등 시중을 들게 하면서 그 곁에 머물도록 해주었다. 날마다 실컷 먹고 마시면서 오로지 사내를 즐겁게 해주는 데만 전념했다. 이 여인은 바로 금련의 위세에 빌붙어 지내고 있었으니, 그 신세란 이렇다. '나풀거리는 버들가지는 바람 따라 춤을 추고, 가벼운 복사꽃은 물을 따라 흘러가는구나.'

바로 시가 있어 이를 알리나니,

금련의 환심을 사고 계략을 써서
혜련은 안채까지 들어갔네.
총애를 얻었다고 법도를 어기면
훗날에 좋지 않은 결과 만나리.
金蓮好寵弄心機 宋氏姑容犯主閨
晨牝不圖今蓄禍 他日遭愆竟莫追

매화는 매서운 바람도 두렵지 않아

진경제가 대보름날 밤에 여인을 희롱하고,
혜상이 화가 나 내왕의 부인을 욕하네

은촛대의 초는 높이 타오르고 술은 향기로우며
웃고 떠드는 소리 연회석에서 그득하네.
하느작거리는 여인들의 허리
입으로는 가벼이 봄을 칭송하는 노래[上苑春]를 흥얼대네.
향기 나는 소매를 흔들어 뜻을 보내고
떨어진 푸른빛의 비녀를 소리 없이 줍는구나.
한 점 풍류가 일지 않는다면
어찌 한생[韓生]*이 취한 후에 바로 깨겠는가.
銀燭高燒酒乍醺 當筵且喜笑聲頻
蠻腰細舞章臺柳 檀口輕歌上苑春
香氣拂衣來有意 翠微落地拾無聲
不因一點風流趣 安得韓生醉後醒

이날은 천상[天上]에서는 원소[元宵]고, 인간들의 세상에서는 등
롱[燈籠](대나무나 쇠 살로 둥근 바구니 모양을 만들고 비단이나 종이를

---

* 당대[唐代]의 풍류인 한익[韓翊]

씌운 뒤 등잔을 넣고 불을 밝히던 기구)의 날인 정월 대보름이었다. 서문경은 집안의 대청에 꽃등을 걸어놓고 술자리를 만들었다. 정월 열엿새에 모든 사람들을 불러 즐겁게 마시고 놀기 위해 정면에 호화로운 휘장과 병풍을 두르고, 진주 모양의 등 세 개를 걸고, 양편에는 작은 등을 많이 세웠다.

서문경과 오월랑은 상석에 앉고 나머지 이교아, 맹옥루, 반금련, 이병아, 손설아와 서문경의 딸은 모두 양옆에 갈라 앉았다. 모두 아름다운 옷을 입고 있었는데, 하얀 비단 저고리에 남색 치마를 입고 있었다. 단지 오월랑만은 붉은색 저고리에 담비가죽 두루마기와 꽃을 화려하게 수놓은 치마를 입고 있었다. 머리는 진주와 비취로 치장하고 봉황 모양 비녀를 비스듬히 꽂고 있었다. 춘매와 옥소와 영춘, 난향이 모두 쟁을 타고 박자판을 두드리며 등롱제의 노래를 불렀다. 동쪽 끝에는 따로 자리를 마련해 사위 진경제를 앉게 했다. 탁자 위에 차려진 국과 음식은 모두 진기한 것들이고, 과일은 모두 신선한 것으로 계절에 맞는 것들이었다. 소옥, 원소, 소연, 수춘도 모두 위로 올라와 술을 따르고 있었다.

송혜련은 자리에 나아가 앉지 못하고 복도 한켠 의자에 앉아서 수박씨를 까먹으면서 위에서 무엇이 필요하다고 부르면 바로 큰소리로 외쳤다.

"내안, 화동아! 마님들이 따뜻한 술이 필요하다고 하시니 빨리 술을 데워 가져다드리거라. 이놈들이 여기서 시중들지 않고 다들 어디로 간 게야?"

그때 화동이 술을 데워가지고 나오자 서문경이 욕을 하며 말했다.

"이놈의 자식들아! 여기서 시중드는 놈이 한 명도 없으니, 다들 어

디 간 게야. 아직 덜 맞아서 정신들 못 차린 모양이구나!"

화동은 물러나와 혜련에게 투정했다.

"아주머니, 누가 어디를 갔다고 그러세요? 나리께 뭐라 말씀하셨길래, 저렇게 야단을 치세요!"

"위에서 술을 드시겠다고 하는데, 누가 너보고 시중을 들지 말라고 했니? 내 알 바 아니야! 너를 야단치지 않으면 누구를 야단치겠니?"

"이곳은 아주 깨끗했는데 아주머니께서 수박씨를 까먹고 지저분하게 만들어놓았으니 나리께서 보신다면 또 저를 꾸짖을 거예요."

"요 싸가지 없는 자식아! 지난번 일을 갚는 것뿐인데 뭐가 대단하다고 야단이야? 네가 뒤처리를 말끔하게 해주면 몰라도 그렇게 하기 싫으면 내버려둬. 다른 하인을 시켜 쓸게 하면 되니까. 나중에 나리께서 물으시면 사실대로 말씀드릴 테니까."

"아이구, 아주머니! 그만 됐어요. 어찌 저에게 화풀이를 하려고 하세요!"

화동은 바로 빗자루를 가져와 혜련이 버려놓은 수박씨를 쓸었다. 일단 여기에서 송혜련이 수박씨 까먹은 일은 거론치 말자.

각설하고 서문경은 술자리에서 사위인 진경제의 자리에 술이 떨어진 것을 보고 반금련에게 사위에게 가서 술을 한 잔 따라주라고 했다. 이에 반금련은 아래로 내려가 생글생글 웃으면서 술을 따라주면서,

"사위님, 장인어른이 술과 음식을 많이 드시랍니다."

하자 진경제는 술을 받으면서, 금련에게 가볍게 눈짓을 보내면서 말한다.

"다섯째 마님, 걱정하지 마세요, 천천히 잘 먹고 있으니까요!"

금련은 몸으로 등불을 가리고 왼손으로 술을 들어 따라주었는데 진경제가 술잔을 받자 오른손으로 경제의 손등을 꼬집었다. 이에 경제는 눈을 들어 주위를 살펴본 후에 금련의 작은 발을 살며시 밟으며 장난을 쳤다. 금련은 미소를 띠며 낮은 목소리로 말했다.

"능청스럽기는, 장인 영감께서 보고 있는데 어쩔려고 그래?"

사람들아, 내 말 좀 들어보소. 두 사람은 아무도 모르게 장난을 치고 있었는데, 송혜련 이 마누라가 격자 창문 밖에서 이 광경을 다 보고 있을 줄 누가 알았겠는가. 바로 '본인은 잘 모르는데, 곁의 사람이 더 잘 안다'는 격이다.

비록 술좌석의 다른 사람들은 알아차리지 못했지만 창문 틈으로 혜련에게 모든 것을 들켜버렸다. 혜련은 말로 하지 않았지만 속으로 생각했다.

'평소에 우리들 앞에서 빈틈없이 고상한 척하더니, 저 애송이와 놀아날 줄을 생각이나 했겠어. 오늘 둘이 놀아나는 것을 보았으니 다음에 나를 보고 무슨 말을 하는지 두고 봐야지.'

어느 집 뜰에 흰 장미를
몰래 두세 가지 훔치네.
사람들이 보지 못하게 소맷자락에 숨겼는데
풍기는 향기에 나비들이 먼저 알았네.
誰家院內白薔薇 暗暗偸攀三兩枝
羅袖隱藏人不見 警香惟有蝶先知

술이 거나하게 올랐을 때 응백작이 서문경에게 사람을 보내 같이 등불 구경이나 하자고 초대했다. 이에 서문경은 오월랑 등에게,

"부인들은 이곳에서 더 놀고 계시오, 나는 응씨 집에 가서 한잔하며 놀 테니."

그러고는 대안과 평안을 데리고 나갔다. 월랑은 다른 자매들과 더 마시고 놀았다. 그러다 보니 어느덧 은하수가 푸르게 빛을 발하고 별이 빛나기 시작하고, 둥근 달이 동쪽에서 떠오르며 뜰과 집을 대낮같이 비추었다. 부인들은 방에서 옷을 갈아입거나, 달빛 아래에서 화장을 고치거나, 등불 앞에서 비녀를 꽂았다. 그러나 옥루, 금련, 이병아와 송혜련은 대청 앞에서 진경제가 쏘아올리는 불꽃을 구경하고 있었다. 이교아와 손설아와 서문경의 딸은 모두 오월랑을 따라 안채로 들어갔다. 금련이 두 사람을 향해 말했다.

"오늘은 나리께서도 안 계시니, 큰마님께 말씀드려 거리에 나가봅시다."

혜련도 곁에서,

"마님들께서 가시게 되면, 저도 데려가주세요."

하자 금련이,

"가고 싶으면 안채에 들어가서 큰마님과 둘째 마님께 같이 가지 않으시겠냐고 말씀을 드리고 와요. 우리는 여기서 기다리고 있을 테니까!"

하자 혜련은 급히 안채로 들어갔다. 옥루가,

"저 사람은 일을 제대로 못하니 아무래도 내가 직접 말씀드려야겠어요."

그러자 이병아가 말하기를,

"나는 방에 돌아가서 옷 좀 갈아입고 나와야겠어요. 돌아올 때면 밤도 깊고 날씨도 추워질 테니 말이에요."

하자 금련이 말했다.

"병아 동생, 내가 방에 다시 가지 않아도 되게 큰 모피 외투가 있으면 가지고 나와줘요."

이병아가 안으로 들어가니 금련이 홀로 남아 진경제가 불꽃놀이 하는 것을 보고 있었다. 그러다 주위에 보는 사람이 없는 줄 알고 경제에게 다가가서 가볍게 꼬집으며 웃으며 말한다.

"사위께서는 이렇게 얇은 옷을 입고도 춥지 않은 모양이지요?"

이때 하인의 아들인 소철아[小鐵兒]가 웃으면서 그들의 앞을 서성 거리다 진경제를 끌어당기면서 폭죽을 하나 달라고 보챘다. 이에 진경제는 한참 무르익은 분위기를 이 꼬마 놈 때문에 그르칠까봐 어쩌지 못하고 폭죽 두 개를 쥐어주면서 밖으로 나가 놀라고 했다. 그러고는 금련을 바라보며 입을 삐쭉거렸다.

"제가 이렇게 얇은 옷을 입고 있는 걸 보셨으니, 입을 만한 옷을 한 벌 주시는 게 어떠세요?"

"주둥이만 살아가지고는! 갈수록 버릇이 없어진다니깐. 방금 내 발을 밟았을 때도 아무 말 하지 않았는데, 지금 와서는 대담하게 옷을 달라고 하다니! 애인도 아닌데, 내가 뭣 때문에 옷을 줘야 해요?"

"주지 않으시면 그만이지, 왜 그리 거만하게 호령하며 위협을 하세요?"

"주둥이만 살아가지고는! 간덩이가 갈수록 커져 눈에 보이는 게 없는 모양이야!"

이렇게 말을 하고 있을 때 옥루와 혜련이 밖으로 나오면서 금련을

향해 말하기를,

"큰마님께서는 몸이 좀 불편하시고, 큰아씨도 일이 있어 밖에 나가지 않으시겠답니다. 우리들만 나갔다가 빨리 돌아오래요. 이교아도 발이 아파 못 나가고, 설아는 큰마님께서 안 나가시는 것을 보고, 나리께서 돌아와서 자기를 야단칠까봐 가지 않겠답니다."

하니 금련이 답했다.

"모두 안 가더라도, 우리와 병아 동생 셋이 가요. 나리께서 돌아와 야단을 칠 테면 치라고 하세요. 그리고 춘매와 안방의 옥소, 언니 방의 난향과 병아 동생 처소의 영춘도 모두 데리고 가요. 영감께서 돌아와 물으면 여섯째에게 대답하게 하면 돼요."

이때 소옥이 와서 말하기를,

"우리 마님께서 안 나가시니, 저도 마님들을 따라 나가겠어요."

하자 옥루가 답했다.

"그럼 마님께 말을 하고 나오너라, 우리는 밖에서 기다리고 있을 테니."

잠시 뒤에 소옥은 월랑의 허락을 받고 좋아라 웃으며 밖으로 나왔다. 이에 세 부인은 한 무리의 남녀를 이끌고 출발했다. 내안과 화동이 초롱 등불을 들고 뒤를 따랐다. 진경제는 말 위에서 폭죽을 쏘며 부인들에게 보여주었다. 송혜련이 말하기를,

"사위님, 잠시만 기다려주세요. 마님들이 저도 데리고 나가주신다고 했으니 빨리 방에 가서 머리 손질 좀 하고 나올게요."

하자 경제가 말한다.

"우리는 바로 떠날 거요."

혜련은,

"저를 기다리지 않으면 아마 평생 후회할 거예요!"

하고는 방으로 돌아가 녹색과 빨간색을 섞어 짠 저고리에 흰 치마로 갈아입고, 금무늬가 든 붉은 손수건으로 머리를 동여매고, 상투 끝에는 금박을 붙이고, 앞머리에는 꽃비녀 세 쌍을 꽂고, 귀에는 금빛 귀고리를 달고는 밖으로 나와 여러 사람들과 거리로 나섰다. 달빛 아래 걸어가는 부인들의 모습은 마치 선녀처럼 아름다웠고, 모두 하얀 저고리에 황금빛 겉옷을 입었다. 머리에는 진주와 비취로 가득 치장했고 얼굴은 하얗게, 입술은 빨갛게 화장했다. 진경제와 내왕은 좌우에서 따라 오면서 만토련[慢吐蓮], 금사국[金絲菊], 일장란[一丈蘭], 새월명[賽月明] 등의 폭죽을 쏘아댔다.

큰거리에 나가보니 사람들이 끊이지 않고 구경꾼들이 마치 개미처럼 많았다. 폭죽을 터트리는 소리가 우레와 같이 울려퍼졌고 등불이 휘황찬란하게 반짝였다. 피리와 북소리가 거리를 진동해 십분 요란했다. 와주에서 한 무리가 초롱을 들고 오는데 모두 화려한 옷을 입고 있었다. 이를 보고 사람들은 공경대부의 높은 벼슬아치가 행차하는 것이라고 여겨 감히 고개를 들어 쳐다보지 못하고 모두 길가로 몸을 피해 비켜주었다. 이에 송혜련이,

"서방님, 제가 볼 수 있도록 큰 폭죽을 하나 터트려주세요."

하더니 다시,

"서방님, 보름날의 폭죽을 한 번 쏘아 올려주세요."

하고는 일부러 비녀를 떨어뜨렸다가 다시 줍고 신발을 벗었다가 다시 신으며 진경제에게 기대었다. 이에 그치지 않고 좌우로 오가면서 진경제와 히히덕거렸다. 옥루가 그만 참지 못하고,

"어째서 신발을 자주 벗고 야단이야?"

하자 옥소가 말한다.

"땅이 질어 자기 신이 더럽혀질까봐 위에다 다섯째 마님 신발을 껴 신고 있어서 그래요!"

옥루가,

"가서 나에게 좀 와보라고 해. 정말로 다섯째 마님 신발을 신었는지 봐야겠어!"

하자 금련이 종알거린다.

"어젯밤에 와서 신을 좀 빌려달라고 하더니, 저 빌어먹을 년이 그런 꿍꿍이로 신을 껴신을 줄이야!"

혜련은 치마를 걷어올리고 옥루에게 보여주었다. 옥루는 혜련이 붉은 신발 두 짝을 껴신고 푸른 실로 속바지 발목에 동여매고 있는 것을 보고서는 어이가 없어 아무 말도 못했다. 잠시 후 큰거리를 지나 등롱[燈籠]이 벌어지는 거리에 도달했다. 금련이 옥루를 향해,

"우리 오늘 사자가에 있는 병아 동생 집에 가봐요."

라고 말하고는, 서동과 화동에게 분부해 먼저 등을 들고 앞에 서게 한 후에 곧장 사자가로 향했다. 하인들이 먼저 가서 문을 두들겼으나 노파는 이미 잠자리에 들었고, 집안에는 최근에 다시 사온 하녀 둘이 온돌 위에서 자고 있었다. 이들이 온 것을 보고 노파는 황급히 일어나 문을 열고 부인네들을 안으로 들어오게 한 후에, 바로 화로에 불을 피우고 차를 끓이면서 술병을 꺼내 거리로 술을 사러 나가려고 했다. 이를 보고 맹옥루가,

"할머니, 술을 사러 나가지 말아요. 집에서 술과 음식을 배부르게 먹고 나왔으니, 차나 있으면 한 잔씩 주세요!"

하자, 금련이 말한다.

"사람을 잡아놓고 술을 마시게 하려면, 먼저 안주를 내와야 되잖아요."

이병아가 말하기를,

"할멈, 한두 병 사서는 어림도 없어요. 누구 코에다 붙이려고 해요. 한두 동이는 사와야 할 거예요."

하자 옥루가 말하기를,

"저 사람이 당신을 놀리고 있으니 듣지 말고 가서 차나 내오도록 해요."

하니 그제서야 노파는 비로소 자리에 앉았다.

이병아가 물어보았다.

"할멈, 어째서 한번 놀러오지도 않았어요? 도대체 하루 종일 집 안에서 뭐하고 지냈죠?"

"마님, 자, 보세요. 이 두 애물단지를 집 안에 버려두면 누가 돌봐주겠어요?"

이를 듣고 옥루가 바로 묻는다.

"저 둘은 누구의 집에서 내놓은 건가요?"

"한 아이는 북쪽에 있는 집 하인으로, 나이는 열셋이고 단지 은자 다섯 냥에 팔려고 내놓은 것이고, 또 한 명은 왕서반[汪序班](서반: 명대의 관직으로 오십여 명으로 구성되어 있으며, 홍려시[鴻臚寺]에 소속되어 백관이 조회할 때 사무를 봄) 집안 하인의 처였는데, 그 하인이 도망을 치자 주인이 틀어올린 머리를 풀어내리고 은자 열 냥에 내놓았죠."

이에 옥루가 말했다.

"내가 할멈 돈 좀 벌게 해줄까. 누가 하인을 하나 구하려고 하는데 그 사람에게 웃돈을 약간 붙여 넘기는 게 어때요?"

"셋째 마님, 도대체 누가 구하려고 하지요? 말씀해주세요."

"지금 둘째 마님 방은 원소 혼자만으로는 부족해요. 그래서 약간 큰 심부름 시킬 아이를 찾고 있어요. 그러니 이 큰애를 둘째 마님에게 팔면 돼요."

그러면서 물어보았다.

"큰애가 몇 살이지?"

"금년에 소띠니까 열일곱 살이네요."

하면서 차를 내오게 해 여러 사람들은 차를 마셨다. 춘매와 옥소, 그리고 혜련은 집안의 앞뒤를 한번 훑어본 후에 거리를 내려다볼 수 있는 이층에 올라가 창문을 열고 밖을 내다보고 있노라니 진경제가 재촉해 말했다.

"밤이 깊었으니 빨리들 돌아가시지요."

이를 듣고 금련은,

"숨도 짧게 보채기는! 그렇게 들들 볶고 있으니 쫓겨서 무엇을 제대로 하겠나?"

했지만 어쩌지 못하고 춘매 등을 내려오게 해 떠날 채비를 했다. 풍노파가 문까지 배웅하자 이병아가 묻기를,

"평안은 어디 갔지?"

하자 노파가 말했다.

"오늘은 여태 돌아오지 않았군요. 이 노파가 두세 시까지 문을 열어놓고 기다린답니다."

내안이 말하기를,

"오늘은 평안이 나리를 모시고 함께 응씨 아저씨 집에 갔어요."

하자 이병아가 말했다.

"할멈, 일찍 문 닫고 자도록 해요! 평안은 아마도 돌아오지 않을
거예요. 그러니 잠이나 편히 자요. 내일 아침 집에 들르세요. 할멈은
점잔을 빼면서 너무 천하태평이란 말이야."

이에 노파가,

"누가 점잔을 빼고 천하태평이라고 그러세요?"

하자 이병아가 다시 말하기를,

"긴말할 것 없고 내일 아침에 둘째 마님께 이 하인아이를 데려오
세요."

하고 대문을 잘 닫으라 이르고는 곧 다른 사람들과 함께 집으로 돌아
갔다.

집 앞에 도착하니 문간채 방에 살고 있는 한회자[韓回子](회자: 회
교도)의 부인인 한수아가 소리 지르는 것이 들렸다. 들어보니 남편이
마방[馬房](궁중의 마구간을 담당하는 곳)으로 출근한 사이에 다른 사
람과 함께 등불놀이 구경을 하고 술에 취해 돌아와 보니, 웬 놈이 방
문을 열고 들어와 물건을 훔쳐가고 개까지 끌고 갔다는 것이다. 그
래서 술 취한 김에 길가에 쭈그리고 앉아 지나가는 사람들에게 욕을
해대는 것이었다. 이 소리를 듣고 여인들은 걸음을 멈추었다. 금련이
내안에게 일렀다.

"한씨 마누라를 불러오너라. 왜 그런지 좀 알아봐야겠다."

오래지 않아 한씨 부인이 불려왔다.

"무엇 때문에 그래?"

이때 한수아는 전혀 서두르지 않고 손을 맞잡고 앞으로 나와 두
번 절을 올린 후에,

"세 분 마님께 모든 것을 다 말씀드릴게요."

라면서 「어린아이 데리고 노네[耍孩兒]」라는 노래를 들려주었다. 태평성세의 좋은 날, 정월대보름날 밤… 옥루 등이 듣고는 사람들이 소매 안에서 약간의 돈과 과일을 꺼내 한수아에게 주었다. 그러고는 내안을 불러,

"진서방님께 말씀드려, 이 사람을 집으로 바래다주게나."

하고 분부했다. 그러나 진경제는 혜련과 히히덕거리며 노느라 한수아를 바래다주려고 하지 않았다. 금련은 이에 내안을 시켜 한수아를 바래다주게 하면서 일렀다.

"내일 아침 일찍 와서 빨래 좀 해줘. 내 나리께 말씀드려 화풀이를 하도록 해줄 테니."

이에 한수아는 연신 고맙다고 인사한 후 집으로 돌아갔다. 옥루 등이 바로 대문 앞으로 오니, 분사의 부인이 붉은 저고리에 검은색 덧옷, 옥색 치마, 목에는 금무늬가 있는 수건을 두르고 있다가 부인들이 오는 것을 보고서는 웃으며 앞으로 다가와 인사를 올리며 말했다.

"세 분 마님들, 어디를 다녀오시는 길이세요? 괜찮으시면 사양치 마시고 잠시 집에 들르시어 차나 한잔 하시지요."

이에 옥루가,

"좀 전에 한수아가 울고 있길래 사연을 듣고 오는 길이에요. 뜻은 고맙지만 시간이 너무 늦었으니 다음에 들를게요."

라고 말하자 분사의 처는,

"아야! 세 분 마님들 모처럼 오셨는데 집이 누추하다고 얕보시는 게지요. 차도 한잔 내지 못할 줄 아세요?"

하면서 자기 집으로 죽자 사자 끌고 들어갔다. 원래 바깥쪽에는 인간

세상의 팔난[八難](배고픔, 목마름, 추위, 더위, 물, 불, 칼, 전쟁)을 관장한다는 관음[觀音]과 관우[關羽]의 상을 모시고 있었다. 문에는 설화등[雪花燈]을 하나 걸어놓고 있었고 발을 걷고 안으로 들어가니 분사의 열네 살 난 딸 장저가 있었다. 탁자 위에는 비단 등이 두 개 켜져 있었고 안주가 조금 차려져 있었는데, 그곳으로 세 사람을 앉게했다. 그러고는 장저를 불러 세 사람에게 인사를 올리게 하고는 차를 내오라 시켰다.

옥루와 금련은 장저에게 꽃비녀를 두 개 주고, 이병아는 소맷자락에서 손수건을 꺼내 주고 다시 수박씨라도 사먹으라며 은자도 한 냥 주었다. 이를 보고 분사의 아내는 매우 기뻐하며 고맙다고 인사를 올렸다. 잠시 앉아 있다가 옥루 등이 일어나 집으로 돌아오니 하인 내흥이 대문 앞에서 부인들을 맞이했다. 금련이 묻기를,

"나리께서 돌아오셨느냐?"

하니 내흥이 말하기를,

"아직 돌아오지 않으셨어요!"

하자 이에 세 부인은 진경제가 쏘아올리는 일장국[一丈菊](국화 모양의 폭죽) 두 개와 대연란[大烟蘭](난초 모양의 폭죽) 하나, 금잔은대아[金盞銀臺兒](금잔과 은촛대 모양의 폭죽) 하나 등 각양각색의 폭죽을 구경하고는 안채로 들어갔다. 서문경은 거의 새벽 두세 시가 되어서 돌아오니 그 상황이 이러했다. '취하다 보니 날이 깊은 줄도 모르고, 어느덧 밝은 달은 서쪽 누각 위에 걸렸네.'

한편 진경제는 등불 구경을 다녀온 후 금련 등의 부인들과 농담을 주고받을 수 있게 되었으며, 송혜련과도 더욱 진한 말을 나눌 수 있

는 사이가 되었다. 다음 날 아침 일찍 일어나 머리를 빗고 세수를 하고, 가게는 나가지 않고 곧장 안채 월랑의 방으로 갔다. 가보니 이교아가 금련과 함께 오대구 부인을 벗해 화롯불 주위에 둘러앉아 막 차를 마시려고 하고 있었다. 이때 오월랑은 불당에 향을 피우러 가고 없었다. 이 젊은이는 앞으로 나가 인사를 하고 자리에 앉았다. 이에 금련이 말했다.

"진서방님, 어제는 한수아를 바래다주라고 부탁을 드려도 꿈쩍하지 않더군요. 그래서 할 수 없이 하인을 시켜 바래다주었지요! 그런데도 당신은 그 송씨 마누라와 히히덕거리면서 무슨 일을 했는지 알 수가 있나요? 큰마님이 분향을 하고 돌아오시면, 제가 그 일을 일러바치는지 한번 두고 봐요!"

이에 진경제가 대꾸했다.

"아직도 그 일을 말씀하시는군요. 어제 너무 고생을 해 허리를 제대로 펼 수가 없을 정도예요! 그렇게 저를 하루 종일 끌고 다니고 다시 사자가의 집에도 들렀으니 도대체 얼마나 돌아다녔는지 아세요? 사람을 그렇게 고생시키고 집에 돌아와서는 다시 저더러 한씨 부인을 바래다주라니 그 정도는 하인을 시켜도 되는 일이잖아요. 간밤에 잠도 별로 잔 것 같지 않아서 아침에 일어나는데 아주 힘들었어요."

이렇게 말을 하고 있을 때 오월랑이 분향을 하고 돌아오니 진경제가 인사를 했다. 오월랑이 바로,

"어제 한수아가 왜 술을 마시고 사람들에게 욕을 퍼부어대며 그렇게 야단을 떨고 소란을 피웠지?"

묻자 진경제는 한수아가 등불놀이 구경을 하러 간 사이에 도둑이 들어 집안의 물건을 훔쳐가고 개까지 끌고 가서, 술김에 거리에 나앉아

욕을 해대며 시끄럽게 했다고 전후 사정을 얘기해주었다. 그러면서 다시 말을 이었다.

"오늘 남편이 돌아오면 된통 얻어맞을 거예요. 아직까지 일어나지 않았던데."

금련도 곁에서 덧붙였다.

"우리가 돌아오면서 빨리 안으로 들여보내지 않았으면 어찌 되었 겠어요? 만약 나리께서 돌아오시다가 그런 꼴을 보셨다면 무슨 망신 이겠어요?"

이렇게 말하고 있을 때 옥루와 이병아 그리고 서문경의 딸도 모두 월랑의 방으로 와서 차를 마시고 경제도 부인들과 함께 차를 마셨다. 잠시 뒤 서문경의 딸은 자기 방으로 돌아가서는 진경제를 보고 욕을 해댔다.

"죽어 염병할 사람아! 이유도 없이 내왕의 마누라와 왜 시시덕거 리고 야단이에요. 아버지께서 아시게 된다면 그년이 비록 아무 일이 없더라도 당신은 죽어도 곱게 죽지는 못할 거예요!"

이에 진경제는 아무 말도 못했다.

이날 서문경은 이병아의 방에서 잠을 자고 좀 늦게 일어났는데 병 마도감[兵馬都監](치안을 담당하는 무관)으로 승진한 형천호[荊千戶] 가 찾아와 인사를 하려 했다. 서문경은 급히 일어나 머리를 빗고 세 수를 하고 의관을 갖추고서 형도감을 대청에서 만나 인사를 나눈 후 에 접대를 하며 평안을 시켜 안채로 들어가서 차를 내오게 했다. 이 때 송혜련과 옥소, 소옥은 후원의 뜰에서 공기놀이를 하면서 서로 히 히덕거리며 놀고 있었다. 소옥이 옥소의 등 위에 말처럼 걸터앉고는 웃으며 말하기를,

"이 음탕한 계집아! 내기에 졌으니 매를 맞아야 될 거 아냐!"

하면서 다시 혜련에게,

"이리 오셔서 이 음탕한 계집의 다리 좀 벌려주세요. 내 요년의 그곳에 몽둥이를 찔러 넣어야겠어요."

이렇게 놀리고 있을 때 평안이 와서 이르기를,

"옥소 누님, 바깥채에 형천호 나리께서 오셔서 저더러 안채로 들어가 차를 내오라고 하셨어요."

했으나 그래도 옥소는 들은 체도 않고 계속해 소옥과 놀기만 했다. 이를 보고 평안은 다시 재촉하며 일렀다.

"손님이 오신 지가 한참 되었단 말이에요."

송혜련이,

"별 우스운 애도 다 보겠네! 나리께서 차를 내오라고 하셨으면 주방에 가서 달라고 하면 될 것을 왜 여기 와서 야단을 떨며 귀찮게 굴고 있어? 이곳에서는 단지 나리와 마님께서 드실 차만을 준비하고, 손님께 접대하는 것은 우리의 소관이 아니란 말이야."

하자 이 말을 듣고 평안은 부엌으로 갔다. 그날은 바로 내보[來保]의 처인 혜상이 부엌일을 맡고 있었는데, 혜상이 말했다.

"야, 이놈의 자식아! 밥 짓느라고 정신이 없는데 안채로 들어가서 차 두 잔 내오라고 하면 될 것 아니냐. 그런데 왜 여기 와서 나를 지명해 차를 끓여 내오라고 야단을 떨고 있어!"

"제가 안채에도 들어갔었는데 안채에서도 차를 끓여주지를 않아요. 혜련 아주머니의 말로는 그런 것은 마땅히 부엌에 가서 알아서 할 일이지 자기가 상관할 일이 아니래요!"

이를 듣고 혜상이 화를 내며 일렀다.

"저런 찢어죽일 년이! 그년이 자기는 나리와 마님만을 시중드는 사람이고 나는 뭐 태어날 때부터 부엌데기인 줄 아는 모양이지? 온 식구들이 먹을 밥을 짓고 큰마님을 위해 반찬을 만드느라 손이 열 개라도 모자랄 정도야. 그런데 누군 손이 몇 개나 되는 줄 아는 모양이지? 차를 내오라고만 했을 뿐인데, 부엌데기 누구를 지명해서 끓여 내오라고 말을 하다니, 부엌데기라고 한 건 그년이 붙였겠지! 차를 못 내가는 한이 있더라도 나는 결코 끓여주지 못하겠어."

"그래도 형나리께서 기다리고 계신 지가 오래되었으니 아주머니가 빨리 끓여주시면 제가 가지고 나갈게요. 늦었다가는 나리께 혼만 나잖아요!"

이렇게 서로 옥신각신하면서 다시 한참을 보냈다. 그러다가 옥소가 과자와 찻숟가락을 가지러 나왔을 때 겨우 평안이 차를 들고 나갔다. 형도감은 오랫동안 앉아 있기가 뭣해 몇 번이나 일어나려고 했으나 서문경이 계속 잡아 앉히고 있었다. 겨우 내온 차가 식어 맛이 없자 평안을 야단치고는 차를 다시 내오게 했다. 다시 내온 차를 마시고 형도감은 돌아갔다. 이를 보고 서문경이 안으로 들어와 물었다.

"오늘 차는 누가 끓인 것이냐?"

평안이,

"부엌에서 끓였어요."

하자 이를 듣고 서문경은 안채의 월랑의 방으로 가서 말했다.

"오늘 차를 엉망으로 끓여 손님께 내왔다오. 그러니 당신이 부엌에 나가 어떤 마누라가 끓였는지 한번 알아봐주게. 그년을 잡아내 혼 좀 내줘야겠어."

이를 듣고 소옥이,

"오늘은 혜상이 부엌 담당이에요."

하자 당황한 오월랑은,

"이런 때려죽일 년이 있나! 그년이 도대체 무슨 마음을 먹고 그런 차를 내왔단 말인가!"

하고는 소옥을 시켜 혜상을 불러내 뜰 앞에 무릎을 꿇리고 얼마나 맞아야 정신을 차리겠냐고 물었다. 혜상은 변명했다.

"밥도 하고 마님의 반찬도 만드느라 손이 너무 바빠서 차가 약간 식었어요."

이에 오월랑은 몇 차례 욕을 하고 혜상을 용서해 일어나게 했다. 그러고는,

"오늘 이후로 앞채에 나리의 손님이 오시면 옥소와 혜련이 안채에서 차를 내가도록 하고, 부엌에서는 단지 집안사람들 식사와 차만을 맡아라."

하고 일렀다. 혜상은 부엌으로 물러나와서도 분을 참지 못하고 서문경이 밖으로 나가기를 기다렸다가, 화가 잔뜩 나서 안채로 들어가 혜련을 찾아 삿대질을 하며 욕을 해댔다.

"이 화냥년아! 네년 뜻대로 되었구나! 네년은 날 때부터 운이 좋아 나리와 마님의 시중을 들었지? 우리들은 부엌데기 여편네들이고! 일부러 하인들을 시켜 우리들을 부엌데기라고 부르고 지목을 해서 차를 끓이게 하고 있잖아! 그렇지만 네년이나 나는 다 같이 밥 짓는 부엌데기야. 그건 너나 내가 잘 아는 사실이잖아. 귀뚜라미가 두꺼비 고기를 먹지 않는 건 서로 한 족속이기 때문이듯이, 우리들은 서로 같은 처지의 사람들이잖아? 네년이 아무리 그래봐야 나리의 작은마누라가 될 수는 없어. 설사 네년이 나리의 작은마누라라 할지라도 나

는 네년을 겁내지 않아!"

혜련은 답했다.

"이년이 제 잘못은 모르고, 네년이 차를 잘못 끓여서 나리께서 화를 내시는 것인데 나와 무슨 상관이 있다고 지랄이야! 어디 와서 화풀이를 하고 있어?"

이를 듣고 혜상은 더욱 화가 나서 악을 쓰며 욕을 퍼부었다.

"이 화냥년아! 네년이 뒤에서 쏙닥거려 나를 패주게 하려고 했잖아! 그런데 왜 정말로 때리지는 않았지? 채씨 집에서도 셀 수 없이 사내질을 하더니 이곳에 와서도 그 못된 수작을 하고 있구나!"

혜련도 독이 올라서 대꾸했다.

"내가 서방질을 하는 걸 네년이 봤어? 말이면 단 줄 알아! 지년은 뭐 깨끗한 몸이라구!"

"내가 왜 깨끗한 몸이 아니야? 나는 네년보다 훨씬 나은 몸이란 말이야. 내가 말하지 않아서 그렇지, 네년은 사내가 수없이 많잖아! 네년이 바깥에서 하는 엉큼한 짓을 사람들이 모르고 있다고 생각하는 모양이지. 하기야 마님들도 안중에 없는데, 그 밑의 사람들이야 오죽하겠어!"

"내가 몰래 뭘 했다고 그래? 뭘 안중에도 두지 않았다고 야단이야? 네년이 뭐라고 위협해도 나는 겁 안 나!"

"누군가가 뒤를 봐주고 있으니 뭘 두려워하겠어!"

이렇게 두 사람이 말싸움을 하고 있을 때 소옥이 월랑을 데리고 나왔다. 두 사람의 다툼을 월랑이 야단을 쳐서 떼어놓으며,

"망할 것들, 일은 하지 않고 무슨 짓들을 하고 있는 게야! 만약 나리께서 아시게 되면 또 한 차례 난리가 날 거야. 아까는 맞지 않고 어

떻게 되었지만 이번에는 얻어맞을 거야!"

하자 혜련은,

"제가 만약 얻어맞게 되면 저년의 창자를 꺼내 씹어먹지 않으면 내 사람의 새끼가 아녜요! 목숨을 걸고 저년을 이 집에서 쫓아낼 거예요. 우리들이 모두 이 집에서 나가버리면 될 거 아니겠어요!"

하고는 밖으로 나갔다.

이 일이 있고부터 송혜련은 갈수록 제멋대로 설치고 다녔다. 서문경과 몰래 관계를 맺은 것을 믿고 집안의 위아래 사람 모두 안중에 두지 않고 행동했다. 매일 옥루와 금련, 이병아와 서문경의 딸, 춘매와 함께 놀며 지냈다. 그날 풍노파가 여자 하인을 데리고 왔는데 나이가 열서넛으로 먼저 이병아의 방에서 얼굴을 보인 후 이교아의 방으로 데리고 가니 이교아는 은자 다섯 냥에 그 아이를 사서는 자기의 방에서 심부름을 하게 했다.

무릇 봄 날씨 따라 피어나려는 매화는 매서운 바람 따위는 두려워하지 않는 법. 시가 있어 이를 밝히나니,

밖에서는 건달, 집안에서는 색마
한둘을 더 취한들 어떠하리.
아침에 말을 타고 나가더니
저녁에 돌아올 때 여인의 향기 그득하네.
外作禽荒內色荒 連沾些子又何妨
早辰跨得雕鞍去 日暮歸來紅粉香

제25화

꿈속의 사람을 일깨우다

손설아가 밀애를 이르고,
내왕이 취해서 서문경을 비방하네

뜰 안에 미녀들이 모여들어
그네를 타며 아름다움을 뽐내네.
아침나절의 해는 포근하고 따사롭고
봄바람은 훈훈하게 담장을 휘도네.
난간에 놓인 수많은 난초 중에서
유독 하나가 눈에 뜨이나
쉽게 여인을 집안에 들여 화를 키우니
집안은 이때부터 도덕이 무너지네.

名家臺柳綻群芳　搖拽鞦韆鬪艷粧
曉日暖添新錦繡　春風和藹舊門牆
玉砌蘭芽幾雙美　繹紗簾幕一枝良
堪笑家麋養家禍　閨門自此壞綱常

　연등절(정월 열이렛날 혹은 열여드렛날에 등을 다는 행사)도 끝나고
어느덧 청명[淸明](양력 사월 초)이 다가왔다. 어느 날 응백작이 일찍
찾아와서는 정원에 술판을 벌여놓고 놀고 마시다가, 많은 세공장이

들이 작업하는 것을 보았다. 그러다가 손과 취가 오늘 한턱을 낸다고 하기에 모두 교외로 놀러 나갔다. 전에 오월랑은 뜰 안의 큰 나무에 그네를 걸어놓고 있었는데 이날 서문경이 밖으로 나가자, 한가하게 여러 자매들을 데리고 노곤한 봄기운을 풀기 위해 한번 놀기로 했다. 먼저 오월랑과 맹옥루가 한 번 타고 내려오고, 이교아와 반금련더러 한번 타라고 했으나 이교아가 몸이 무겁다고 사양하기에 그네를 탈 수 없었다. 그래 반금련과 이병아가 함께 타니 옥루가 이르기를,

"다섯째, 우리 둘이 한번 그네를 타봐요."

하며 또,

"절대로 웃으면 안 돼요."

했다. 이에 두 여인은 섬섬옥수로 밧줄을 꽉 움켜쥐고는 발판 위로 올라갔다. 이에 월랑이 송혜련과 춘매에게 그네를 밀어주라고 했다.

화장한 얼굴과 얼굴을 서로 마주하고
갸름한 어깨도 나란히 하고
옥과 같은 두 팔로는 밀었다 당겼다
작은 네 발이 오르락내리락.
得多少紅粉面對紅粉面 玉酥肩並王酥肩
兩隻玉腕挽腹挽 四隻金蓮顚倒顚

금련이 그네 위에서 자지러지게 웃는다. 월랑이,

"다섯째, 위에서 그렇게 웃지 마. 그렇게 웃다가 미끄러지기라도 하면 큰일 나!"

했으나 뜻하지 않게도 그네의 발판이 미끄럽고 높은 신발을 신어 제

대로 구르지 못해 털썩 하는 소리가 들리면서 금련이 떨어졌다. 다행히 기둥을 잡아 넘어지지는 않았으나 하마터면 옥루까지 붙잡고 넘어질 뻔했다. 월랑이,

"내가 그렇게 웃는 것이 좋지 않다고 했는데 바로 넘어지잖아."
하면서 여인네들을 보며 말한다.

"그네를 타면서 웃으면 절대 안 돼요. 많이 웃어 좋은 게 뭐가 있겠어? 다리에 힘이 빠지니 넘어지잖아. 내가 어렸을 때 일인데 이웃집 주대관[周臺官](대관: 어사)에 뜰이 있었는데 거기에 그네를 매달아 놓았지. 그때도 삼월 어느 날인가 그댁 딸과 우리들 몇 명이 그네를 타며 놀았지. 그렇게 웃으며 놀다가 그 집 따님이 미끄러져서는 발판 위에 말을 탄 것처럼 주저앉아버렸지 뭐야. 그래서 신상희[身上囍](처녀막)가 터져버린 거야. 나중에 시집을 갔을 때 사람들이 처녀가 아니라고 쫓아냈지. 그러니 다음부터는 그네를 탈 적에 절대로 웃으면 안 돼요."

금련이 말하기를,

"셋째 형님은 잘 타지 못해요. 이번에는 병아 동생과 함께 타봐야겠어요."
하자 월랑이,

"조심해서 타세요!"
그러고는 옥소와 춘매에게 다시 그네를 밀어주게 했다.

이때 진경제가 밖에서 들어와 이들을 보고는,

"마님들이 이곳에서 그네를 타고 계시군요!"
하자 이에 월랑이 말했다.

"사위께서 마침 잘 오셨어요. 얘들 대신 그네 좀 밀어주세요. 얘들

이 힘이 없어 제대로 밀지를 못하고 있어요."

진경제는 일부러 원해도 얻을 수 없는 기회가 절로 오자 좋아 어쩔 줄 모르고 앞으로 나아가 옷을 걷어붙이고 말하기를,

"제가 두 분을 밀어드릴게요."

하면서 먼저 반금련의 치맛자락을 붙잡고는,

"다섯째 어머니, 가만히 서 계세요, 제가 밀어드릴 테니까요."

하고 밀자 그네가 빈 하늘을 날아오르니 마치 선녀가 날아다니는 듯했다. 이병아는 그네가 움직이자 놀라 위에서 소리를 지른다.

"아이구, 놀라라! 이리 와서 나도 좀 밀어주세요!"

이 말을 듣고 진경제가 말하기를,

"너무 성급하게 굴지 마시고 잠시만 기다리세요. 제가 천천히 밀어드릴 테니까요. 이럴 때 이쪽에서도 부르고 저쪽에서도 부르면 몸이 둘이라도 당해낼 수가 없고 쓸 힘도 없어요."

그러면서 그네를 민다는 것이 잘못해 치마를 걷어올려 이병아의 붉은 속옷이 드러나고 말았다. 이에 이병아가 놀라서 말했다.

"사위님, 좀 천천히 해주세요. 다리에 힘이 다 빠져버렸어요."

"원래 성미가 급하시군요! 그렇게 서두르시면 저도 머리가 빙빙 돌아요."

금련도 말한다.

"병아 동생, 내 치맛자락도 말려버렸어."

이에 둘은 반쯤 타다가 모두 내려왔다. 그런 후에 춘매와 서문경의 딸이 함께 탔으나 오래 타지 못하고 바로 내려왔다. 다음에는 옥소와 혜련이 함께 탔다. 혜련은 다른 사람이 밀어줄 필요도 없이 손으로 그네줄을 꽉 잡고 몸을 바로 세워 그네판 위에 서서 발로 힘차

게 그네를 굴러 하늘 높이 구름까지 날아 올라갔다가 다시 내려오는
것이 마치 날아오르는 선녀와 같았기에 모든 사람들이 부러워했다.
월랑이 이를 보고 옥루와 이병아에게 말하기를,

"저 아낙을 잘 봐요, 아주 잘 타잖아요."

이렇게 말을 하는데 한 차례 바람이 불어와 치마를 말아올려 안에
입은 붉은색 노주산 비단 바지가 드러났다. 발목에는 푸른색 비단 대
님을 매고, 무릎에는 오색 무릎 보호대를 연분홍 띠로 묶고 있었다.
옥루가 월랑에게 이를 가리키면서 보라고 했다. 월랑이 이를 보고는
피식 웃으며 한마디 했다.

"꼭 도깨비 같군!"

여인네들이 그네를 탄 얘기는 여기에서 접어두고, 이제 다른 이야
기로 가보자.

내왕은 항주에 가서 채태사의 생일 선물용 의복을 짜가지고, 많은
짐과 옷상자를 배에 싣고 돌아와 우선 짐들을 소와 말 등에 나누어
집안으로 옮긴 후에 먼지를 털고 짐들을 풀어놓았다. 그런 후에 안채
로 들어가 설아가 있는 것을 보고는 문 앞에서 인사를 했다. 이에 설
아는 얼굴 가득 미소를 띠면서 말했다.

"돌아오셨군요. 먼길에 고생이 많으셨지요. 얼마 동안 보지를 못
했더니 까맣게 살이 찌셨군요."

"나리마님께서는 어디 가셨어요?"

"나리께서는 오늘 응백작 등이 불러내어 모두 교외로 놀러 나가셨
어요. 큰마님과 다른 마님들은 모두 안채 화원에서 그네를 타고 있고
요."

"이런! 뭘 한다구요? 그네는 북쪽 오랑캐들이나 타지 남쪽 사람들은 타지 않아요. 여인네들은 삼월이 되면 나물을 캘 뿐이에요."

설아는 부엌으로 가서 차를 한 잔 내와 내왕에게 권하면서,

"식사는 했어요?"

하고 물으니 내왕은,

"밥은 이따 먹겠어요. 우선 마님을 뵙고 방에 돌아가 얼굴 좀 씻으려구요."

하면서 다시,

"집사람이 어째 부엌에서 안 보이지요?"

물었다. 이에 설아는 냉소하며,

"당신의 마나님은 이제 예전의 당신 마누라가 아니에요. 이제 대단한 사람이 되어 날마다 마님들과 함께 바둑을 두거나 마작을 하며 함께 놀며 지내고 있는데 어째 부엌일 따위를 하겠어요!"

이렇게 말을 하고 있는데 소옥이 안채로 들어와 월랑에게,

"내왕이 왔어요."

하고 전하니 월랑이 바깥채로 나왔다. 내왕이 앞으로 나가 인사를 올리니 월랑은 내왕에게 오가며 일어났던 일을 묻고 술 두 병을 내려 마시게 하노라니, 처인 송혜련도 안으로 들어왔다. 월랑이 말하기를,

"됐어요, 그동안 고생했으니 방에 돌아가 씻고 좀 쉬세요. 나리께서 돌아오시면 그때 잘 말씀드리면 되니까요."

하자, 이에 내왕은 바로 방으로 돌아왔다. 혜련이 열쇠를 건네주며 문을 열게 한 후 세숫대야에 물을 떠와 씻게 한 후에 배낭을 받아 정리했다. 그러면서,

"깜둥이 양반, 오래 못 봤더니 살이 쪄서 돌아왔네요."

하면서 옷을 갈아입게 하고는 밥을 챙겼다. 한잠 자고 일어나니 벌써 해질 무렵이었다. 서문경이 돌아오니 내왕은 들어가 인사를 올리면서 항주에서 채태사의 옷감과 서문경 집안 식솔들이 집안에서 쓸 옷감을 싸게 사서 상자 네 개를 포장해서 배에 싣고 온 일과 짐 나르는 인부 값과 통관세를 아직 내지 못한 일을 자세히 아뢰었다. 이를 듣고 서문경은 매우 기뻐하면서 내왕에게 은전 두 냥을 주며 수속비로 쓰라고 하고, 이튿날 일찍 성안으로 들어가 물건들이 맞는지 품목을 제대로 잘 확인하게 한 후, 서문경은 내왕에게 은자 닷 냥을 수고비로 주면서, 집에서 물건을 구입하는 일을 맡아줄 것을 부탁했다. 내왕은 몰래 물건을 사가지고 와서 손설아에게 비단 손수건 두 장, 무늬가 있는 무릎 보호대 두 개와 항주분 네 갑, 입술연지 스무 개를 슬며시 주었다. 이를 받고 손설아는 내왕에게 고자질하기를, 내왕이 떠난 넉 달 동안 송혜련이 서문경과 어떻게 놀아났으며, 옥소가 어떻게 중간 역할을 했으며, 또한 반금련이 자기 방을 어떻게 그들의 보금자리로 내주었는지, 처음에는 산에 있는 동굴에서 그 짓거리를 했으며, 나중에는 집안에서 그 짓거리를 했는데 시도 때도 가리지 않고 하루 종일 붙어서는 그 짓거리를 했다고 말했다. 혜련에게 준 옷과 장식들은 모두 큰 주머니에 넣어서는 몸에 지니고 있으며, 하인들을 시켜 물건을 사게 하는데 하루에도 은자 두세 전을 쓴다고 했다. 이에 내왕이 말했다.

"어쩐지, 그래서 상자 안에 옷과 장식들이 들어 있었구나. 웬 것이냐고 물으니 단지 마님이 준 거라고 하던데."

"마님이 주긴요, 나리께서 준 거예요!"

내왕은 이 말을 마음속에 잘 새겨두었다. 저녁 무렵에 내왕은 술

몇 잔을 마시고 방에 돌아왔다. 옛말에 '술에 취하면 뱃속의 말도 나오게 한다'고 하지 않았던가? 상자를 열어보니 남색 비단 한 필이 있는데 그 무늬가 아주 화려했다. 이에 혜련에게 묻기를,

"이것은 어디서 났지? 누가 준 거야? 빨리 솔직히 말해!"

하자 혜련은 내왕이 왜 그러는지 몰라 일부러 웃으며 말했다.

"별난 사람이야! 왜 물어요? 이건 마님께서 내가 저고리가 없는 걸 보고 주신 것을 상자 안에 넣어둔 건데 만들 시간이 없어서 그냥 놔둔 거예요. 그런데 누가 주었다고 그러세요?"

이에 내왕은 욕을 해댔다.

"이런 음탕한 계집이! 그래도 나를 속이려고 하고 있네? 정말로 어느 놈이 준 거야? 그리고 이 장식은 어디서 난 것이지?"

"에이! 별꼴이야. 부모가 없는 사람이 어디 있어요. 설사 돌 틈에서 나왔다고 하더라도 보금자리가 있고, 대추에서 태어났다고 해도 씨가 있어요. 흙으로 만든 인형의 가랑이에서 태어났다고 해도 영혼이 있는 법이에요. 돌에 붙어 자라는 것에도 뿌리가 있어요. 하물며 사람인데 누군들 일가친척이 없겠어요? 이건 내 아주머니 집에서 빌려와서 꽂고 있는 거예요. 이런 걸 누가 주겠어요? 그런데 눈을 하얗게 뒤집어까고 난리를 떨고 있어요. 제 꼴도 모르면서!"

이를 듣고 내왕이 주먹을 내질렀으나 제대로 맞추지 못했다.

"이런 음탕한 계집이! 아직도 주둥이를 놀리고 있다니! 네년이 저 개돼지 같은 놈하고 놀아나는 걸 직접 본 사람이 있는데도 말이야. 옥소 년이 어떻게 다리를 놓아 네년에게 비단을 가져다주었으며, 앞뜰 화원에서 두 연놈이 어떻게 붙어 놀았는지. 나중에 반가, 그 음탕한 계집의 집에서 벌건 대낮에도 하루 종일 같이 있으면서 그 짓거리

를 했잖아! 그래놓고도 잡아떼다니, 이 음탕한 계집년! 네년은 오늘 내 손에 죽을 줄 알아!"

이 말에 여인은 큰소리로 울면서,

"이 병신 육갑할 놈이! 네놈이 잘해준 게 뭐가 있다고 때리고 야단이야? 그리고 내가 뭘 잘못했다고 야단이야? 무슨 말 같지도 않은 말을 듣고 지랄하고 있어? 떨어지는 기왓장은 땅바닥에 떨어지게 마련이야! 어느 쓸데없는 계집의 밑도 끝도 없는 허튼소리를 듣고 못살게 들볶는 거야? 나는 그런 잡것들하고는 달라. 사람을 들볶아 죽게 하려면 그럴듯한 이유를 골라야지! 누가 무슨 말을 하건 나는 믿지 않구… 사람들한테 물어봐? 이 송씨는 발을 묶어 거꾸로 매달아 송[宋]자가 거꾸로 된다고 하더라도 입은 살아서 할말은 다 할걸! 음탕한 계집년 같으니라구! 그년이 나를 씹어 먹으려고 하는데! 이 멍청한 양반아, 바람도 불지 않았는데 비가 왔다고 생각하고 있지만, 모든 것은 증거가 있어야 되는 법이야. 사람이 당신을 시켜 주인마님을 죽이라고 한다면, 죽이겠어요?"

이렇게 말을 하니 내왕은 아무 말도 못했다. 한참 있다가 겨우 말하기를,

"아까 때리려고 한 것은 내 잘못이야, 내가 잠시 속았어!"

이에 혜련이 다시 말한다.

"그 남색 비단은, 내 다시 한 번 말해두지만, 작년 동짓달 셋째 마님 생일에 큰마님께서 내가 자색 저고리에 옥소에게 빌린 치마를 입고 있는 것을 보시고는 '자네는 웬 옷을 그렇게 볼품없이 입었나?' 하시고는 보내주신 거예요. 그런데 어디 만들어 입을 틈이 있어야지! 그런 걸 알기나 해요? 그것도 모르면서 함부로 말해 이렇게 모욕을

주다니, 당신은 이 마누라를 잘못 보고 있어요, 어디 내가 용서할 것 같아요? 조만간 내 목숨을 걸고 누가 그따위 짓을 했는지 찾아내고 저주를 퍼붓고 말겠어요!"

"당신이 그런 짓을 하지 않았으면 됐지, 공연히 다른 사람들과 다투려고 해? 빨리 자리나 깔아, 자게."

이에 부인은 자리를 깔면서 지껄이기를,

"아이구, 이 원수 같은 사람! 술을 마셨으면 곤히 자빠져 잠이나 자지, 공연히 마누라 화를 돋우어 본전도 못 챙기구 있어!"

하며 내왕을 온돌 위에 눕혀놓으니, 내왕은 바로 코를 벼락같이 골면서 잠을 잤다.

여보게들, 내 말 좀 들어보소. 세상에 샛서방을 키우는 여편네는 남자를 호리는 기술이 워낙 뛰어나서, 철석같이 마음이 굳은 남자라 할지라도 여편네의 말 몇 마디면 십중팔구는 모두 여편네 말을 듣는다네. '뒷간 벽돌은 냄새도 나고 딱딱하다(방귀 뀐 놈이 성낸다)'고 하지 않던가.

시가 있어 이를 말하나니,

송씨가 몰래 주인과 정을 통하니
내왕이 술기운에 부인을 혼내네.
설아는 살며시 서방질을 고자질해
주위 사람들 싸움을 붙이네.
宋氏偸情專主房 來旺乘醉讐婆娘
雪娥暗洩蜂媒事 致使干戈肘掖傍

이날 송혜련은 내왕을 겨우 달래 하룻밤을 지냈다. 다음 날 안채로 들어가 옥소에게 누가 고자질했는지 알아보려고 했으나 알 수가 없었다. 그래서 공연히 다른 사람들에게 심통을 부렸다. 그러니 설아는 감히 자기가 그랬노라고 할 수가 없었다.

　어느 날 소란은 이날로부터 시작되었다. 월랑이 소옥을 시켜 설아를 불러오게 했으나 어디를 찾아봐도 찾지를 못하다가 내왕의 방문 앞까지 와보니 설아가 내왕의 방에서 나오길래, 단지 설아가 내왕의 처와 얘기를 했으려니 생각했다. 그런데 뜻하지 않게 부엌에 가보니 혜련은 그곳에서 고기를 썰고 있었다. 이때 서문경은 안에서 교대호와 얘기를 나누고 있었다. 교대호가 부탁하기를 '양주에 왕사봉이라는 소금 장수가 있는데, 안무사에게 체포되어 지금 감옥에 있으니 이천 냥을 줄 테니 서문경이 채태사에게 부탁해 어떻게 나올 수 있게 손을 좀 써달라'는 것이었다. 서문경은 교대호를 배웅하고 나서 바로 내왕을 부르니 내왕이 바로 안채에서 뛰어나왔다.

　눈 속에 있던 백로는 날면 비로소 보이고
　버드나무에 숨어 있던 앵무새도 지껄이면 비로소 알게 되네.
　雪隱鷺鷥飛始見 柳藏鸚鵡語方知

　이로써 모든 사람들은 설아와 내왕이 눈이 맞았다는 것을 알게 되었다.

　하루는 내왕이 술에 취해 하인과 소동들을 상대로 바깥쪽에서 서문경을 헐뜯었다.

　"내가 집에 없는 사이에 내 마누라를 건드려 갖고 놀았어. 옥소 그 계집애를 시켜 남색 비단 한 필을 주고 꾀어 집안으로 불러들여서는 화원 안에서 그 짓거리를 했단 말이야. 나중에는 어떻게 눈들이 맞았는지 하루 종일 붙어 있었고 반금련도 사이에서 같이 놀아났단 말이야. 서가 놈은 이제 내 손에 걸리면 끝장이야. 내 서가 놈을 죽여버리고 말 테니까. 또 음탕한 반가 년도 죽여버리고 말 테야. 그리고 나도 죽어버릴 거야. 두고 봐! 내가 말한 건 반드시 해내고 말 테니! 못되고 음탕한 반가 년은, 생각해보니 그 옛날에 첫 남편인 무대를 억울하게 죽여 시동생인 무송이 고소를 했는데 다행히도 누군가 대신 동경에 뇌물을 써서 해결하는 바람에 무송만 억울하게 변방으로 귀양 갔잖아. 지금은 두 발로 평천길을 걷고 있을걸. 그렇게 무송을 어려움에 빠지게 만들어놓고는 또 내 마누라를 건드려 서방질을 하게 만들었어. 나와 서가 놈 사이의 원한은 이 세상 그 무엇보다도 커! 속담에도 '일단 시작한 일은 끝까지 철저하게 해야 한다'고 하잖아! 머지않아 본때를 보여줄 거야. 목숨을 걸고 하는 판에 황제라도 후려갈길 거야."

내왕은 누군가가 자기 말을 듣고서 고자질하리라는 걸 미처 알지 못했다. 생각지도 않게 집안에서 일하는 내흥이 이를 모두 들었다. 내흥이라는 자는 본래 성이 인[因]으로 감주 출신으로, 서문경의 부친인 서문달이 감주를 오가며 비단장수를 할 적에 데리고 와서 일을 시키면서 이름을 감내흥[甘來興]으로 고쳤다. 그로부터 십여 년이 흘러 결혼도 하고 아이도 낳았다. 서문경은 내흥에게 집안에서 필요한 식량과 부식 등을 사는 일을 보게 했었다. 그러다가 최근에 내왕의 처인 송씨와 붙어 지내면서 서문경은 그 일을 내흥에게서 뺏어 내왕한테 시켰던 것이다. 본래 이 내흥과 내왕은 사이가 좋지 않아 서로 잡아먹지 못해 안달하고 있었다. 이런 판국에 이 말을 듣자 원수를 갚을 절호의 기회라고 여겼다. 이에 내흥은 바로 반금련의 방으로 달려가 이 사실을 금련에게 낱낱이 알려주었다. 금련은 옥루와 함께 앉아 있다가 내흥이 주렴을 걷어올리고 들어오는 것을 보았다. 이를 보고 금련이 묻는다.

"내흥, 무슨 일 있어요? 나리는 오늘 뉘 댁으로 술을 드시러 가셨지요?"

"오늘 나리께서는 응씨 아저씨와 함께 교외 장례식에 가셨어요. 실은 한 가지 마님께 말씀드리고 싶은 것이 있는데, 그저 알고만 계시고 제가 말했다고 누구한테도 말하지 마세요."

"무슨 일인데? 상관없으니 말해봐."

"대단한 일은 아니지만, 그 돼먹지 못한 내왕이 어제 어디에서 술을 마셨는지 모르겠지만 술에 취해서는 바깥채에서 고주망태가 되어 하루 종일 큰소리로 욕을 해대며 별별 지랄을 다 떨었답니다. 또 저를 때리려고 하길래 겨우 한옆으로 피해 아예 상대를 하지 않았지요. 그러자 그놈은 집안 남녀노소들을 붙들고 나리마님과 다섯째 마님 욕을 하지 않았겠어요."

"그래 그 염병할 놈이 뭐라고 나를 욕했지?"

"제가 다 말씀드리기는 뭣하지만, 하기야 셋째 마님은 남이라고 할 수 없으니. 내왕은 나리께서 자기를 심부름시켜 집에 없게 만들고는 자기 마누라를 어떻게 농락했으며, 옥소로 하여금 어떻게 비단을 보내주었으며, 그로부터 놀아난 일 등 증거가 있다고 했으며, 또 한 다섯째 마님이 중간에 끼어들어 혜련이 나리와 함께 방 안에서 놀아날 수 있게 자리를 마련해주어 하루 종일 함께 있도록 했으니, 나리와 다섯째 마님을 죽여버리겠다고 했어요. 그리고 또 '다섯째 마님께서는 예전에 독약을 써서 남편을 죽였는데 다행히도 자기가 동경으로 가 뇌물을 써서 구명 운동을 해 겨우 목숨을 살려주었다. 그런데 지금 와서 다섯째 마님은 은혜를 원수로 갚고, 자기 마누라를 꾀어 서방질을 시켰다'고 했어요. 저는 의리가 있는 사람이라 이 사실을 마님께 알려드리지 않을 수가 없어 이렇게 와서 미리 말씀드리니, 절대로 내왕의 흉계에 걸려들지 말도록 하세요."

옥루는 이 말을 듣자 마치 찬물을 뒤집어쓴 듯한 기분이 들어 깜짝 놀라 어찌할 줄 몰랐다. 금련도 듣지 않았다면 몰라도 이 말을 듣자 얼굴이 시뻘게져 이를 빠득 갈면서 욕을 했다.

"이 때려죽일 놈이! 내가 제놈과 예나 지금이나 서로 원수진 일이 없는데 주인 영감이 자기 마누라를 건드려 놀아난 것에 나를 왜 끼워 넣어 야단이야? 내가 이런 놈을 집안에 둔다면 영원히 마님 대접을 받지 못할 거야! 그리고 뭐가 어째, 그놈이 내 목숨을 구해줬다구! 내 참, 어이가 없어서."

그리고 바로 내홍에게 분부했다.

"이제 나가봐, 나리가 돌아오셔서 물으면 지금 말한 것을 그대로 얘기해야 해!"

"마님께서는 무슨 말씀을 그렇게 하세요. 제가 어찌 감히 허튼소리를 할 수 있겠어요. 모두 그놈이 말한 대로이니 만약 나리께서 물으시면 있는 그대로 다 말씀드릴게요."

말을 마치고 내홍은 밖으로 나갔다. 내홍이 나가자 옥루는 바로 금련에게,

"정말로 영감 나리와 그 여편네가 그런 일이 있었어?"

하고 물었다. 이에 금련이 답한다.

"언니께서 직접 그 부끄러움도 없는 양반께 물어보지 그러세요? 여하튼 그 계집은 예사롭지가 않아요. 그러니 저 종놈이 이렇게 약점을 잡아 야단이지요. 지난날 다른 사람 집에서 일할 적에도 수차례나 주인영감과 육체적인 관계를 맺은 음탕한 계집이라오! 애초에 채통판 집에 있을 때 큰마누라와 함께 몰래 다른 사내와 놀아나다가 들통이 나서 결국 쫓겨나, 요리사인 장총에게 시집을 갔지요. 사내를 보면 눈웃음을 치며 꼬리를 치니 아는 남자가 셀 수 없이 많고 그들과 도대체 무슨 일이 있는지 다 알 수가 없지요! 날강도 같은 그 양반이 쥐도 새도 모르게 계략을 써서는 옥소를 시켜 푸른색 비단 한 필을 혜련에게 보내 저고리를 만들어 입게 했어요. 내 보기에 그년 간덩이가 부었는지 감히 지어 입고는 마치 나리의 마누라인 척하잖아요. 지난겨울 얘기해주려고 했다가 깜박 까먹고 얘기를 못 해줬어요. 그날 큰마님이 대교호의 집으로 술을 드시러 나가시고 집에 계시지 않았잖아요? 그때 우리들은 모두 바깥채에서 바둑을 두고 있었고요. 그때 여종애가 들어와 나리께서 돌아오셨다고 해서 우리들은 모두 자기 방으로 돌아갔잖아요? 잠시 뒤 제가 안채 문 앞으로 가보니 소옥이 복도 끝에 서 있더라구요. 제가 그래서 소옥에게 '나리께서 어디에 계시냐?'고 물으니, 단지 손을 내저으며 아무 말도 하지 않더군요. 그래서 다시 화원 앞쪽으로 가보니 옥소 그 개 같은 것이 쪽문 앞에 서 있는 거예요. 둘을 위해 망을 봐주고 있던 거죠. 나는 그때까지 아무것도 몰랐어요. 그래서 화원 안으로 들어가려고 하자 옥소가 나를 가로막고 못 들어가게 하면서 '나리께서 안에 계세요' 하지를 않겠어요? 그래 제가 욕을 하기를 '이 개자식아! 내가 언제 나리를 두려워

하든?' 했는데, 슬며시 나리가 무슨 일을 벌이고 있는지 궁금한 생각이 들더군요. 그래서 안으로 들어가 보니 나리와 그 여편네가 산동굴 안에서 들러붙어 그 짓거리를 하고 있더라구요. 그 여편네는 내가 들어서는 것을 보자 얼굴이 뻘게져서는 나가버렸지요. 그리고 나리께서는 나를 보자 계면쩍어하기에 내가 두어 마디 '염치도 없는 양반'이라고 욕을 해줬지요. 나중에 그 여편네는 내 방으로 찾아와서 연신 무릎을 꿇고 잘못했다고 하면서 절대로 큰마님께 말하지 말아달라고 애걸을 했지요. 그 뒤로 나리께서 그 음탕한 계집을 내 집에서 하룻밤 재우고 싶다고 하더군요. 나와 춘매가 거절했더니 다시는 얼씬도 하지 않더라구요. 그런데 이 때려죽일 놈의 자식이! 있지도 않은 일을 꾸며 내가 그들을 방 안으로 꼬여들였다고 말하고 있으니! 그 꼴 같지도 않은 변변찮은 계집을 내 집에서 부끄러운 짓거리를 하도록 하겠어요? 설사 나는 그렇다 하더라도 우리 춘매 그년이 어디 용납을 하겠어요?"

"어쩐지, 그 계집이 앉아 있다가 우리를 보더라도 일부러 그러는지 엉거주춤하며 제대로 일어나지 않았군요. 그런데 누가 알았겠어요, 그년 뒤에 그렇게 든든한 빽이 있는 줄을! 솔직히 말하자면 나리께서 그년을 건들지 말았어야지, 어디 손댈 계집이 없어 그런 년에게 손을 대셨는지? 숱하게 깔려 있는 것이 그런 년인데 볼 게 뭐가 있다구? 이 일이 밖으로 알려지면 공연히 망신스럽겠군!"

"누구 탓할 것이 없어요. 나리께서 하인놈 여편네에 손을 대고, 하인놈은 몰래 나리의 여자에게 손을 대니 이는 피차가 서로 바꾸어 도둑질을 하는 거잖아요! 계집과 하인은 입이 찢어져라 수많은 사람들에게 쓸데없는 얘기를 할 테니 오늘 그 주둥이를 때려준다 할지라도 말하는 것을 막지는 못할 거예요!"

"그럼 이 일을 나리께 말씀드리는 것이 좋겠어? 아니면 그대로 모른 척하고 있는 것이 좋겠어? 큰마님께서는 관여하지 않으실 테니 말야! 만약 내왕이 그런 마음을 가지고 있는데, 우리가 말하지 않으면 나리께서 모르실 수도 있잖아. 그러다가 정말로 내왕 손에 해라도 당하게 되면 어떡하지? 그러니 유비무환이라고 미리 준비하는 것이 낫겠어. 다섯째, 말을 하는 게 좋겠어. 바로 나귀 채찍을 하나 만들려고 자형나무(박태기나무) 한 그루를 없앤다는 식으로 하찮은 사람 때문에 귀한 사람이 해를 볼 수는 없잖아."

금련은 이에,

"내가 만약 이 자식을 용서한다면, 그놈은 와서 내 밑의 그것도 달라고 하지 않겠어요?"

라면서 이를 갈았다. 이것이 바로 '평생에 얼굴 찡그릴 일을 하지 않으면, 세상에 분한 일도 원통한 일도 없다네'라는 것.

시가 있어 이를 밝히나니,

내왕이 무단히 술에 취해 주인을 욕하니
한을 품고 있던 내흥이 일러 풍파를 만드네.
금련이 이러한 사정을 들은 후에
이를 갈며 분해 온몸을 떠누나.
來旺無端醉置主 甘興懷恨架風波
金蓮聽畢眞情括 咬碎銀牙怒氣多

서문경이 밤늦게 집에 돌아와 보니 금련이 방에 앉아서 머리도 제대로 빗지 않고, 잠도 제대로 자지 않고, 고민에 빠진 채 울어서 눈이 통통 부어 있었다. 서문경이 금련에게 이유를 물으니, 내왕이 술에 취해 주인을 죽여버리겠다고 한 자초지종을 소상히 말해주었다. 그러고 나서 다시 덧붙였다.

"내흥이 나리를 욕하는 걸 똑똑히 들었대요. 나리께서는 이 말을 잘 생각해보세요. 나리께서 내왕 몰래 내왕의 마누라에게 눈독을 들이고 가까이 하자, 그놈은 나리 몰래 나리의 첩에게 손을 대고 있잖아요. 당신께서는 치마만 걸치고 있으면 누구에게나 눈독을 들이니 그놈이 당신을 죽이려 한다고 하더라도 어쩔 수 없지만, 내가 무슨 상관이 있다고 나까지 죽이려 하는지 모르겠어요! 그러니 빨리 무슨 대책을 세우지 않으면 사람 뒤에는 눈이 없으니 언제 어디에서 그놈에게 무슨 암수를 당할지 모르겠어요!"

"누가 내왕과 눈이 맞았어?"

이에 금련은,

"저한테 묻지 마시고, 안방의 소옥에게 물어보면 바로 아실 수 있어요."

그러면서 계속해 말하기를,

"내왕이 저를 욕하고 다닌 게 이번 한 번이 아니에요. 당초 제가 어떻게 약을 써서 남편을 죽였으며, 그런 저를 어떻게 나리께서 부인으로 맞이해 들였으며, 또한 남편을 죽인 것이 문제되었을 적에 동경에 줄을 대어 뇌물을 써서 자기가 제 생명을 구해주었다는 거예요. 그러면서 이러한 얘기를 밖에 떠벌리고 다니고 있어요. 다행히 내가 사내건 여자건 낳지 않았으니 망정이지 만약 사내나 계집애를 낳았더라면 이놈이 무슨 말을 퍼뜨리고 다니겠어요. 그 애들에게 말하기를

'네 에미가 당초 어려움에 처했을 적에 다행히 내가 아는 사람들에게 뇌물을 써서 겨우 목숨을 살려주었단다'라고 할 것 아니겠어요. 그렇게 되면 제 체면도 말이 아니잖아요! 설사 당신께서는 상관없을지라도 저는 그렇지가 않아서 반드시 목숨을 걸고서라도 사생결단을 낼 거예요!"

하자, 서문경은 금련의 말을 듣고 바로 바깥채로 나가 내흥을 불러 아무도 없는 곳으로 데리고 가서는 사건의 전말을 물어보았다. 이에 하인은 하나둘 모든 것을 자세히 일러바쳤다. 얘기를 들은 후 다시 안채로 들어가 소옥에게도 몇 가지 물어보니 금련이 말한 바와 별로 차이가 없었다. 즉 언젠가 소옥이 자기 눈으로 직접 설아가 내왕의 집에서 나오는 것을 보았는데 내왕의 여편네는 집에 있지 않았고 정말로 그런 일이 있었다는 등등의 얘기였다. 이런 말을 듣고 서문경은 크게 노해서 손설아를 매우 두들겨 패주었으나 월랑이 재삼 그만두라고 권하는 바람에 손설아가 가지고 있는 머리 장식과 패물, 옷가지를 빼앗고는 다른 하인들과 함께 부엌에서 부엌일이나 하게 하며, 다른 사람들과 만나는 것도 금했다. 이 일은 잠시 접어두기로 한다.

　서문경은 안채에서 옥소를 시켜 송혜련을 불러 그러한 사실이 있는지를 몰래 물어보았다. 이에 혜련이 답했다.

"아이구! 나리 마님께서는 무슨 그런 쓸데없는 말씀을 하세요. 그 사람이 그런 말을 할 리가 절대 없어요. 제가 대신 맹세를 하겠어요. 내왕이 술을 좀 마셨기로서니 머리가 일곱 개, 간덩이가 여덟 개도 아닌데 감히 나리를 몰래 욕할 수 있겠어요? 주왕[紂王](상[商]대 마지막 왕으로 포악함과 잔인함으로 유명함)의 땅에 살며 주왕의 밥을 먹고 있으면서 어찌 감히 주왕이 포악하다고 욕을 할 수 있겠어요. 제

깐 놈이 도대체 어디에 의지해 먹고살고 있는데요? 그러니 제발 영
감님께서는 다른 사람 말을 듣지 마세요. 그런데 도대체 누가 그런
말을 했지요?"

서문경은 혜련의 일장연설을 듣고서는 아무 말도 못하고 입을 다
물고 있었다. 그러다가 자꾸 묻는 통에 말을 했다.

"실은 내흥이 와서 네 서방이 날마다 술을 마시고 취해서는 밖으
로 돌아다니면서 나를 욕하고 있다는 게야."

"내흥은 영감님께서 우리한테 집안의 물건구입을 맡기신 것에 대
해 우리가 자기 것을 가로채 돈줄도 자연히 없어진 것이라고 여기고
있어요. 그런 일로 원한을 품고 있으니 자연 아무 일도 아닌 것에 피
거품을 물고 야단을 치지요. 그런 줄도 모르고 나리께서는 내흥의 말
을 곧이곧대로 믿고 계시다니! 내왕이 만약 엉뚱한 마음을 품고 있
다면 저도 결코 그이를 가만두지 않을 거예요! 그러니 나리께서는
제 말을 믿으시고 그이를 이 집에서 나가게 해주세요. 그이가 내흥과
함께 한 집에 있으면 서로 화만 내고 싸움만 할 거예요. 그러니 내왕
에게 돈 몇 푼을 쥐어줘 마음으로 감복하게 만든 후에 멀리 떠나 장
사라도 하게 하세요. 집안에 그대로 두어 몸을 편하게 해선 안 돼요.
옛말에도 '배부르고 따스하면 말썽을 부리고, 배고프고 추우면 도둑
질할 마음이 생긴다'잖아요. 그러니 그 사람이 무슨 일을 저지를지
누가 알겠어요? 여기에는 아무도 없으니, 내왕이 만약 장사를 나간
다면 아침저녁으로 영감님과 제가 만나 얘기를 나누기에도 훨씬 더
좋잖아요!"

서문경은 혜련의 말을 듣고 대단히 기뻐해 말했다.

"귀여운 것, 네 말이 정말로 옳구나! 나는 바로 내왕을 동경으로

보내 채태사에게 생일 선물짐을 호송해 갖다 주도록 해야겠어. 네 서
방은 막 항주에서 돌아왔기에 다시 내왕을 시키기가 뭣해 내보를 보
낼까 했었는데 말이다. 네가 그렇게 말을 하니 내일이라도 바로 떠나
게 하마. 그리고 내왕이 돌아오면 다시 일천 냥을 주어 지배인과 함
께 항주에 가서 비단이나 명주실을 사와 장사를 시켜야겠다. 네 생각
은 어떠냐?"

　이런 말을 듣고 혜련은 매우 기뻐하며,

　"나리께서 그렇게만 해주신다면 더할 나위 없이 좋지요. 여하튼
제 남편을 집에 그대로 놔두어서는 절대 안 돼요. 말 달리듯 해야지
절대 쉽게 해서는 안 되고, 실컷 부려먹어야 해요!"

　이렇게 말을 하노라니, 서문경은 주위에 사람이 없는 것을 보고서
는 혜련을 껴안고 입을 맞추었다. 혜련은 먼저 자기 혀를 서문경의 입
에 넣은 후에 둘은 서로 빨면서 한참을 즐겼다. 혜련이 다시 말했다.

　"제게 머리에 쓰는 덧가발을 하나 만들어주신다고 했는데 어째서
아직까지 만들어주지 않으시지요? 요즘 안 쓰면 언제 쓰나요? 허구
한 날 이런 촌스러운 가발만 쓰게 하시다니!"

　"서둘지 좀 마라! 근간에 은 여덟 냥을 금은 세공방으로 가지고 가
서 만들어줄 테니. 그런데 큰마님이 물으면 무어라 대답을 하지?"

　"괜찮아요, 제가 적당히 꾸며대지요. 제 이모 집에서 잠시 빌려온
것이라고 하면 되지, 뭘 겁내세요?"

　이렇게 얘기를 나눈 후에 둘은 각자 헤어졌다.

　다음 날 서문경은 응접실에 앉아서 내왕을 불러 일렀다.

　"너는 길 떠날 짐을 정리해 모레 삼월 스무여드렛날에 동경으로
채태사께 드리는 선물짐을 호송해 가져다드리거라. 갔다 오면 내 다

시 너를 항주로 보내 장사를 하게 할 생각이다."

　이런 서문경의 말을 듣고 내왕은 대단히 기뻐해 바로 대답하고 집으로 돌아와 길 떠날 채비를 하고, 밖으로 물건을 사고 인사를 하러 나갔다. 내흥이 이러한 소식을 듣고는 바로 금련에게 달려와 알려주었다. 금련은 서문경이 화원 안 정자에 있다는 소식을 전해 듣고 그곳으로 나가보았으나 보이지가 않았다. 단지 진경제가 그곳에서 망의[蟒衣](황금색 이무기를 수놓은 명청시대 대신들의 예복) 옷감을 정리하고 있었다. 일찍이 서문경의 집에서는 은 세공장이를 집으로 불러 사양봉수[四陽捧壽] 은[銀] 인형[人形] 한 쌍을 맞추었는데 모두 높이가 한 자나 되었으며, 대단히 아름다웠다. 또한 수[壽]자가 새겨진 금 주전자 한 쌍, 복숭아 모양의 옥으로 만든 잔 한 쌍, 그리고 항주에서 짠 붉은 바탕에 다섯 가지 색을 곁들인 망의 두 벌이 있었다. 그러나 검은색 파초포[芭草布] 두 필과 붉은색 망의가 부족해 사방으로 돈을 주고 구해보려고 했으나 구하지 못했다. 이에 이병아가 말하기를,

　"제가 머물고 있는 처소에 아직 재단하지 않은 망의가 있는 것 같은데 가서 보고 올 테니 기다려보세요."

하자, 이에 서문경은 병아와 함께 이층으로 올라가 네 벌 분을 골라 가지고 왔다. 붉은색 천 두 벌 분과 검은색 파초포 두 필이었는데 모두 주위를 금으로 두르고 다섯 가지 무늬를 넣은 망의로 항주에서 짠 것보다도 그 문양이나 바탕이 열 배 이상이나 더 좋은 것이었다. 이에 서문경은 더할 나위 없이 기뻐했다. 그리고 화원 안 골방에서 진경제로 하여금 이러한 옷감들을 잘 싸게 했던 것이다. 진경제를 보고 금련이 물어보았다.

"아버님은 어디 계세요? 당신은 무엇을 싸고 있죠?"

"아버님께서는 좀 전까지 이곳에 계시다가 여섯째 마님 처소의 이층으로 가셨어요. 제가 싸고 있는 것은 동경의 채태사 생일날에 보낼 선물용 옷감이에요."

"누가 가지고 가지요?"

"어제 아버님께서 내왕보고 가라고 하시는 것을 들었는데, 아마도 내왕이 가지고 갈 거예요."

금련은 계단 섬돌을 내려와 화원으로 들어가는 길로 가다가 거기에서 바로 서문경을 만났다. 금련은 서문경을 집안으로 불러들인 후 물어보았다.

"내일 누구를 동경으로 보내세요?"

"내왕과 오지배인 두 사람인데, 소금장수인 왕사봉[王四峯]의 구명운동비로 일천 냥 정도를 가지고 가야 하기 때문에 이들 두 사람을 보내려고 해."

"당신 마음대로 하세요. 제가 드리는 말씀은 듣지 않으시고 그 못된 음탕한 계집의 말만 들으시는군요. 혜련에게 무슨 말을 묻건 그년은 자기 서방을 두둔할 뿐이에요. 그 하인 놈의 말이 먼저 있었고 둘 사이가 하루아침에 이루어진 건 아니에요. 이미 닳고 닳은 자기 여편네를 당신께 주어버리고 자기는 나리의 돈을 잘 챙겨서 어디론가 지체 없이 달아날 생각이에요. 그러니 당신은 두 눈 빤히 뜨고 당할 거예요. 당신이 당하는 거야 상관이 없다고 하더라도 다른 사람의 은자 일천 냥을 잃어버리게 되면 아마 나리께서는 곤란해지실 걸요! 제가 하는 말을 믿고 안 믿고는 당신 마음이에요. 그 여편네가 말로는 당신뿐이라고 하지만 마음속에는 오로지 제 서방만 있을 뿐이에요. 그것은 내왕과 먼저 배를 맞추었기 때문에 그래요. 그러니 당신께서 혜련과 관계를 끊지 않는다면 내왕을 집안에 남겨두어도 좋지 않고, 멀리 보내 장사를 시키려고 하는 것도 좋지 않아요. 내왕을 집안에 남겨두면 둘의 관계가 조만간 들통이 날 것이고, 내왕을 멀리 장사를 보내는 것은 내왕이 당신의 장사 밑천을 다 써버려도 아무 말을 할 수가 없으니 이것도 문제지요. 그런데도 만약 당신께서 내왕의 여편네를 갖고 싶다면 내왕을 이 집에서 쫓아내버리는 것이 제일 좋은 방법이지요. 속담에도 '풀을 벨 때 뿌리를 뽑지 않으면 싹이 여전히 솟아오른다. 풀을 벨 때 만약 뿌리를 다 뽑아버리면 싹이 생기지를 않는다'잖아요. 이렇게만 되면 나리께서 굳이 걱정을 할 필요도 없고 혜련도 자기 사내를 단념하고 말 거예요."

반금련의 말을 듣고 서문경은 취했다가 비로소 술이 번뜩 깨는 듯한 기분이었다.

몇 마디 말에 군자의 길이 열리고
몇 마디 말에 꿈속의 사람을 일깨우네.
數語撥開君子路 片言提醒夢中人

청룡과 백호가 같이 길을 가니

내왕은 서주로 쫓겨나고
송혜련은 부끄러워 자살하다

조용히 지내며 말을 삼가면 탈이 없지만
함부로 말을 하면 모가 나는 법이라네.
다투어 남을 이기려면 계략을 써야 하나
다툼이 없는 말은 여운이 그윽하네.
좋은 음식도 과하면 병이 생기고
즐거운 일도 지나치면 필히 재앙이 따른다네.
병이 걸린 후에 약을 구하기보다는
병이 걸리기 전에 예방하는 것이 훨씬 낫다네.
閑居愼句說無妨 才說無妨便有方
爭先徑路機關惡 近後語言滋味長
爽口物多終作疾 快心事過必爲殃
與其病後能求藥 不若病前能自防

이렇게 서문경은 반금련의 말을 듣고 마음을 고쳐먹었다. 다음 날
내왕은 길 떠날 짐을 꾸려가지고 인사를 드린 후에 동경으로 출발하
려고 했다. 그런데 해가 중천에 떠올라도 아무런 동정이 없었다. 그

러던 중에 서문경이 밖으로 나와 내왕을 앞으로 불러서 이른다.

"어젯밤에 생각을 해봤는데 네가 오랫동안 항주에 있다가 돌아온 지가 얼마 되지 않았는데, 다시 동경으로 심부름 보내는 것은 너무 고생을 시키는 것 같구나. 그래서 너 대신 내보를 보내려고 한다! 그러니 너는 집에서 좀 쉬도록 해라. 내가 근일 집안에서 일거리를 찾아주마."

예부터 물건은 주인 뜻을 따를 수밖에 없다고 하지 않았던가! 그러니 내왕이 감히 무슨 말을 할 수 있겠는가? 아무 말도 못하고 잠자코 밖으로 물러나왔다. 서문경은 생일 선물과 금은 세공품과 은[銀] 등을 편지와 함께 내보와 오지배인에게 주어 오월 스무여드레 동경으로 출발하게 했다. 이 일은 여기에서 접어두기로 하자.

한편 내왕은 방으로 돌아와, 생일 선물을 가지고 가는 일에 자기를 보내지 않고 내보를 대신 보낸 것에 대단히 화가 났다. 술을 마시고 취해 화풀이로 송혜련에게 술주정을 하면서 서문경을 죽여버리겠노라고 말했다. 혜련은,

"사람을 무는 개는 이를 드러내지 않고 짖지도 않는 법이에요. 담에도 틈이 있고 벽에도 귀가 있어서 누가 엿들을지 모르는 거예요. 술을 마셨으면 어서 자빠져 자기나 해요."

라고 욕을 하고는 남편에게 침상 위에 올라가 빨리 잠을 자라고 재촉했다. 이튿날 안채로 들어가 옥소와 미리 짠 후에 서문경을 밖으로 청해 두 사람은 부엌 뒷담 아래에 숨어서 말을 하고, 옥소가 문 뒤에서 그들을 대신해 망을 보았다. 부인은 서문경을 원망하면서 이르기를,

"나리께서도 명색이 남자이시죠? 처음에 내왕을 보내겠다고 하시

고는 어째서 중간에 마음을 바꾸셔서 다른 사람을 보내셨나요? 나리께서 그렇게 마음을 정하지 못해 공처럼 오르락내리락하시고 등심초로 만든 지팡이처럼 연약하니 어찌 의지할 수 있겠어요. 내일이라도 나리를 사당에 모시고 '거짓말 신[神]'이라고 깃발을 써서 모셔야겠어요. 그렇게 입만 열면 거짓말이니 다시는 당신 말을 믿지 않겠어요! 제가 그렇게 알아듣도록 잘 말씀드렸는데 어째 제 뜻은 조금도 헤아려주지 않으세요?"

라며 열을 냈다. 이에 서문경은 웃으며 답했다.

"말이라고 다 그렇게 하는 게 아니야. 내가 내왕을 보내지 않은 것은 채태사의 집을 잘 모를 것 같아서 일부러 내보를 보낸 게야. 대신 내왕을 이곳에 남게 했다가 조만간 조그만 장사라도 시켜줄까 하는 중이야."

"그럼 솔직히 말씀해주세요. 도대체 무슨 장사를 시키려고 하세요?"

"술장사를 맡겨볼까 해."

혜련은 이 말을 듣고 대단히 기뻐했다. 바로 집으로 돌아와 남편 내왕에게 방금 전에 서문경과 나눈 얘기를 모두 해주면서 하루 빨리 서문경의 처분이 내려지기를 기다리고 있었다. 그러던 중에 하루는 서문경이 응접실에 앉아 있다가 하인을 시켜 내왕을 불러 탁자 위에 은전 여섯 꾸러미를 내놓았다.

"항주에 갔다 오느라고 무척 고생했네. 자네를 동경으로 보내지 않은 것은 자네가 혹시라도 채태사집을 잘 모를까 걱정이 되어서 내보와 오지배인을 대신 보낸 거라네. 여기에 은 여섯 꾸러미, 도합 은자 삼백 냥이 있으니, 이것을 가지고 가서 책임지고 술집을 열어 잘

운영해보게. 이익이 있어 내게 이자를 줄 수 있다면 더 바랄 나위 없이 좋겠고."

이 말을 듣고 내왕은 황급히 땅바닥에 엎드려 머리를 조아리며 고맙다고 거듭 인사를 올린 후에 돈을 챙겨가지고 집으로 돌아와 혜련에게 말했다.

"나리께서 나를 알아보시고 장사를 해보라고 하시더군. 그러면서 이삼백 냥을 주면서 나더러 책임지고 술집을 해보라고 말이야."

"이 시커먼 양반아! 당신은 아직도 나에게 화를 내실 거예요? 호미 하나로 우물을 파려면 천천히 여유를 갖고 하는 법이에요. 누가 오늘날 당신께 장사를 시켜줄 생각이나 했겠어요? 그러니 당신도 이제는 분수를 지켜 술도 작작 마시고 허튼소리도 그만 지껄이세요!"

"이 은자나 상자 속에 넣어 잘 간직하구려, 내 밖에 나가 회계 볼 사람을 찾아봐야겠어."

그렇게 일러두고는 밖으로 나와 사람을 찾아보았으나 저녁 무렵이 되도록 찾지 못하자, 술을 진탕 마시고 집으로 돌아오니 혜련은 내왕을 재웠다. 내왕도 잠이 들고 주위 사람들도 잠이 들 무렵 갑자기 안채에서 '도둑이야' 하는 소리가 들려왔다. 혜련은 놀라서 내왕을 흔들어 깨웠으나 술이 덜 깬 멍한 상태로 잠시 동안 앉아 있다가 호신용 곤봉을 가지고 바로 안채로 도둑을 잡는다고 하면서 갔다. 이에 혜련이 이르기를,

"밤도 깊었으니 함부로 나서지 마시고 동정을 잘 살피세요!"

했으나 내왕은,

"평소에 군사를 키우는 것은 필요할 때 쓰려고 하는 게야. 그런데 집안에 도둑이 들었다는 말을 듣고 어찌 모른 척하고 가만히 있단 말

인가!"

하면서 곤봉을 들고서는 곧장 중문을 통해 안채로 들어갔다. 들어가보니 옥소가 객실 섬돌 위에 서서,

"도둑놈이 화원 쪽으로 갔어요!"

하고 큰소리를 쳤다. 이 말을 듣고 내왕은 바로 화원 안으로 뛰어들어갔다. 그러다 뜰로 통하는 쪽문쯤에 왔을 때 갑자기 어둠 속에서 의자 하나가 날아왔다. 의자에 걸려 내왕은 땅에 넘어졌다. 쨍그랑 소리가 나면서 칼도 한 자루 땅에 떨어졌다. 그러면서 좌우에서 하인 대여섯 명이 뛰어나오면서 큰소리로,

"도둑 잡아라!"

외치면서 모두 앞으로 달려나와 내왕을 붙잡았다. 이에 내왕은,

"난 내왕이야! 도둑을 잡으려고 들어온 거야. 그런데 왜 나를 잡고 야단이야?"

했으나 하인들은 말을 듣지 않고 곤봉으로 몇 대를 때리고는 대청으로 끌고 갔다. 대청으로 끌려가보니 등불이 휘황찬란하게 켜져 있고, 서문경이 정면에 앉아 있다가 내왕이 끌려오는 것을 보고서는,

"이리 끌고 오너라!"

하고 큰소리로 외쳤다. 내왕이 바닥에 무릎을 꿇고,

"소인은 도둑이 들었다는 소리를 듣고 들어와 도둑을 잡으려고 했는데 어째서 소인을 붙잡으시는 겁니까?"

하고 말했다. 그러자 내흥이 칼을 면전에 놓으면서 서문경이 볼 수 있도록 했다. 이를 보고 서문경은 크게 노하여,

"짐승은 구제하기가 쉬워도 사람은 구제하기가 어렵다더니! 정말로 이놈이 사람을 죽이려고 했구나! 나는 네놈이 항주에서 고생하고

돌아왔기에 삼백 냥을 주어 장사를 시켜주려고 했거늘, 네놈은 어찌
하여 깊은 밤에 안으로 들어와 나를 죽이려고 했단 말이냐? 그렇지
않다면 칼을 들고 무엇을 하려고 했단 말이냐? 그 칼을 불빛 아래 잘
볼 수 있도록 이리 가져와봐라."
라며 욕을 했다.

　가져온 것을 자세히 살펴보니 등이 두껍고 날이 얇고 예리한 칼
로, 서릿발처럼 날카로워 보였다. 그것을 보노라니 더욱 화가 치밀어
좌우에 명하기를,

　"이놈을 방으로 끌고 가서, 내가 준 은자 삼백 냥을 가져오너라."
하니, 이에 하인들이 내왕을 끌고 방으로 가니, 혜련이 이를 보고 방
성대곡을 하면서,

　"이 사람은 안채로 도둑을 잡으러 갔는데, 어찌하여 도둑으로 내
모십니까?"
하며, 다시 내왕을 향해,

　"그래 내 당신한테 들어가지 말라고 했는데 말을 안 듣고 가더니
이게 무슨 꼴이에요. 흉계에 빠졌잖아요!"

　이렇게 말하면서 상자를 열어 여섯 꾸러미의 은자 삼백 냥을 꺼내
들고 객청으로 나갔다. 서문경이 불빛 아래에서 꾸러미를 열고 살펴
보니 그중 단 한 꾸러미만이 은자일 뿐 나머지는 모두 주석과 납덩어
리였다. 이에 서문경이 크게 노하여,

　"은자를 바꿔치기했구나. 그것들을 다 어디로 빼돌렸느냐? 빨리
사실대로 말하지 못하겠느냐?"
하자, 이에 내왕이 울면서 답했다.

　"나리께서 저를 잘 보아서 장사를 시켜주려고 하셨는데, 제가 어

찌 감히 다른 마음을 품고 은자를 바꿔치기하겠습니까?"

서문경은,

"네놈은 칼을 들고 나를 죽이려고 했단 말이다. 칼이 여기 있는데도 아직도 변명을 한단 말이냐?"

그렇게 말을 하면서 내흥을 불러내니, 내흥은 땅에 무릎을 꿇고 증언하기를,

"언젠가 밖의 여러 사람들 앞에서 나리를 죽이겠노라고 말을 하지 않았느냐? 또 나리께서 장사를 시켜주지 않는다고 화를 내기도 했잖아."

하니, 이에 내왕은 단지 한숨을 크게 내쉬고 미간을 찌푸릴 뿐, 기가 막혀 벌린 입을 다물지 못했다. 서문경이 다시,

"여기 명백하게 증거물로 칼도 있으니, 하인들을 시켜 저놈을 문간방에 단단히 가두어라. 내일 고소장을 써서 바로 제형소에 넘겨버릴 테다."

라며 명을 내렸다. 이를 듣고 혜련은 머리는 풀어헤치고, 옷맵시도 제대로 갖추지 못하고 바로 대청 안으로 들어가 서문경의 발아래 무릎을 꿇고는 애원했다.

"나리, 이것이 나리의 수법인가요! 안채에 도둑이 들었다는 외침을 듣고 기특한 마음으로 도둑을 잡으려고 들어왔는데 도리어 도둑으로 몰아 잡다니요? 나리께서 주신 은자 여섯 꾸러미는 제가 원래대로 간수해 조금도 건드리지 않았는데 어찌 함부로 바꿀 수가 있겠어요? 억울하게 생사람을 잡는다면 하늘도 용서치 않을 거예요! 도대체 제 남편이 무슨 잘못을 했다고 그러세요? 이 사람을 때리고도 성이 풀리지 않아 또 관가로 넘기려고 하시는 거예요?"

서문경은 이렇게 앙탈하는 혜련의 모습을 보자, 화가 사라지고 슬며시 장난기가 동해서,

"귀여운 것! 너하고는 상관없는 일이야! 어서 일어나거라. 이놈이 무례하고 담대한 것은 어제오늘의 일이 아니야. 칼을 가지고 나를 죽이려고 한 것을 너는 잘 모를 거야. 너와는 상관이 없으니 안심하고 있거라!"

라면서 내안에게,

"빨리 이 사람을 부축해 방으로 데려가거라, 놀라지 않게 말이다!"

했으나 혜련은 바닥에 꿇어앉아 일어나지 않으면서,

"나리께서는 너무 가혹하시군요. 스님의 얼굴을 보지 말고 부처님의 얼굴을 보아, 제가 이렇게 말씀드리니 제발 제 남편을 한 번만 용서해주세요. 그 사람이 비록 술을 마시지만 절대 그런 일을 할 위인이 못 돼요."

하면서 붙들고 늘어지니, 서문경은 당황하여 내안을 시켜 혜련을 안아 일으킨 뒤 잘 달래 방으로 돌려보냈다.

다음 날 날이 밝자 서문경은 편지를 쓰고, 내홍을 불러 증인으로 삼은 후에 고소장을 가지고 내왕을 제형소로 끌고 가려 했다. 그리고 모월 모일 술에 취해 칼을 가지고 깊은 밤에 주인 나리를 죽이려고 했으며, 또한 장사 밑천으로 준 은자를 바꿔치기한 일들을 자세히 말하라고 일렀다. 그러고서 막 대문을 나서려고 하는데, 오월랑이 객청 앞까지 나와 서문경을 향해 재삼 참으라고 만류한다.

"하인 놈들의 무례한 일은 집안에서 처리하면 돼요! 그것을 굳이 떠벌려 관가로 끌고 가 시끄럽게 할 필요가 어디 있어요?"

서문경은 이 말을 듣고 두 눈을 부릅뜨며 호통치기를,

"아녀자가 뭘 안다구! 하인 놈이 감히 나를 죽이려고 했는데도 당신은 나보구 내왕을 용서해주라고 하는 거야!"

하고는 부인 말을 듣지 않고, 좌우에 호령하여 내왕을 제형원으로 넘겨버렸다. 이에 오월랑은 부끄러워 얼굴을 붉히며 물러났다. 그리고 안채로 들어와서는 옥루 등 여러 사람들을 향해 말했다.

"요즘 이 집은 마치 난세[亂世]의 왕을 모시고 있는 것 같고, 꼬리 아홉 개 달린 여우가 세상에 나온 것 같아. 도대체 누구의 말을 듣고 공연히 하인 놈을 관가에 넘기는지 모르겠어. 내왕이 만약 도둑질을 했다고 하더라도 우선 모든 사실을 제대로 알아봐야 하는 것 아니겠어? 무고한 사람에게 억울한 누명을 씌우면 도리라고 할 수 있겠어? 어째 가면 갈수록 이치를 따지지 않고 멍청해지는지!"

송혜련은 바닥에 꿇어앉아 목놓아 운다. 이를 보고 오월랑은,

"여보게, 울지 말고 그만 일어나게! 자네 남편이 죽지는 않을 걸세. 설령 살인을 했다 하더라도 아직 시간이 있지 않은가! 그 양반이 무엇을 잘못 마셨는지 내가 무슨 말을 해도 듣지를 않으니, 우리 여인네들은 아무 쓸모도 없다니까!"

하자 옥루도 혜련을 달랬다.

"나리께서는 지금 화가 나서 누구 말도 듣지를 않으시니, 흥분이 좀 가신 다음에 우리들도 잘 말씀드려줄게. 그러니 안심하고 집으로 돌아가요."

이들의 이야기는 여기서 잠시 접어두자.

한편 내왕은 제형원으로 넘겨졌는데, 서문경이 미리 대안을 시켜 쌀 백 석을 하제형[夏提刑]과 하천호[賀千戶]에게 보내놓았다. 두 사

람은 물건을 받고 나서 관청에 출근했다. 잠시 뒤 내흥이 들어와 고소장을 올려 그것을 받아보니, 이미 들어 알고 있는 바와 같이, 은을 주어 장사를 시켜주려고 했으나 재물에 탐이 나서 몰래 은을 바꿔치기했고, 또 그것이 탄로날 것이 두려워 깊은 밤에 칼을 들고 안채로 들어가 주인을 죽이려고 했다는 내용이 낱낱이 기록되어 있었다. 이를 보고 둘은 크게 노하여 바로 내왕을 대청 앞으로 불러들여 심문을 했다. 이에 내왕은 말하기를,

"바라옵건대 영명하신 나리님께서 사실을 밝혀주시기 바랍니다. 해명할 기회를 주신다면 소인은 모든 것을 아뢰겠지만, 만약에 해명을 허락지 않으신다면 소인은 아무것도 말씀드리지 않겠습니다."

하자 이에 하제형은,

"네놈은 여기에 명백한 증거가 있으니, 허튼 수작할 생각은 마라. 모든 것을 사실대로 얘기하면 무거운 벌은 면할 수 있을 것이다."

했으니, 내왕은 서문경이 처음에 어떤 사람을 시켜 남색의 비단을 보내주었고, 또한 어떻게 자기 부인인 송씨를 희롱하여 간음했는지 낱낱이 고했다. 그리고 지금에 와서 자기에게 죄를 뒤집어씌워 함정에 빠뜨리고 자기 부인을 빼앗으려 한다는 등 자초지종을 자세히 고했다. 하제형은 이를 듣고 크게 호통치면서 좌우 사람들을 시켜 내왕의 따귀를 때리게 한 후 일렀다.

"네 이놈, 배은망덕한 놈 같으니라구! 네놈의 마누라 역시 네 주인이 데려다가 짝을 맺어준 것이 아니냐. 그리고 돈까지 대어주며 장사를 시켜주려고 하지 않았느냐? 그런데 네놈은 은혜를 갚을 생각은 하지 않고 도리어 앙심을 품고 일을 꾸미며 술의 힘을 빌려 칼을 가지고 야밤에 안방에 들어가 주인을 죽이려고 하다니! 만천하의 사람들

이 모두 네놈 같다면 어디 겁이 나서 사람을 쓸 수 있겠느냐!"

내왕은 입으로 연신 억울하다고 소리쳤다. 그러나 하제형은 들은 체도 하지 않고 내흥을 불러 증인으로 삼아 대질 심문을 하니, 내왕은 입이 있어도 아무 할 말이 없었다. 원대한 계략은 꾸밀 수 있어도 눈앞의 재앙은 모면하기 어려운 법.

하제형은 즉시 좌우에 영을 내려 큰 곤장을 가져오게 한 후, 내왕을 꼼짝 못하게 잘 묶고 곤장 스무 대 남짓 내려쳤다. 곤장을 내려친 곳은 살이 터지고 살가죽이 벌어지고 선혈이 낭자했다. 곤장을 멈추자 다시 옥졸에게 분부했다.

"옥에 가두어라."

내흥과 대안은 집으로 돌아와 이 사실을 서문경에게 자세히 고했다. 서문경은 이를 듣고 대단히 기뻐했다. 그러고는 하인들에게 이르기를,

"이부자리며 먹을 것, 그 어느 것도 내왕에게 넣어주지 말거라. 또 내왕이 죽도록 얻어맞았다는 사실은 절대로 혜련한테 얘기하지 말고, 그저 한 대도 맞지 않았고 감옥에서 너댓새 고생하면 풀려날 거라고 하거라."

하니, 이에 하인들은 모두,

"잘 알겠습니다."

하고 대답했다.

한편 혜련은 남편인 내왕이 끌려간 후에 머리도 빗지 않고 얼굴도 제대로 씻지 않으니 얼굴이 누렇게 뜨고, 옷도 제대로 걸치지 않고, 신발도 질질 끌고 다니고, 문을 걸어놓고 울기만 하고 밥도 제대로 먹지 않고 지냈다. 이를 듣고 서문경은 놀라 당황하여 옥소와 분사의

부인을 혜련의 방으로 보내 달래게 했다.

"안심해요! 나리께서는 당신 남편이 술을 많이 마시고 헛소리를 하고 다니니, 며칠 감옥에 집어넣어 정신을 좀 차리게 하시려는 거예요. 머지않아 곧 나올 거예요."

혜련은 믿지 않고 하인 내안을 시켜 감옥으로 밥을 들여보냈다. 내안이 돌아오자 남편이 어떠하냐고 물으니 내안 역시,

"형님께서는 관가에서 한 대도 맞지 않았어요. 하루이틀 내에 집으로 돌아오실 테니 안심하고 계세요."

하자, 이를 듣고 혜련은 비로소 안심하고 울음을 멈추었다. 그런 연후에 점차 눈썹도 그리고 화장도 하고 바깥출입도 하기 시작했다. 서문경이 방 밖을 왔다 갔다 하니 혜련이 주렴 아래서,

"방 안에 아무도 없으니, 잠시 들어와 앉으시지요."

하고 불렀다. 이 말을 듣고 서문경은 몸을 숙여 방 안으로 들어가 혜련과 잠시 이야기를 나누었다. 서문경이 혜련에게 거짓으로 이르기를,

"귀여운 것아, 안심하거라. 내 너의 얼굴을 보아 편지를 써서 관가에 잘 말해놓았기 때문에 네 서방이 한 대도 맞지 않은 거야. 잠시 감옥에서 고생하고 나면 하루이틀 지나면 풀려나올 게야. 그러면 그때 내 다시 내왕에게 장사를 시키마."

하니, 이 말을 듣고 혜련은 서문경의 목을 꼭 끌어안고 부탁했다.

"나리! 제발 제 얼굴을 보아 이삼 일만 고생하게 했다가 내왕을 풀어주세요. 제 남편에게 장사를 하게 하건 아니면 그만두게 하건 그것은 당신 마음대로 하세요. 여하튼 이번에 제 남편이 나오면 다신 술을 못 마시게 할 거예요. 내왕을 가까운 데로 보내든 먼 데로 보내든

당신 마음이고, 내왕에게 어디로 가라고 하든 감히 안 갈 수 있겠어요? 만약에 가지 않는다면 내왕에게 여편네 하나를 얻어 붙여주세요. 그러면 내왕도 만족할 것이고, 저야 오래전부터 당신과 정을 통해왔으니 이미 내왕의 사람이 아니잖아요!"

"귀여운 것 같으니라구! 네 말이 맞다. 며칠 내로 맞은편에 있는 교가네 집을 사서 세 칸짜리로 수리해 네가 머물게 해주마. 그리로 이사 가면 우리 둘이 마음대로 즐기기가 훨씬 좋을 게야."

여인은 이 말을 듣고,

"저야 나리 것이니, 나리 마음대로 하세요."

말을 마치고 문을 걸어 잠갔다. 원래 혜련은 여름에는 속바지를 입지 않고, 단지 겉에 치마 두 겹을 두르고 있을 뿐이었다. 그러다가 서문경을 만나면 그 자리에서 바로 치마를 걷어올리고 그 일을 치렀다. 그리고 입에는 항상 향이 나는 향다병[香茶餠]을 물고 있었다. 겉옷을 푸니 백옥 같은 피부가 드러나고, 입에서는 달콤한 향기가 났다. 두 다리가 꿈틀거리고 어깨가 들썩이며 한차례 운우[雲雨]의 정을 나누었다. 여인이 허리에 매고 있던 하얀 비단 주머니에는 술이 네 개 달려 있었는데 안에는 소나무와 잣나무 잎을 넣어 여름과 겨울이 늘 푸름을 나타내는 '동하장춘[冬夏長春]'이라는 수와, 또한 장미꽃 모양으로 '교향미애[嬌香美愛]'라고 수를 놓은 것이었다. 이를 서문경에게 건네주니 서문경은 더할 나위 없이 좋아했다. 서문경은 자기도 모르게 언제까지나 같이 죽고 살자고 맹세하고 이에 그치지 않고, 소맷자락에서 은자 두 냥을 꺼내 과일값이나 용돈에 보태 쓰라고 주었다. 그러면서 재삼 위로하기를,

"걱정하지 마라! 걱정하면 네 몸만 상할 테니. 내, 내일 하대인에

게 편지를 써서 내왕을 풀어주도록 부탁하마."

이렇게 이야기한 후 서문경은 누가 올까봐 바로 밖으로 나갔다.

혜련은 안채로 들어가 서문경의 말을 하인네들이나 다른 여편네들 앞에서 말이나 얼굴빛으로 조금씩 드러내 보였다. 맹옥루와 이교아가 이를 알아차리고 반금련에게 알려주었다. 즉 나리께서 조만간 내왕이 나올 수 있도록 해주며, 또한 내왕에게 여인을 하나 붙여줄 것이며, 건너편 교씨의 집을 사 혜련을 그쪽으로 이사해 살게 한다는 것하며, 또 하인아이를 몇 명 사서 시중을 들게 한다는 것, 은으로 머리 가발을 만들어준다는 등 하나하나 모두 말해주었다. 그리고 나서 말하기를,

"우리와 똑같이 치장하고 대우해주겠다는 거잖아요? 그런데도 도대체 큰마님께서는 뭐하고 계신 거죠?"

하니, 이 말을 반금련이 못 들었으면 몰라도 듣고 나니 화가 머리끝까지 솟아오르고 가슴을 꽉 메우니, 두 뺨까지 달아올라 시뻘겋게 되었다. 그리고는 말하기를,

"정말 그렇다면 나는 믿지 않아요! 형님께 말씀드리지만 만약 그 음탕한 계집이 나리의 일곱째 마누라가 된다면, 입바른 말이 아니라 이 '반[潘]'씨 성을 갈아버리겠어요!"

하자 옥루도 말한다.

"나리께서도 정도를 걷지 않고 큰형님께서도 관여를 안 하시니 우리는 걸을 수만 있고 날 수는 없는데, 도대체 우리더러 어쩌란 말이지."

반금련은,

"형님도 참 답답하시기는! 이렇게 된 바에야 죽기 아니면 살기죠?

백 살까지 살아도 고작 고기밖에 더 먹겠어요? 만약 내 말을 듣지 않으면 나는 목숨을 걸고 달려들 거예요. 만약에 나리 손에 맞아죽는다 하더라도 부끄러울 게 뭐가 있겠어요!"

하자 옥루는,

"나는 담이 작아 감히 나리께 맞서지 못하잖아. 자네는 배짱이 좋으니 한번 나리와 붙어보지 그래요!"

하면서 웃었다.

이날 밤 서문경은 화원에 있는 비취헌[翡翠軒]이라는 서재에 들어가 앉아서는, 진경제를 불러 편지를 쓰게 하고 그것을 하제형에게 가지고 가서 내왕을 좀 내보내달라고 부탁하려 했다. 그런데 마침 반금련이 안으로 들어와 바로 책상 위에 걸터앉으며 묻는다.

"진서방님을 시켜 무슨 편지를 쓰게 하시는 게지요? 누구에게 보내시려구요?"

이에 서문경은 숨기지 못하고, 내왕을 몇 대 때려 혼내고 바로 풀어주라는 부탁을 하려 한다는 이야기를 해주었다. 이에 반금련은 손을 들어 소동이 진경제를 부르러 가지 못하게 했다. 그러고는 자세를 다시 고쳐 앉으며 말했다.

"나리께서도 명색이 사내대장부인데, 어찌 이토록 바람 부는 대로 줏대 없이 흔들리고 계신가요! 제가 그렇게 말씀드렸는데도 귀담아듣지 않으시고 도리어 그 음탕한 계집의 말만 듣고 계시는군요. 나리께서 날마다 꿀을 바른 사탕을 혜련한테 먹여준다 할지라도 그년이 좋아하는 것은 역시 내왕이에요! 그런데 나리께서 지금 내왕을 풀어주신다면, 나리께서도 혜련과 놀아나는 데 좋을 게 없을 뿐더러, 그 놈에게 좋은 구실을 주게 돼요. 내왕을 집에 둔다 해도 적당한 명분이 없는데 사람들이 이를 어찌 보겠어요? 혜련을 당신의 여자로 만들려 해도 내왕이 눈앞에 버티고 있고, 하인 놈의 여편네라고 말을 하더라도 이미 당신 것으로 만들어놓았으니 어디 체면이 서겠어요? 설사 다른 여자를 하나 구해 내왕에게 붙여주고 나리께서 혜련을 갖는다 할지라도, 나중에 두 사람이 앉아 있는데 내왕이 찾아와 자기 원래 마누라와 얘기라도 나누려 한다면 당신 마음이 어떻겠어요? 또 혜련도 내왕을 보면 일어나야 좋을지, 아니면 앉아 있어야 할지 어물쩍할 것이 아니겠어요? 사실 이것도 꼴불견이잖아요. 더군다나 이 사실이 밖에 알려지기라도 한다면 일가친척들이 모두 웃을 뿐만이 아니라, 집안 모든 사람들이 누가 상관해주겠어요? 바로 '윗대들보가 바르지 않으면, 아래 기둥도 비뚤어진다'는 식이에요. 기왕 이 일에 손을 대었으니 명예에 흠이 가는 것을 두려워하지 말고 두 눈 꼭 감고 독한 마음을 먹어 내왕을 처리해버리신다면, 나리께서도 안심하고 혜련을 안을 수 있을 거예요!"

반금련의 말에 서문경은 다시 생각이 바뀌었다. 그래서 하제형에게 편지 쓰기를, 삼일 내에 다시 한 차례 불러내 곤장을 치고 손가락을 비트는 등 엄하게 혼을 내주라고 했다. 관청의 모든 관리들, 관찰[觀察]·집포[緝捕](우리나라의 순경에 해당)·배군[排軍](행정관리와 집행관리의 명칭) 등은 모두 서문경의 뇌물을 받은 터라 모두 엄하게만 다스리려고 했지 가볍게 하려고는 하지 않았다. 문서를 담당하고 있는 음선생이라는 자가 있었는데, 성은 음[陰]이고, 이름은 즐[騭]이었다. 산서성 효의현 사람으로 지극히 정이 많고 정직한 선비였다. 제형소의 위아래 모두 서문경의 뇌물을 받아먹었다. 서문경이 내왕을 함정에 빠뜨리고 내왕의 아내를 뺏으려고 고의로 이 종놈이 돈을 노려 칼을 가지고 자기를 죽이려 했다는 누명을 씌워 중죄를 주려고 하는 중이었다. 그렇지만 천리[天理]라는 것이 있듯이, 관리도 자식을 낳아 기르는 사람이다.

이러한 내막을 아는 음선생은 서류를 꾸며 내왕을 송치할 생각은 하지 않고, 다른 제형관들에게 다시 사건을 심리할 것을 제기했다. 그렇지만 다른 제형관들은 이미 서문경의 뇌물을 먹은 터라 음선생의 제의를 받아들이기가 쉽지 않았다. 더욱이 내왕은 옥중에 있으면서 돈도 하나도 지니고 있지 않아 수모를 겪었다. 다행히 음선생은 내왕이 억울하게 누명을 쓰고 있으나 변변하게 힘써줄 곳이 없는 위인임을 잘 알고 있었다. 그래서 옥졸들에게 무슨 일이건 관대히 잘 처리해줄 것을 부탁했다.

며칠이 지난 후 이미 뇌물을 받아먹은 것도 있고 하여 곤장 사십여 대를 더 때린 후에 내왕을 고향인 서주로 내쫓기로 판결을 내렸다. 조사를 해 원래 훔친 물건이 은 열일곱 냥과 주석 다섯 꾸러미 전이라고 꾸며 내흥을 시켜가지고 가서 알려주게 했다. 하인은 이 사실을 적은 공문을 받아 서문경에게 전달하고, 바로 그날로 죄인을 호송하기로 했다. 이날 제형관은 등청하여 공문 한 통을 작성하고 관원 두 명을 보내 내왕을 끌어냈다. 끌어내 보니 이미 맞아서 사지가 터지고 엉망이었는데 그 위에 다시 큰칼을 씌워 그날로 바로 출발해 서주의 관아로 압송했다. 이 불쌍한 내왕은 감옥에서 거의 보름을 지내면서 쓸 돈도 한 푼 없었고, 몸도 엉망진창으로 얻어맞았고, 의복도 남루했을 뿐만 아니라 어디 갈 데도 없었다. 그래서 관원 두 명을 붙잡고 울면서 애원하기를,

"두 분 나리님, 제가 이렇게 억울하게 죄를 쓰고, 몸에 지닌 돈도

한 푼 없고, 또 다른 변변한 물건도 없습니다. 이렇게 고생을 하시는 두 분께 약간의 수고비라도 드려야 도리이나, 어디 마땅히 마련하여 드릴 곳도 없습니다. 원컨대 저를 불쌍히 여기시어 주인집으로 잠시만 데려다주신다면, 그곳에는 마누라도 있고 의복상자도 있어 그것들을 내다 팔면 두 분께 약간의 수고비라도 드릴 수 있고, 게다가 여비에도 보탤 수가 있으니 가는 길이 조금 수월해질 수 있을 텐데요." 하니 두 관원이 말한다.

"너도 참 답답하기는! 네 주인집 서문경이 일부러 이렇게 소란을 피워 너를 혼내주려고 하는 것인데, 어째서 네 마누라와 옷상자를 넘겨주겠느냐? 다른 친척은 없느냐? 우리는 모두 음선생의 체면을 봐서 윗사람은 속일지라도 아랫사람은 속이지 않아. 우리가 너를 그곳으로 데려간다고 해도 어디 함부로 그런 돈 따위를 받을 줄 알아? 너의 여비만 있으면 돼. 누가 네가 주는 거마비 같은 걸 바란다고 했어?"

"두 분 나리, 그렇다면 저를 불쌍히 여기시어 잠시 주인집 문 앞으로 좀 데려가주시면 그 주위에 있는 친척 몇 사람에게 부탁해 돈을 얼마라도 주선해볼게요."

"정히 그렇다면 문 앞까지 데려다주지!"

이에 내왕은 먼저 응백작의 집 앞까지 왔으나, 백작은 집안에 있으면서 없다 하며 따돌린다. 또다시 이웃의 가인청과 이면자에게 부탁해 서문경의 집에 가서 자신의 처지를 말하고 부인에게 자신의 옷상자를 좀 가지고 나오게 하려 했다. 그렇지만 서문경은 나오지를 않고 하인 대여섯 명이 몽둥이를 휘두르며 얼씬도 못하게 했다. 이에 가씨와 이씨도 창피해 어찌할 줄 몰랐다. 내왕의 부인인 송혜련은 속

아서 방 안에서 이와 같은 사정을 전혀 알지 못하고 있었다. 서문경도 분부하기를,

"어느 놈이라도 이 사실을 누설한다면, 곤장 스무 대를 때리겠다!"

했으니 두 관원은 내왕을 다시 관[棺]을 파는 장인 송인[宋仁]의 집으로 데려갔다. 내왕이 그간의 사정을 울면서 얘기하니, 관원들에게 은자 두 냥을 주어 여비에 쓰게 하고, 내왕에게도 동전 한 푼과 쌀 한 말을 따로 주며 여비에 보태 쓰게 했다.

내왕은 울고불고하며 사월 초순에 청하현을 떠나 서주까지 큰길로 해서 갔다. 이때 내왕은 곤장을 맞은 상처 부위가 다시 도지고, 몸에 지니고 있는 노자도 부족하여 고생이 극심했다.

만약에 목숨을 온전히 보전할라 치면, 굶주림도 잘 참고 견뎌야만 한다네. 시가 있어 이를 밝히나니,

공평무사하게 재판을 하니
위험에 처했던 내왕은 감옥에서 나오네.
오늘 다시 서주로 보내지니
병든 풀에 처량하게 따스한 바람이 스치네.
當案推詳秉至公 來旺遭陷出牢籠
今朝遞解徐州去 病草凄凄遇暖風

내왕이 서주로 추방된 일은 여기서 잠시 접어두자.

한편 송혜련은 집에서 매일 남편이 풀려나기를 눈이 빠지도록 기다렸다. 소동들은 변함없이 옥으로 밥을 넣어주러 가는 체하며 밖으로 나와서는 자기들이 모두 먹어버리고 돌아왔다. 이러한 소동들을

붙들고 혜련이 내왕은 어떠하더냐고 물으면 단지,

"형님이 다 잡수셨어요. 옥중에서는 별일이 없어요. 형님이 빨리
나오지 못하는 것은 제형님께서 아문에 등청해 심문하지 않고 집안
에 계시기 때문인데, 아마도 이삼일 내로 풀려 나올 거라 합니다."
라고 말했다. 서문경도 혜련을 속이며 말하기를,

"나도 오늘 사람을 보내 말했으니, 머지않아 곧 풀려 나올 게야."
하니 이 말을 여인은 사실대로 믿었다. 하루는 풍문에 듣기를,

"내왕이 풀려 나왔다가 문가에서 겨우 옷상자를 얻어가지고 갔는
데 어디로 갔는지를 모르겠다."
라는 것이었다. 이에 부인은 몇 차례나 하인들에게 물어보았으나 모
두 대답을 하지 않았다. 마침 월안이 서문경을 따라 밖에 나갔다 들
어오길래 붙들고,

"우리집 아저씨는 감옥에서 어떻게 지내고 계시냐? 언제쯤 나오
신다던?"
하고 물었다. 월안이 대답한다.

"아주머니, 제가 아는 바를 알려드릴게요. 형님께서는 지금쯤 아
마 유사하[流沙河] 부근에 가 계실 걸요."

놀란 혜련이 그 까닭을 물으니, 월안은 이래저래해서 그러하다고
하면서,

"곤장 사십여 대를 맞고 고향인 서주로 쫓겨났어요. 아주머니만
알고 계시고 절대 제가 가르쳐주었다고 하지 마세요."
하니 혜련은 듣지 못했으면 몰라도, 그것을 듣고 나서는 방문을 걸어
잠그고 목이 쉬어라 울며,

"아이구, 불쌍한 양반아! 이 집에서 무슨 나쁜 일을 했다구, 억울

하게 누명을 뒤집어씌우다니. 비천한 노비생활을 하면서 좋은 옷 한 벌도 제대로 집안에 남겨두지 못했는데. 그런 당신을 계략에 빠뜨려 멀리 고향으로 쫓아버리다니요. 저는 너무 괴로워서 미치겠어요! 가는 도중에 살았는지 죽었는지, 어디서 어떻게 되었는지 전혀 알지를 못하니, 마치 항아리 바닥에 있는 것처럼 바깥에서 일어나는 일을 아무것도 모르고 있잖아요.”

　이렇게 한바탕 울고 나서 수건을 하나 꺼내 침대문의 서까래 기둥에 묶고 목을 매 자살하려고 했다. 그러나 내소[來昭]의 처 일장청이 옆방에 있으면서, 혜련이 울고불며 지껄이는 걸 다 듣고 있었다. 듣자니까 한참 동안을 이렇게 지껄이다가 잠시 우는 소리도 들리다가 결국 숨 헐떡이는 소리만 들려왔다. 이에 놀라 방문을 두들겨보았으나 아무런 기척도 없었다. 허둥대며 평안을 시켜 창을 비틀어 열게 하고 안으로 들어갔다. 들어가 보니 여인이 옷을 곱게 입은 채로 문의 서까래에 목을 매달고 축 늘어져 있었다. 풀어 내리면서 방문을 열게 하고 다른 한편으로 생강탕을 가져와 마시게 했다. 잠시 뒤 이러한 소동이 안채에까지 알려지니, 오월랑이 이교아·맹옥루·서문경의 큰딸·이병아·옥소·소옥을 데리고 살펴보러 왔다. 분사의 부인도 보였다. 일장청이 혜련을 부축해 바닥에 앉게 하니 목이 막힌 듯 소리만 낼 뿐 눈물은 흘리지 않았다. 오월랑이 부르니 단지 고개를 끄떡여 대답할 뿐 입으로는 가래와 침을 토하고 말을 하지 못했다. 오월랑이 말하기를,

　“멍청한 사람 같으니라구! 무슨 일이 있으면 말을 해야지, 이런다구 뭐가 되나?”
라며 일장청에게 묻는다.

"그래 생강탕 좀 먹었나?"

"방금 전에 약간 마셨어요!"

오월랑은 다시 옥소를 시켜서 혜련을 부축하게 하고 친절히 말하기를,

"혜련 아주머니, 무슨 걱정거리가 있으면 그렇게 속에만 담아두지 말고 속 시원히 말을 해봐요. 그래도 괜찮아!"

그렇게 몇 차례 물으니 큰소리로 울기만 하고, 손뼉까지 치며 울기 시작했다. 오월랑이 다시 옥소에게 혜련을 부축해 온돌 위에 앉게 하려고 했으나 혜련이 온돌 위에 오르려고 하지 않았다. 오월랑과 주위의 모든 사람들이 한참을 달래주고 안채로 들어갔다. 단지 분사의 처와 옥소가 같이 방에 남아 있었다. 그러고 있는데 서문경이 주렴을 걷고 안으로 들어왔다. 서문경은 혜련이 바닥에 앉아 울고 있는 것을 보고 옥소에게,

"안아서 온돌 위에 앉히거라!"

하고 말하자 옥소가 답한다.

"방금 전에도 큰마님께서 앉히려고 하셨지만, 말을 듣지 않아요."

"고집이 센 아이로군! 차가운 바닥에 앉아 있으면 얼어붙게 돼. 내게 할 말이 있으면 말로 해야지, 어쩌자구 이렇게 어리석은 짓을 해?"

이에 혜련은 고개를 내저으며 말한다.

"그래 당신은 참 좋으신 분이군요! 저를 속이고 그런 일을 아주 잘 하셨더군요. 그래놓고서도 무슨 애가 어떻다고 그러세요! 당신은 사람을 노리개로 여기는 개망나니예요! 살아 있는 사람을 생매장하는 게 아주 습관이 돼 있어요. 사람을 억울하게 죽여놓고는, 그 관이 나

가는 것도 즐기며 바라보고 있잖아요! 저를 계속 속이면서 오늘내일 중으로 내왕을 풀어준다고 했잖아요. 그래서 정말 내왕이 풀려날 거라고 믿고 있었어요. 설사 내왕을 먼 곳으로 추방한다손 치더라도, 한마디쯤은 해주셔야죠. 그런데 뒤에서 몰래 쫓아버리다니. 일을 함에 있어서는 티끌만큼이라도 양심이 있어서 하늘의 도리를 따라야 하는데도, 사람의 탈을 쓰고 어찌 그리 악랄할 수가 있지요? 그렇게 독한 방법을 써서 저를 속이다니! 내왕을 그렇게 내쫓아버렸으니, 어디 저까지 쫓아버리지 그러세요? 저 같은 것이 남아 이제 뭘 하겠어요?"

서문경은 웃으면서,

"얘야, 너와는 상관없는 일이란다. 내왕이 나쁜 일을 했기에 쫓아낸 거야. 누가 감히 너를 내쫓는다고 그래. 안심해! 내 네게 잘해줄테니."

하면서 옥소에게,

"너는 분사 아주머니와 함께 밤을 지내거라. 애들에게 일러 술과 먹을 것을 보내줄 테니."

라고 당부하고는 밖으로 나갔다. 분사의 부인이 가까스로 혜련을 달래 온돌 위에 앉히고, 옥소와 둘이서 여러 가지 말로 위로하면서 함께 앉아 있었다.

한편 서문경은 바깥채에 있는 상점에 나가 부지배인에게 돈을 내오게 해 고기튀김과 술 한 병을 사서, 내안을 시켜 혜련의 방에다 갖다 주라고 일렀다. 내안이 가져와서는,

"나리께서 가져다드리라고 했어요."

하자, 혜련은 힐끗 쳐다보고는,

"요 싸가지 없는 놈아! 빨리 가지고 꺼지지 못해. 모조리 바닥에 엎어버리기 전에."

라고 욕하면서 손을 뻗으니 내안은,

"아주머님의 말을 듣고 다시 갖고 가면 나리께서 저를 때리실 거예요!"

라며 탁자 위에 물건들을 내려놓으려고 했다. 이에 혜련은 온돌 위에서 뛰쳐 내려와서는 술을 빼앗아 바닥에 내던지려고 하는 것을 일장청이 가까스로 막았다. 분사의 처와 일장청이 혜련을 달래 가까스로 앉혔는데 분사의 큰딸애가 와서 아버지가 밖에서 돌아와 밥을 먹으려 한다고 했다. 분사의 처와 일장청이 밖으로 나와 일장청의 방 앞까지 왔을 적에 서문경의 딸이 거기에 서서 내보의 처인 혜상과 얘기하는 것을 볼 수 있었다. 그들을 보고는 묻는다.

"분씨 아주머니, 어디를 가세요?"

"애 아버지가 밖에서 돌아와 식사를 하려 한다기에 가서 차려주려고요. 잠시 살펴보려고 왔는데, 나리께서 간곡하게 혜련 곁에 있으면서 좀 돌봐달라고 하셔서 저도 모르게 우연찮게 끌려 들어가서 몸을 빼낼 수가 없어요."

서문경의 딸이 다시 묻기를,

"도대체 무슨 생각으로 그런 일을 저질렀대요?"

하자 일장청이,

"일찍이 제가 안채로 들어가 보니, 방에서 우는 소리가 들리다가 갑자기 아무런 소리도 들리지 않는 거예요. 놀라서 문을 열려고 해도 열리지 않기에 평안을 급히 불러 창문을 깨고 안으로 들어가 겨우 구해냈어요. 만약 한 발만 늦었어도 아마 오랑캐 노인이 등잔불을 불어

124

끄듯이 죽었을 거예요."

라고 장황하게 얘기했다. 혜상이,

"그럼 방금 전에 나리께서 방에서 뭐라고 말씀하셨어요?"

라고 묻자 분사의 처는 연신 웃으며,

"내왕의 부인을 그렇게 안 봤는데 여간내기가 아니더군요. 나리께 악을 쓰며 바락바락 대들더군요. 어느 집 여편네가 나리께 그렇게 따지고 들 수 있겠어요?"

하자 혜상이,

"이 여편네는 다른 부인들과는 좀 달라요. 환관한테서도 돈이나 물건을 뜯어낸 사람이잖아요. 그러니 이 집안에서 누가 당해내겠어요?"

라고 말을 마치고 자기 집으로 돌아갔다. 일장청이 말하기를,

"분사 아주머니, 집에 갔다가 빨리 오세요."

하자 분사의 처는 대답한다.

"무슨 말을? 내가 다시 오지 않았다가는 나리께 경을 칠 텐데!"

서문경은 낮에는 분사의 처와 일장청을 혜련과 함께 있게 하고, 밤에는 옥소에게 혜련과 함께 있으면서 잠도 같이 자게 하며 슬슬 달래게 했다.

"송언니, 언니는 총명하신 분이잖아요. 지금 한창 좋을 나이에, 꽃으로 치자면 막 피기 시작한 거잖아요. 주인께서 언니를 사랑하는 것도 서로 연분이 있는 게 아니겠어요? 언니가 지금 위를 올려다보면 부족한 것 같지만, 아래를 내려다보고 비교해본다면 처지가 훨씬 좋은 거예요. 주인 나리를 섬기는 것이 하인을 섬기고 사는 것보다 낫잖아요. 그 남편은 기왕에 가버린 건데 그렇게 연연해하고 끙끙 앓

아도 다 소용이 없는 거예요. 그렇게 울다가 건강이라도 해치게 되면 어쩌려구 그러세요? 속담에도 '중노릇을 하루만 한다면, 하루만 종을 치는 것이다'라고 하잖아요. 그러니 무슨 '정절[貞節]'이니 하는 건 이제 언니와는 하나도 상관이 없는 것이 되었어요!"

혜련은 이러한 말을 듣고 울기만 할 뿐이었다. 여인은 매일 죽조차도 먹지 않았다. 옥소가 돌아와 이 사실을 서문경에게 알리니 서문경은 반금련에게 말해 직접 가서 설득해보게 했으나 역시 막무가내였다. 반금련도 화를 내며 서문경에게 말하기를,

"음탕한 계집년! 그년은 일편단심 오로지 자기 서방만 생각하고 있어요. 말끝마다 '하룻밤을 지내도 영원토록 생각이 나네', '조금을 떠나 있어도 항상 그대 생각뿐'이라고 지껄이고 있잖아요. 이렇게 정절이 굳은 부인을, 무슨 수로 혜련의 마음을 사로잡으려고 하세요?"

하자 서문경은 웃으며,

"당신은 그년이 하는 말을 다 믿어서는 안 돼. 그런 정절 따위가 있었다면 애초에 요리사 장총을 따라 절개를 지키고 내왕에게 시집을 오지 말았어야지!"

이렇게 말하면서 바깥 대청으로 나가 모든 하인과 소동을 불러모아놓고 묻기를,

"일전에 내왕이 멀리 쫓겨났을 때, 어느 놈이 이 사실을 혜련에게 알려주었느냐? 미리 자수하고 나온다면 한 대도 때리지 않겠지만, 그렇지 않고 조사해 사실을 밝혀낸다면 모든 놈들에게 서른 대씩을 때려 내쫓아버릴 테다."

라며 큰소리쳤다. 이에 화동이 무릎을 꿇으면서 말했다.

"제가 한 말씀 드려도 되겠습니까?"

서문경이,

"좋다, 말해보거라!"

하자 이에 화동은,

"일전에 월안이 나리님의 말을 몰고 돌아오다가 아주머니를 만났는데, 그때 아주머니가 물어보았어요. 그래서 무심코 말을 해주었지요."

라고 알려주었다. 서문경이 못 들었으면 몰라도 듣고 나니 화가 머리 끝까지 올랐다. 그래 바로 큰소리를 지르며 사람을 시켜 월안을 찾아오게 하니, 월안은 이미 소식을 알고서 바로 반금련의 방에 몸을 숨기고 나오지 않았다. 그때 마침 반금련은 세수를 하고 있었는데 하인 놈이 방으로 들어와 무릎을 꿇고 울며 애원하기를,

"다섯째 마님, 제발 저 좀 살려주세요."

하자 반금련은,

"발칙한 놈, 감히 내 방에 느닷없이 뛰어들어 놀라게 하다니! 도대체 무슨 큰 잘못을 저질렀기에 이런단 말이냐?"

하니 월안이 애원한다.

"내왕 형님이 쫓겨난 것을 혜련 아주머니에게 알려주었다고 저렇게 화를 내시면서 때리려고 하시는 거예요. 그러니 마님께서 잘 말씀해주셔서 나리를 좀 달래주세요. 이대로 나갔다가는 나리 마님께서 원체 화가 나서 맞아 죽을 거예요!"

이에 반금련은 월안을 책망하며,

"괘씸한 놈! 겁은 나는 모양이구나. 나는 무슨 일을 저질러 저렇게 큰 소동을 벌이나 했더니, 원래 그 음탕한 계집년 때문이구나! 너는 이곳에서 절대 나오지 말고 있거라!"

그러고는 월안을 방문 뒤에 숨겨주었다.

서문경은 월안을 찾아보았으나 찾지 못하자 더욱 화가 나서 고래
고래 소리를 질렀다. 그러다가 두세 차례 소동을 반금련의 방으로 보
내 찾아보려고 했으나 오히려 반금련에게 모두 욕만 먹고 물러갔다.
잠시 뒤 서문경이 바람처럼 몸소 금련의 방 앞으로 달려왔는데, 손에
는 채찍을 들고,

"월안이 어디 있지?"

하고 물었으나 반금련은 아는 체도 하지 않는다. 이에 서문경은 방으
로 곧장 들어가 이곳저곳을 찾다가 마침내 방문 뒤에서 월안을 발견
해 끌어내 때리려고 했다. 이에 반금련은 앞으로 나가 서문경의 손에
서 채찍을 빼앗아 침상 위로 집어던지면서 말하기를,

"창피도 모르는 양반! 당신은 이 집 주인이잖아요. 그 음탕한 계집
은 자기 사내를 생각해 목을 매달은 거잖아요. 부끄럽게 하인아이를
붙잡고 분풀이를 하려 하다니, 나 원 참! 도대체 그년이 목을 매단 것
과 이 하인애가 무슨 상관이 있어요?"

라고 따졌다. 이 말을 듣고 서문경은 화가 나서 눈을 크게 부릅뜨고
있었다. 반금련은 서문경의 이러한 모습에 전혀 아랑곳하지 않고 월
안에게 말했다.

"너는 밖에 나가서 네 할 일이나 하거라. 이곳 일은 상관치 말고.
만약에 나리께서 너를 때리려고 하신다면 내가 알아서 처리해줄 테
니!"

이에 월안은 안심하고 밖으로 나갔다.

양손을 펼쳐 생사로를 빠져나오고,

몸을 돌려 시비의 문을 도망 나오네.

兩手劈開生死路 翻身跳出是非門

반금련은 몇 차례나 서문경이 송혜련에게 마음을 두고 있는 걸 알아채고는 한 가지 계책을 생각해내고, 안으로 들어가 손설아에게 부채질하며 일렀다.

"내왕의 마누라가 말하기를 당신이 자기 사내를 탐내 일부러 시비를 불러일으켰다는 거예요. 그래 나리께서 화가 나서 자기 남편을 쫓아내버렸다고 말이에요. 일전에 당신이 한 차례 얻어맞고, 옷과 장신구 등을 빼앗긴 것도 다 그년이 주둥이를 나불대어 그렇게 된 거예요."

이 말을 들은 손설아는 가슴속 깊이 원한을 새겨두었다. 이렇게 손설아를 들쑤셔놓고 반금련은 다시 앞채로 나가 혜련에게는,

"손설아가 안채에서 자네를 어떻게 욕하고 있는지 알아? 자네가 채씨 집에서 일하던 노비였는데 사흘이 멀다 하고 사내를 바꾸며 몰래 사내를 사귀었다고 해. 뒤에서 몰래 주인과 눈이 맞아 서방질을 하지 않았으면 어째서 남편이 이 집에서 쫓겨났겠냐는 거야. 흘릴 눈물이 있으면 남겨두었다가 발뒤꿈치나 씻으라더군."

이렇게 둘 사이를 이간질해놓으니 둘은 풀 수 없는 원수 사이가 되었다.

며칠이 지나 하루는 사월 열여드레로 이교아의 생일이었다. 기생집의 이씨 할멈이 이계저와 함께 와서 이교아의 생일을 축하해주었다. 오월랑은 이들을 맞이해 함께 술을 마시며 놀았다. 서문경은 마침 다른 집에 초대받아 나가고 집에 없었다. 송혜련은 아침밥을 먹은

후 아침부터 후원에서 무료하게 시간을 보내다가 방으로 들어와 저녁나절까지 잠을 잤다. 안채에서 몇 차례나 사람을 보내 나오라고 했으나 나가지 않았다. 손설아는 영문도 모른 채 바로 방으로 들어가 혜련을 부르면서,

"이 사람이 정말로 왕비가 되었나, 청하기가 어찌 이토록 어렵지?"

했으나 송혜련은 아는 체도 하지 않고 얼굴을 안쪽으로 돌리고 잠을 자려고 했다. 이에 손설아는 다시 말했다.

"아주머니, 지금 바깥양반을 생각하고 있는 모양인데 진작 좀 했으면 좋았을 것을. 자네 같은 사람이 없었다면 내왕도 그렇게 곤욕을 치르지 않았을 것이고 서문경의 집안에 편히 있었을 텐데!"

혜련은 이 말을 듣자 일전에 반금련이 하던 말이 생각나서 벌떡 자리에서 일어나 손설아를 쳐다보며,

"알지도 못하고 왜 꽥꽥 소리 지르고 그래요! 내왕이 나 때문에 쫓겨났다 해도 그게 당신과 무슨 상관이 있다고 그래요? 얻어맞고 이제 아는 체해주는 사람도 없으니 제발 좀 얌전히 계세요! 왜 머리를 쳐들고 다니며 사람 약을 올려요?"

하니 이에 손설아도 화를 냈다.

"이 더러운 화냥년이! 누구보고 욕을 하고 있어?"

이에 질세라 혜련도 소리쳤다.

"그래, 내가 종년이고 화냥년이라면, 네년은 종놈의 첩이야! 내가 남편을 두고 주인과 눈이 맞아 놀아났다 하더라도, 네년처럼 종놈과 놀아나는 것보다는 나아. 네년은 등뒤에서 몰래 내 사내를 꼬여내 놀아나고는 주제에 뭐가 잘났다고 야단이야!"

이 말은 분명히 손설아에게 대놓고 하는 말인데 손설아가 듣고 어

찌 가만있을 수 있겠는가! 혜련이 방비할 틈도 없이 바로 혜련 앞으로 다가가 따귀를 한 대 올려붙이니 얼굴이 온통 뻘겋게 되었다. 이에 혜련은,

"네년이 감히 나를 때려?"

하면서 머리를 들이박으니 둘이 한데 뒤엉켜 치고받고 했다. 당황한 일장청이 뛰어들어와 말리면서 손설아를 끌고 안채 쪽으로 갔으나 두 사람은 여전히 화가 풀리지 않은 듯 끊임없이 욕을 해대고 있었다. 이에 오월랑이 찾아와 몇 마디 꾸짖기를,

"규율도 모르게 이게 무슨 짓들이야, 집안에 어른이 있는지 없는지도 헤아리지 않고 제멋대로 소란을 떨고 있으니. 나 원 참, 나리께서 돌아오면 이 일을 다 고해야겠구나!"

하니 손설아는 안으로 들어갔다. 오월랑은 혜련의 머리가 흐트러진 것을 보고는 일렀다.

"빨리 가서 머리를 빗고 안채로 들어오너라!"

혜련은 아무 말도 하지 않고, 오월랑은 바로 안채로 들어갔다. 혼자 남은 혜련은 방으로 들어가 문을 걸어 잠그고 하염없이 울었다. 해가 질 무렵까지 울고 있었으나 모든 사람들은 안에서 흥겹게 모여 술을 마시고 있었다. 아무도 찾아주지 않는 불쌍한 이 여인은 화를 참지 못해 대님을 문지방 대들보에 매달아 스스로 목을 매 자살했다. 이때 혜련의 나이 스물다섯이었다. 세상의 좋은 것 오래가지 못하고, 아름다운 구름 흩어지기 쉽고 유리도 깨지기 쉬운 법이니.

그때 뜻하지 않게 오월랑이 기생집의 이노인과 계저를 배웅하러 나와 혜련의 방문 앞을 지나다 보니 문이 잠겨 있고 아무런 동정도 보이지 않았다. 이에 이상한 생각이 들었다. 이노인과 계저를 가마에

태워 보낸 후 바로 돌아와 문을 두드리고 소리를 쳐 불러보았으나 아무런 기척도 없었다. 놀란 마음에 손발이 다 마비되는 것 같았다. 하인들을 시켜 창문을 통해 안으로 들어가 보도록 했다.

'장군은 싸움터에서 죽고, 항아리는 우물가에서 깨진다'고 했던가. 급히 대님을 풀고 주물러주며 여러 가지 응급조치를 취하며 구해보려고 했으나 이미 시간이 너무 흘러 어떻게 해볼 도리가 없었다. 오호라 애달픈 죽음이여!

> 손발이 차가워지고 등불처럼 숨이 꺼졌네.
> 영혼은 이미 머나먼 망향대에 이르렀네.
> 두 눈은 감기었고 혼백은 유유히 떠도는데
> 시신은 말없이 바닥에 뉘어 있구나.
> 영혼이 어느 곳으로 갈지 모르겠구나
> 아마도 뜬구름, 가을 물 속이 아닐는지.
> 四肢冰冷 一氣燈殘 香魂渺渺 已赴望鄕台
> 星眼雙瞑 魄悠悠 屍橫光地下
> 半晌不知精爽逝何處 疑是行雲秋水中

오월랑은 혜련을 구해보려 했으나 구하지 못하자 매우 당황했다. 급히 내흥을 시켜 말을 타고 가서 성 밖에 있는 서문경을 모셔오라시켰다. 손설아는 서문경이 돌아와 사건의 전말을 꼬치꼬치 묻게 되면 모든 죄가 자신에게 올까 두려웠다. 이에 안채로 들어가 월랑 앞에 무릎을 꿇고서 자기가 혜련과 싸운 이야기를 절대로 하지 말아달라고 애원했다. 오월랑은 설아가 두려움에 떨며 애원하는 걸 보고 마

음이 약해져서 다독였다.

"그렇게 두려워할 것 같았으면, 애초에 말조심을 했으면 좋았지."

저녁 무렵에 서문경이 돌아오자 단지 혜련은 서방을 그리워하며 하루 종일 방 안에서 울고불고 야단법석을 떨다가 사람이 없을 때 조용히 목을 매 자살했다고 전했다. 이에 서문경은,

"그년은 어리석고 원래 복도 없다니까!"

라고 말할 뿐이었다. 그러면서 하인을 시켜 편지 한 통을 가지고 고을 원님인 이지사에게 알리게 했다.

송혜련은 집안에 사람들을 청해 주연을 벌였을 때 본래 은기 식기류를 담당하였다. 그런데 식기 한 벌을 잃어버리고 주인한테 혼날까 두려워 목을 매 자살했다.

그러고는 지현에게 따로 서른 냥을 선물했다. 이에 지현은 자기의 맡은 바 직분도 있고 하여 적당히 관리를 한 명 보내고 검시관도 몇 명 딸려보내 형식상의 조사를 하게 했다. 서문경의 집에서는 관을 사고, 화장 허가서를 얻은 후 분사와 내흥을 성 밖의 지장사[地藏寺]로 보내, 화장터의 인부에게 은자 닷 냥을 더 주면서 장작을 많이 때어 빨리 시신을 가루로 만들려고 했다. 그런데 뜻하지 않게 혜련의 친정 아버지인 관을 파는 송인이 소식을 듣고 달려와서는 가로막으며 억울하다고 소리를 쳤다. 그러면서 딸의 죽음이 아무래도 수상쩍은 데가 있다고 하면서,

"서문경이 강제로 내 딸년을 범하려고 하다가, 내 딸년이 정절을 지키기 위해 이를 따르지 않자 위협을 해 죽게 만든 거야. 내가 고소

장을 써서 관가에 내어 진상을 밝혀낼 때까지는 어느 누구도 감히 이 시체를 태워서는 안 돼!"

하니, 화장터의 인부들은 모두 달아나버리고 감히 태우지를 못했다. 분사와 내흥도 어쩌지 못하고 관을 절에 그대로 남겨둔 채 집으로 돌아와 이 사실을 서문경에게 고했다.

청룡과 백호가 같이 길을 가니
길흉을 전혀 알 수 없구나.
靑龍與白虎同行 吉凶事全然未保

오늘 같은 인생이 얼마나 될까

이병아가 비취헌에서 밀애를 나누고,
반금련이 취해서 포도 시렁을 어지럽히다

머리 위 하늘조차 속이며

사람 목숨까지 해치고 남의 부인을 빼앗네.

반드시 알고 있거라, 온갖 수단을 쓰는 간악한 무리들은

사람의 목숨까지도 위태롭게 만든다는 것을.

음란방탕함은 종래부터 졸부들이나 하는 짓

탐욕과 분노가 자비로 바뀔 수는 있지만

하늘조차도 일찍이 생육을 포기하는데

하물며 사람 마음이 크게 제멋대로 함을 어찌하리.

頭上靑天自恁欺　害人性命霸人妻

須知奸惡千般計　要使人家一命危

淫孼從來由濁富　貪嗔轉念是慈悲

天公尙且舍生育　何况人心忒妄爲

이야기는 바뀌어서, 내보가 그때 동경에서 내려왔다. 서재에서 서
문경을 뵙고 아뢰기를,

"동경에 가서 먼저 집안일을 관장하는 집사에게 편지를 전하고,

그런 연후에 안내를 받아 태사님을 뵙고 선물품목을 적은 서첩을 보여드리고서 예물을 가지고 들어가 전후 사정을 다 말씀드렸지요. 듣고 나서 태사님께서 아랫사람들에게 분부하여 즉시 편지를 쓰게 한 후 바로 산동순무께 보내 산동 창주의 소금장수 왕제운 등 열두 명을 석방하라고 하셨습니다. 그리고 책집사 어른께서도 말씀하시기를 태사님의 생신이 유월 보름이니 그때는 나리께서 꼭 한 번 올라오시라고 하더군요. 나리께 드릴 말씀이 있다면서요."

하니 서문경은 매우 기뻐했다. 내보는 이번 일을 하면서 소금장수 왕사봉으로부터 은자 쉰 냥을 얻어 챙겼으며, 서문경은 내보를 교대호에게 보내 동경에 갔다 온 일을 알려주라고 했다. 이때 분사와 내흥이 들어오다가 서문경이 서재에서 내보와 이야기를 나누는 걸 보고는 곁에 서 있다가 내보가 교대호의 집으로 떠나자 안으로 들어왔다. 서문경이 분사에게,

"그래 화장은 잘하고 왔느냐?"

라고 물으니 분사는 아무런 말도 못했다. 내흥이 앞으로 다가와 귀에다 대고 이러저러한 사정을 전하면서,

"송인이 화장터에 와서 시체를 가로막고 버티는 통에 화장을 할 수 없었습니다. 하도 어처구니없는 말을 지껄여대기에, 소인은 감히 다 여쭙지 못하겠습니다."

하자, 서문경은 화가 머리끝까지 치솟았다. 이에 욕을 하기를,

"이런 때려죽일 건달 놈이 있나!"

하고 하인에게 일렀다.

"진서방을 들어오라 해 편지 좀 쓰게 하거라."

편지를 바로 써서 내흥을 시켜 이지현[李知縣]에게 전하게 했다.

편지를 받은 이지사는 바로 관원 두 명을 보내 포승으로 송인을 포박하여 관청으로 끌어오게 했다. 그러고는 오히려 송인이 계략을 써서 재산을 탈취하려 하고 죽은 사람의 시체를 가지고 공갈 협박을 하려 한다고 뒤집어씌워 곤장 스무 대를 때리니, 얻어맞아 피가 흥건하여 발을 타고 흘러내릴 정도가 되었다. 또한 두 번 다시 서문경의 집에 와서 시끄럽게 하지 않겠다는 각서를 썼다. 또한 관원과 서문경의 집 하인과 함께 가서 즉시 시체를 화장하도록 조치했다. 송인은 얻어맞은 두 발이 모두 터진 것을 겨우 이끌고 집으로 돌아왔으나, 화가 끓어오르고 얻어맞은 상처가 심해지고 전염병에 걸려 결국 며칠 가지 못해 애달프게도 죽고 말았다. 바로 '무모한 사람이 죽어 오도장군[五道將軍](중생의 선악을 판단하는 귀신)을 만나고, 지옥의 아귀는 종규[鍾馗](역귀나 마귀를 쫓아낸다는 신)를 만난다'는 격이었다.

시가 있어 이를 밝히나니,

현의 관리들이 탐관오리니 더욱 한탄스럽구나
사람을 잡아서는 금은재화로 죄를 사고파네.
송인이 딸 때문에 죽음에 이르니
억울하게 죽은 원혼은 관아에 가득하네.
縣官貪汚更堪嗟 得人金帛售奸邪
宋仁爲女歸陰路 致死冤魂塞滿衙

이렇듯 서문경은 송혜련의 일을 마무리한 후, 바로 금은 삼백여 냥을 준비해 금은 세공점의 점원을 시켜 많은 세공장이들을 집으로 불렀다. 그리고 채태사의 생일에 진상할 물건으로 사양봉수[四陽捧

壽]의 은인형을 만들게 했는데, 어느 것이나 높이가 한 자가 넘었다. 또 수[壽]자가 새겨진 금 주전자 두 벌을 만들게 하고, 또한 복숭아 모양의 옥잔 한 쌍을 사게 해서 보름 정도 걸려 모든 것이 다 준비되었다.

서문경은 다시 내보를 항주로 보내 그곳에서 짠 도포감 망의[蟒衣]를 구하려고 했지만, 파초포[芭蕉布]와 사[紗]망의가 부족했다. 은자를 갖고 사람을 시켜 사방에서 구해보려고 했으나 좋은 것을 구하지 못하고 적당한 것으로 두 벌 감을 구했다. 이렇게 준비된 물건을 가지고 하루 종일 잘 꾸린 후에 내보와 오지배인을 시켜 오월 스무여드레에 청하현을 떠나 동경으로 가게 했는데 이 이야기는 잠시 접어두자.

그로부터 이틀이 지난 유월 초하룻날, 삼복의 무더운 여름이 시작되었다. 예부터 '대서[大暑]는 미신[未申]을 넘지 않고(곧 음력 유월과 칠월 중에 있고), 대한[大寒]은 축인[丑寅]을 넘지 않는다(곧 섣달과 정월 중에 있다)'고 하지 않던가!

날씨가 정말로 더워서 태양이 정남향에 이르게 되면 하늘에 불우산이 하나 뜨고, 반점의 구름도 없어 정말로 돌이 녹고 쇠가 흘러내릴 정도였다. 사람들의 입에 자주 오르내리는 이 노래는 바로 이런 더위를 읊은 것이다.

축융[祝融]*이 남쪽에서 와 화룡을 채찍질하니
불구름이 훨훨 타올라 하늘을 붉게 하네.
태양이 중천에 머물면

---

* 여름의 신

천하가 마치 붉은 난로 속에 있는 듯하누나.

오악의 푸르름도 말라 구름의 아름다움도 스러지고

양후[陽侯]*는 바다 밑에서 파도가 마를 것을 근심하네.

언제 하루 나절의 가을바람이 불어와

나를 위해 천하의 더운 열기를 씻어 없애줄는지!

祝融南來鞭火龍 火雲燄燄燒天紅

日輪當午凝不去 方國如在紅爐中

五岳翠乾雲彩滅 陽侯海底愁波竭

何當一夕金風發 爲我掃除天下熱

　사람들이 말하기를 세상에는 더위를 무서워하는 부류가 세 종류 있고, 두려워하지 않는 사람들이 세 종류 있다고 한다. 어떤 사람들이 가장 더위를 두려워할까? 제일 더위를 겁내는 사람들은 시골의 농부들로서 날마다 밭을 갈고 두렁을 치면서, 쟁기질을 하고 괭이를 잡고 일을 하나, 봄가을로 세금을 내고 겨우 남는 식량으로 창고에 쌓아둔다. 한창 삼복더위에 밭에 비가 오지 않으면 마음이 바싹바싹 마른다. 둘째는 장사치들로서 일 년 내내 밖으로 돌아다니며 여러 가지 장식품들과 꿀·차 등을 팔러 다닌다. 무거운 짐을 어깨에 지고 손으로는 묵직한 수레를 끌며 먼길을 다니니, 가는 도중에 굶기도 하고 갈증에 시달리기도 한다. 그러노라니 얼굴 가득 땀으로 뒤범벅이 되기도 하고, 옷은 다 젖어 약간의 그늘이라도 없으면 실로 다니기가 힘들다. 셋째는 변방에 있는 병사들로서 머리에는 무거운 투구를 쓰고, 몸에는 철갑을 입고, 목이 마르면 칼에 묻어 있는 피를 핥아먹고,

* 파도의 신

140

피곤하면 말 위에서 잠을 잔다. 일 년 내내 싸움을 하느라 집에 돌아가지 못한다. 옷에는 이와 벼룩, 빈대가 생기고 상처는 썩어 문드러지고, 몸은 어디 하나 성한 곳이 없다. 이 세 부류의 사람들이 더위를 두려워한다.

그렇다면 어떤 사람들이 더위를 두려워하지 않는가? 첫째로는 구중궁궐의 물 좋고 바람 잘 통하는 정자에 사는 황족들로 물을 끌어다가 연못을 만들고 흐르는 개천을 끌어들여 못을 만든다. 크고 작은 옥은 물소 뿔과 마주보고 비추고 있고, 푸른 옥의 난간에는 이국의 진기한 과일나무와 기이한 화조가 심어져 있으며, 수정 쟁반 위에는 석영과 산호가 쌓여 있다. 또 상방의 수정 탁자 위에는 단계[端溪]의 벼루와 상관[象管]의 붓, 창힐[蒼頡]의 먹, 채염[蔡琰](후한 영제 때 채옹의 딸로 비분시를 지었다고 함. 동한시 종이의 발명자인 채륜[蔡倫]의 오기인 듯)의 종이가 놓여 있다. 또 수정으로 만든 붓통과 백옥으로 만든 문진도 놓여 있다. 한가로울 때에 부[賦]를 짓거나 시를 읊조리며, 취하면 남풍을 맞으며 잠을 청하는 사람들이다. 둘째로는 왕후귀족과 돈이 많고 이름 있는 명망가의 사람들이다. 날마다 추운 동굴이나 서늘한 정자에서 지내고, 늘 바람이나 물이 있는 정자에 머문다. 새우 수염으로 만든 발에 고래수염으로 휘장을 짜고, 말리화[茉莉花]로 만든 향주머니를 걸어놓고 있다. 또한 운모의 침상 위에는 물결무늬를 수놓은 돗자리와 원앙의 산호 베개가 놓여 있다. 사방에는 사람이 잡아당겨 바람을 내는 풍선[風扇]이 있어 바람이 일고, 그 곁의 물쟁반에는 자두가 가라앉아 있고 참외가 떠 있으며, 붉은 마름에 흰 연꽃, 매화나무에 올리브 나무, 부초[浮草]에 백계두[白鷄頭]가 꽂혀 있다. 또 꽃과 같이 아름다운 여인들이 곁에서 부채를 부치고 있다.

그다음은 도관의 도사들이나 절의 승려들이다. 그들은 구름까지 치솟은 운경각[雲經閣]이나 하늘에 접한 한종루[漢鍾樓] 등 경치가 좋은 곳에 기거한다. 한가로울 때는 법당 안에서 도법을 강연하거나 황정견의 작품을 강론하기도 하면서, 때로는 정원을 오가며 복숭아나 기이한 과일을 따먹기도 한다. 무료할 때에는 동자를 소나무 그늘 아래로 불러 거문고를 타게 한다. 취하면 바둑을 두거나 버드나무 그늘 아래서 친구를 벗해 즐겁게 담소를 나눈다. 원래 이런 세 종류의 사람들이 더위를 두려워하지 않는다.

시가 있어 이를 말하나니,

붉게 타오르는 태양은 마치 불이 난 듯
들에 농작물은 반은 다 말라버렸네.
농부의 마음은 마치 끓는 물 같은데
누각 위의 왕손들은 부채질만 하고 있네.
赤日炎炎似火燒 野田禾黍半枯焦
農夫心內如湯煮 樓上王孫把扇搖

이러한 때에 서문경은 일어나기는 했으나 날씨가 너무 더워 감히 나가지 못하고 집안에서 머리를 풀어헤치고 옷을 벗어젖히고 더위를 피했다. 화원에 있는 비취헌의 오두막에서 소동이 화초에 물을 주는 것을 보고 있었다. 비취헌 앞에 서향화[瑞香花] 하나를 기르고 있었는데 바야흐로 꽃이 한창 활짝 피어 있었다. 서문경은 소동과 대안에게 작은 물뿌리개를 가져오게 하여 꽃에 물을 주게 하고는 쳐다보았다. 그때 반금련과 이병아가 오고 있었는데, 평소대로 하얀 모시 적삼과 누런색의 실로 아름다운 꽃모양에 봉황을 수놓은 치마를 입고 있었다. 이병아는 붉은색 덧옷을, 반금련은 은 빛깔의 덧옷을 입고 있었는데 모든 것이 양가죽으로 옷깃에 금박으로 꽃 모양을 수놓은 것이었다. 금련은 머리에 족두리를 쓰지 않고 항주에서 나는 비취색 끈으로 머리를 틀어 묶고 화장을 하고 있는데 분 바른 얼굴에 윤기 흐르는 머리, 붉은 입술과 하얀 이가 더욱 두드러졌다. 둘은 손을 잡고 웃으면서 뛰어와서는 서문경이 물을 주고 있는 것을 보고 말했다.

"여기에서 꽃에 물을 주고 계셨군요! 어째서 아직 머리도 빗지를 않고 계시나요?"

"하인을 시켜 물을 가져오너라. 내 여기에서 머리를 빗으련다."

금련은 바로 대안을 불러 분부했다.

"잠시 물뿌리개를 내려놓고 안으로 들어가 빨리 물과 빗을 가져오게 하여라. 나리께서 이곳에서 머리를 빗으신다고 하니 말이다."

이에 대안은 바로 대답하고 안으로 들어갔다. 금련은 서향화를 바라보다가 꺾어 머리에 꽂으려고 했다. 이를 서문경이 가로막으면서 말했다.

"주둥이만 번드르르한 게! 함부로 손을 놀리지 마. 내 모두에게 한 송이씩 꺾어줄 테니!"

원래 서문경은 주위에 갓 피어난 꽃을 이미 몇 송이 잘라 비취색 화병에 꽂아두고 있었다. 이를 보고 금련은 웃으며,

"귀여운 내 자식아, 너는 이미 몇 송이 따서 여기에 놓아두지 않았느냐? 헌데 어머니한테는 꽂지 못하게 하다니?"

하면서 재빨리 한 송이를 잘라내 머리에 꽂는다. 서문경은 한 송이를 꺾어 이병아에게 주었다. 이러고 있노라니 춘매가 거울과 빗을, 추국

이 세숫물을 가져왔다. 서문경은 꽃 세 송이를 따서 오월랑과 이교아
와 맹옥루에게 꽂으라고 하면서 이르기를,

"가서 셋째 마님을 모셔오너라. 와서 비파를 좀 타 내게 들려주라
고 말이다."

하니 금련이 말하기를,

"맹언니 것은 제게 주세요. 제가 가져다드릴게요. 춘매한테는 큰
마님과 교아 언니 것만 가져가게 하세요. 갔다 오면 제게 한 송이 더
주세요. 제가 가서 노래하는 사람을 불러올 테니 한 송이 더 주셔야
지요."

하자 서문경은,

"갔다 오면 내 한 송이 더 주마."

했다. 금련이,

"나의 귀여운 아이야! 누가 너를 이렇게 귀엽게 키웠지? 당신이
말은 그렇게 해놓고 내가 가서 맹언니를 불러오면 나한테는 안 줄려
고 그러죠? 그럼 나는 가지 않을래요. 저한테 먼저 주면 갈게요."

하자 서문경은 웃으면서,

"요 앙큼한 계집이! 머리에 이미 꽂아놓고선!"

하면서 한 송이 더 주었다. 금련은 꽃을 귀밑머리에 살짝 꽂고 난 후
비로소 안으로 들어갔다. 이에 서문경과 이병아 두 사람만이 비취헌
에 남아 있었다. 서문경이 이병아를 보니 얇은 비단 치마에 붉은색
짧은 바지를 받쳐 입고 있었는데, 햇빛에 그 몸매며 하얀 피부가 아
련히 비치니 자신도 모르게 음심이 동했다. 좌우를 돌아보니 아무도
없었다. 서문경은 머리 빗는 일은 잠시 밀쳐두고 이병아를 시원한 의
자 위로 안아올려 치마를 걷어올리고 붉은 속옷을 끌어내렸다. 그런

후에 몸을 구부린 격산취화[隔山取火]라는 자세로 한참 동안 재미를 보노라니 그 즐거움이야말로 하늘을 나는 듯한 기분이었다. 그런데 뜻밖에도 반금련은 안채로 맹옥루를 부르러 가지 않고 화원의 쪽문으로 가서는 춘매를 시켜 꽃을 가져다주게 했다. 그러고는 잠시 생각한 후, 살금살금 발뒤꿈치를 들고 비취헌의 창밖으로 와서는 몰래 안의 소리를 엿들었다. 잠시 들어보니 둘은 이미 황홀경을 헤매고 있었다. 들어보니 서문경이 이병아에게 말하기를,

"귀여운 것아! 나는 다른 것보다도 너의 이 하얀 엉덩이를 좋아한단다. 오늘은 내 실컷 가지고 놀련다!"

하니 잠시 뒤에 이병아가 말한다.

"나리, 너무 벌리지 마세요! 제가 몸이 별로 안 좋아요. 일전에 어찌나 심하게 시달렸던지 아랫배가 몹시 아팠어요. 이삼 일 전부터 비로소 조금 나아졌어요."

"왜 몸이 좋지 않지?"

"솔직히 말씀드리자면, 제가 임신을 해서 나리께서는 조만간 아이를 볼 수 있을 거예요!"

하자 이를 듣고 서문경은 몹시 기뻐했다.

"내 귀여운 것아! 그런 일을 왜 빨리 말하지 않았지? 그랬으면 나도 그렇게 심하게 굴지 않았을 텐데!"

즐거움이 극에 달하고 정이 가득하니 더욱 흥분이 되어, 두 손으로 이병아의 엉덩이를 끌어안고 사정을 하니, 여인은 몸을 활처럼 구부려 그것을 몸 안으로 받아들인다. 잠시 뒤에는 서문경의 몰아쉬는 숨소리와 여인의 꾀꼬리 같은 소리가 들려오는데, 이 모든 것을 금련은 밖에서 보고 들었다. 그러고 있노라니 맹옥루가 뒤에서 달려 들어

와서 금련을 보고는 묻는다.

"다섯째, 여기서 뭘 하고 있는 게야?"

맹옥루의 말을 듣고 금련은 손을 내저었다. 그러면서 둘이 함께 안으로 들어가니 놀란 서문경은 어찌할 줄을 모른다. 그러한 서문경을 보고 묻는다.

"내가 간 지가 반나절이나 되었는데, 나리께서는 뭘 하셨어요? 여태 머리도 빗지 않고 세수도 하지 않고 있다니!"

"나는 여종이 얼굴 씻을 말리화 비누 가져오기를 기다리고 있었지!"

금련이 대꾸한다.

"능청을 떠시기는. 나리께서는 피부비누로 세수를 하셨군요. 어쩐지 나리 얼굴이 여인의 엉덩이보다 하얗다 그랬죠!"

서문경은 금련의 말에 별로 개의치 않았다. 머리를 빗고 세수를 한 후 옥루와 함께 앉아 있다가,

"후원에서 뭘 하고 있었느냐? 그래 월금[月琴]은 가지고 왔느냐?" 물으니 옥루는,

"저는 방에서 큰형님의 진주 구슬 핀을 만들고 있었어요. 내일 오순신(오대구의 아들)의 신부인 정삼저에게 혼인 예물을 가져가실 때 꽂으실 거예요. 월금은 춘매가 가져올 거예요."

했고, 머지않아 춘매가 와서는,

"꽃은 큰마님과 둘째 마님께 가져다드렸어요."

라고 아뢰었다. 서문경은 춘매에게 술상을 준비하라고 일렀다. 잠시 뒤 얼음 항아리에 자두를 가라앉히고 참외를 띄워 내왔으니, 정자는 서늘하고 주위에는 미인들이 앉아 있는 풍경이 아닐 수 없다.

옥루가 말하기를,

"춘매를 시켜 큰마님을 부를까요?"

하니 서문경은 답했다.

"술도 마시지 않을 텐데 일부러 부를 필요는 없어."

이에 네 사람만이 자리에 앉았다. 서문경이 맨 윗자리에 앉고, 세 명이 양편에 앉아 항아리에서 향기로운 술을 따르고 맛있는 안주를 즐겼다. 그런데 유독 반금련은 의자에 앉지 않고 녹두빛 청자 의자에 홀로 앉아 있었다. 이를 보고 맹옥루가 말한다.

"다섯째, 이쪽 의자에 와서 앉지, 그쪽 의자는 차가울 텐데."

"괜찮아요, 나 같은 늙은이는 배가 차가운 것도 두려워하지 않는데, 뭘 두려워하겠어요?"

잠시 후 술이 세 차례쯤 돌자, 서문경은 춘매더러 월금을 내오게 했다. 옥루에게는 월금을, 금련에게는 비파를 연주케 하면서,

"너희 둘이서 함께 「적제당권요태허[赤帝當權耀太虛]」(명 가정년간에 출간된 옹희악부[雍熙樂府]와 사림적염[詞林摘艷]이라는 가요집에 수록된 노래임) 한 곡을 불러보렴."

라고 말했으나 금련은 듣지 않고 말한다.

"나의 귀여운 아가야, 누가 너를 이렇게 귀엽게 키웠니. 우리 둘이 노래를 부르면 당신네 둘은 기분을 내며 즐기겠다는 건데, 나는 그렇게는 못해요. 병아 동생에게도 악기를 들게 하기 전에는 말이에요."

이에 서문경은,

"병아는 악기를 다룰 줄 몰라."

하자 금련이 답했다.

"악기를 탈 줄 모르면 옆에서 판을 두드려 장단이라도 맞추라고

하세요."

　서문경은 웃으며,

　"요 음탕한 년이! 무슨 헛소리를 하고 있는 게야!"

라고 말하면서 춘매를 시켜 붉은 상아로 만든 박자판을 가져오게 해 이병아에게 주었다. 이를 보고 둘은 비로소 가볍게 옥 같은 손가락을 펴 악기의 선을 고르며 함께 소리를 맞춰 「기러기 모래 위를 지나네[雁過沙]」를 부르고 하인 수춘은 그 옆에서 부채질을 했다. 이렇게 「적제당권요태허」를 다 부르자, 서문경은 모두에게 술을 한 잔 따라주며 마시게 했다. 그런데 반금련은 술좌석에서 술은 마시지 않고, 차가운 물과 찬 과일만 먹는다. 옥루가 이를 보고는,

　"다섯째, 오늘은 왜 찬 것만 먹고 있지?"

라고 묻자, 금련은 웃으며 말한다.

　"나 같은 늙은이는 뱃속에 아무런 일도 없으니 찬 것쯤 먹는다고 무슨 일이 생기겠어요?"

　이를 듣고 이병아는 부끄러워 얼굴이 붉어지며 어찌할 줄 모른다. 서문경도 금련을 힐끗 쩌려보며 말했다.

　"요 음탕한 계집이 무슨 헛수작을 하고 있는 게야!"

　"영감, 당신이야말로 참 말이 많군요. 늙은 여인네가 자면서 말린 고기를 한 가닥 한 가닥 먹든 당신은 그녀만 간수하면 되잖아요!"

　이렇게 술을 마시고 있을 때 갑자기 동남쪽에서 구름이 일고, 안개가 서북을 가로막더니 천둥이 치면서 큰비가 내리기 시작하니 비취헌의 화초가 모두 비에 젖었다.

　양자강과 황하, 회수와 바다에는 새로운 물이 불고

푸른색의 대나무와 붉은 석류는 씻기어 푸르름을 더하네.

江河淮海添新水 翠竹紅榴洗濯清

　잠시 후 비가 멎고 하늘 저 끝으로 무지개가 뜨면서, 서편으로 석양이 붉게 물들었다. 바로 가랑비가 지나가니 푸른 여울이 윤택해지고, 저녁 바람은 서늘한 정원에 선선함을 가져다준다.

　이때 안채에서 소옥이 와서 옥루를 찾았다. 옥루가 말하기를,

　"큰마님께서 찾고 계세요. 아직 머리에 꽂을 비녀를 다 만들지 못했거든요. 가봐야지, 그렇지 않으면 야단맞을 거예요."

　이병아가 말하기를,

　"우리 둘이 같이 가요. 저도 가서 형님이 구슬 비녀를 만드는 걸 좀 보고 싶어요!"

하자 이에 서문경은,

　"내가 너희들을 바래다줄 테니, 잠시만 기다려."

라고 말하면서 월금을 집어 옥루에게 주어 타게 하고 자신은 손으로 박자를 맞추니, 사람들이 모두 「양주 서곡[梁州序]」을 합창했다.

　저녁 무렵에 비가 남쪽의 정자를 스쳐가니
　연못의 연꽃이 어지러이 흔들리네.
　봄의 천둥소리 은은해지며
　비 개고 구름도 흩어지네.
　연꽃의 향기는 십 리까지 그윽하고
　하늘에는 초승달
　이 풍경이야말로 그지없이 좋구나.

향기 나는 뜨거운 물에 목욕하고

밤 단장을 마치니

깊은 정원에 황혼도 들어와 잠을 이루네.

向晚來雨過南軒 見池面紅粧凌亂 聽看雷隱隱 雨收雲散

但聞得荷香十里 新月一鉤 此景佳無限

蘭湯初浴罷 晚粧殘 深院黃昏懶去眠

(합창)

곱고 가는 노래에 푸른 대나무 악기의 반주

얼음산과 눈의 감옥에 펼쳐지는 아름다운 연회

이 푸른 세상을 몇 사람이나 볼 수 있을는지.

金縷唱 碧筒勸 向冰山雪檻排佳宴

淸世界 能有幾人見

버드나무 그늘 속에 갑자기 울어대는 매미소리 요란하고

유성 같은 반딧불도 정원으로 쏟아지네.

능가[菱歌](마름을 딸 때 부르는 노래) 소리가 어디선가 들려오고

화려한 유람선도 돌아오네.

보건대 옥 같은 밧줄을 낮게 드리웠으나

부잣집에서는 기척이 없으니

이러한 풍경 또한 흠모할 만하구나.

일어서 섬섬옥수 손을 들어

구름 같은 머리를 손질하네.

달이 비단 휘장을 비추니 사람이 잠을 이루지 못하고 있네.

柳陰中忽噪新蟬 見流螢飛來庭院 聽菱歌何處 畵船歸晚

只見玉繩低度 朱戶無聲 此景猶堪羨

起來攜索手 整雲偏 月照紗廚人未眠

아름다운 원앙이 물에서 노니니 잔물결이 넘실거리고

푸른 연꽃 뒤집히니 꽃잎에 맺힌 물방울이 굴러내리네.

향기로운 바람은 부채 되어

연못의 사방을 향내로 가득 채우고

한가한 정자에 맴돌고 있으니

앉아 있노라니 나도 모르게 마음이 상쾌해지누나.

봉래[蓬萊](전설 속의 선경[仙境]) 동산을 누가 부러워하랴.

漣漪戲彩鴛 綠荷翻 淸香瀉下瓊珠濺

香風扇 芳沼邊 閑亭畔 坐來不覺人淸健

蓬萊閬苑何足羨

(합창)

단지 서풍과 서늘한 가을이 두려울 뿐

어느새 세월은 흘러만 가는구나!

只恐西風又驚秋 暗中不覺流年換

사람들은 함께 노래를 하면서 어느덧 쪽문 있는 데까지 이르렀다.
옥루는 월금을 춘매에게 건네주고 이병아와 함께 안채로 들어갔다.
이를 보고 반금련은,

"셋째 형님, 좀 기다려요, 함께 가게."

라면서 서문경을 뿌리치고 가려고 했으나 서문경이 금련을 한 손으로 붙잡으면서 말하기를,

"요 주둥이만 살아 있는 것아! 어디를 미꾸라지처럼 빠져나가려고 해. 내 너를 놓아줄 성싶으냐!"
라면서 잡아당기니 하마터면 넘어질 뻔했다. 금련이 말했다.

"주책바가지 날강도 같으니라구! 옷을 입고 있는데 팔목을 비틀어 뭘 하겠다는 거죠. 얼간이 같기는! 둘 다 가버렸는데, 나 혼자 남아서 뭘 하겠어요?"

"우리 둘이 태호의 돌 아래에서 술을 가져와 마시며, 투호 놀이를 하면서 노는 게 어떠냐?"

"날강도 같은 양반! 그럼 정자에 가서 놀지, 여기서 할 게 뭐가 있어요? 못 믿겠으면 춘매 그 꼬마 년을 시켜 여기로 술을 내오게 해도 가져오지 않을 거예요."

이에 서문경은 춘매를 시키니, 춘매는 월금을 바로 금련에게 던져주고는 새침해서 안으로 횡 하니 들어갔다. 금련은 월금을 받아들고 손으로 몇 번 튕겨본 후에,

"나도 맹형님에게 약간 배웠어요."
하며, 월금을 타면서 태호 주변의 바위 위에 있는 석류화를 바라보니, 잠시 전의 비에 젖어 한창 피어나고 있었다. 장난삼아 꽃가지 하나를 꺾어 구름같이 흐르는 머리에 꽂으며 말하기를,

"이 노마님은 그것을 사흘만 먹지 않으면 눈이 어지럽단 말이야."
하자, 이를 서문경이 듣고 앞으로 다가와서는 금련의 작은 두 발을 번쩍 들어올리고는 장난을 치며 말한다.

"요 앙큼한 계집아! 세상 사람들의 체면을 보지 않는다면 내 그 맛

을 죽도록 실컷 보여줄 텐데."

이에 금련은,

"날강도 같은 양반아! 놀리지 말고, 월금을 내려놓을 테니 잠시만 기다려요."

라면서 월금을 손이 닿는 화단가에 기대어놓으면서 말한다.

"귀여운 아이야! 다시 한 번 놀아보자꾸나. 방금 전에는 이병아와 함께 실컷 방아를 찧으며 그 짓을 하면서 재미를 보지 않았니? 그런데 보는 사람이 없다고 나한테 달려들어 귀찮게 굴면 어떡해?"

"생떼를 쓰긴! 무슨 허튼소리를 하고 있는 거야. 누가 여섯째와 무슨 짓을 했다고!"

"귀여운 아가야! 네가 무슨 일을 하건 나를 속이지는 못해. 이 에미가 누구냐? 그런데 네가 나를 속이려고 해!… 제가 안채로 꽃을 가지고 갔을 때 당신네 둘이서 그 짓거리 하면서 즐겼잖아요!"

서문경은,

"요 음탕한 계집이 무슨 소리를 하는 게야!"

라고 말하며 금련을 풀밭 위에 눕히고 입을 맞추었다. 이에 금련도 급히 입술을 서문경의 입안으로 밀어 넣었다. 서문경이,

"나를 여보 하고 부르면 내 용서해주고, 너를 일으켜주마!"

하자, 이에 금련은 못 이기는 척하면서,

"여보, 저는 당신이 마음에 두고 있는 사람도 아닌데, 제게 달라붙어 뭘 하시려고 하세요?"

라며 코맹맹이 소리를 한다. 둘의 모습이야말로, 날이 개면 능숙한 앵무의 혀요, 비에 젖으면 요염한 꽃가지로세.

이렇게 둘이 놀고 있는데 금련이 말하기를,

"우리 포도덩굴이 있는 곳으로 가서 투호 놀이를 해요."
라면서 월금을 옆구리에 끌어안고 「양주 서곡」의 후반부를 연주하기 시작했다.

맑고도 상쾌한 저녁, 정말로 신선한 날
신선이 머문다는 월하의 청허전[淸虛殿].
신선들이 봄을 맞아 연회를 열고 거듭 술자리를 즐기네.
옥으로 만든 물시계의 바늘은 가는 대로 내버려두고
수정으로 만든 화려한 궁전에서는 생황소리 들리네.
淸宵思爽然 好涼天 瑤臺月下淸虛殿
神仙春 開玟筵 重歡宴
任敎玉漏催銀箭 水晶宮裡笙歌按

(합창)
서풍이 다시 가을을 놀랠까 두렵네
어느새 세월은 흘러 바뀌네.
只恐西風又驚秋 不覺暗中流年換

(끝 노래)
세월의 빠름이 번개와 같구나.
좋은 밤은 애석하게도 깊어만 가는데
즐거운 노래와 웃음이 손뼉소리와 어우러지네.
光陰迅速飛如電
好良宵可惜漸闌 拼取歡娛歌笑喧

낮에는 날마다 꽃잔치가 열리고
밤이면 밤마다 미녀를 벗하네.
오늘 같은 인생이 얼마나 될까
즐기지 않고 무엇을 하랴!
日日花前宴 宵宵伴玉娥
今生能有幾 不樂待如何

두 사람은 어깨를 나란히 하고 잠시 후 푸른 연못을 돌아 목향정
[木香亭]을 지나 비취헌 앞을 지나서 포도덩굴이 있는 근처로 갔다.
살펴보니 정말로 무성한 포도덩굴이었다. 그 모습이 이랬다.

사방에는 난간과 벽돌 쌓아놓은 우물이
주위에는 푸른 나뭇잎이 무성하다.
아득히 보이는 서리색 같은 것은
보랏빛 알이 수천 개 땅에 떨어지는 듯.
코를 진동하는 가을의 향기는
마치 무성한 잎새에 비단 띠를 드리운 듯.
줄줄이 매달린 마유[馬乳](말의 젖으로 만든 우유)는
수정 구슬을 맛 좋은 즙 속에 넣어놓은 듯.
돌돌 구르는 포도는
황금 시렁에 비취색 장막을 두른 듯.
이것이야말로 서역에서 가져온 진기한 품종.
감천에 숨겨진 진기한 향
바로 사철의 꽃으로는 향기 그윽한 꽃이 좋고

청풍명월은 돈을 주고도 살 수 없다는 것.

四面雕欄石甃 周圍翠葉深稠

迎眸霜色 如千枝紫彈墜流蘇

噴鼻秋香 似萬架綠雲垂繡帶

縋縋馬乳 水晶丸裡泡瓊漿

滾滾綠珠 金屑架中含合翠幄

乃西域移來之種 隱甘泉珍玩之勞

端的四時花木襯幽葩 明月淸風無價買

　두 사람이 포도덩굴 아래에 오자 거기에는 돌로 만든 의자 네 개가 놓여 있었고, 그 곁에 투호를 할 수 있는 항아리가 하나 있었다. 금련은 월금을 곁에 세워두고 서문경과 함께 투호 놀이를 했다. 이때 멀리서 춘매가 술을 들고 추국이 안주를 담은 찬합을 들고 오는 것이 보였다. 찬합에는 얼음을 채운 과일이 들어 있었다.

　금련이 말하기를,

　"새침데기야, 방금 전에는 화를 내고 가더니 어째 여기까지 이런 것을 가져왔지?"

하니 춘매가 답한다.

　"저쪽에 계신 줄 알았는데, 누가 갑자기 여기 와 계신 줄 알았겠어요."

　추국은 찬합을 내려놓고 다시 안채로 들어갔다. 서문경이 찬합을 열어보니 안에는 맛있는 과일과 요리가 여덟 칸에 잘 담겨 있었다. 각 칸에는 술 찌꺼기에 거위의 내장과 발을 조린 것, 소금에 절인 고기를 잘게 썬 것, 생선조림, 어린 병아리의 겨드랑이 살을 말린 것, 갓 딴 연실, 호두, 싱싱한 마름 열매, 신선한 버섯과 포도주를 담은 술병 하나와, 작은 연꽃 모양의 잔 두 개와, 상아로 만든 젓가락 두 벌이 있었다.

이러한 것을 작은 도자기로 만든 탁자 위에 꺼내놓았다. 서문경과 금련은 마주 앉아서 투호 놀이를 했다. 잠시 사이에 서문경은 과교[過橋]·쌍비안[雙飛雁]·영화도입[翎花倒入]·등과급제[登科及第]·이교관서[二喬觀書]·양비춘수[楊妃春睡]·오룡입동[烏龍入洞]·진주도권렴[珍珠倒捲簾] 등을 수십 개 던져 넣으니, 그때마다 금련은 벌주를 마셔 그만 거나하게 취하게 되었다.

어느덧 얼굴에 복숭아 빛이 감돌면서 눈을 가늘게 뜨고 추파를 던졌다. 이에 서문경은 다섯 가지 향을 내는 오향주[五香酒] 생각이 나서 춘매를 시켜 가져오게 했다. 이에 금련도,

"새침데기야, 내 부탁도 좀 들어다오. 가는 길에 내 방에 가서 자리하고 베개를 좀 가져다줘. 피곤해서 여기서 눈 좀 붙여야겠어."
라고 하자, 춘매는 고의로 새침을 떨면서 말하기를,

"싫어요! 다른 가져올 것도 많은데 누가 그것까지 가져올 수 있겠어요?"
하니, 이에 서문경이 말했다.

"네가 가져오기 싫으면 추국더러 내오게 하여라. 너는 술만 가져오면 돼."

서문경의 말을 듣고 춘매는 머리를 흔들면서 안으로 들어갔다. 잠시 뒤 추국이 자리와 베개를 가지고 왔다. 금련이 이르기를,

"이부자리는 이곳에 내려놓고, 화원 쪽문을 걸어 잠그고 방을 지키고 있다가 부르면 나오너라."

하니, 이에 추국은 알겠다고 대답하고 이부자리를 내려놓고 바로 밖으로 나갔다.

서문경은 일어나 허리에 두른 옥색의 얇은 비단 의복을 벗어 난간 위에 걸어놓고, 곧바로 모란밭 서쪽 소나무 근처의 꽃 더미 가까이 가서 오줌을 누었다. 잠시 후 돌아와 보니 금련은 포도 시렁 아래에 돗자리와 이불을 깔고 아래위 옷을 모두 벗고 누워 있었다. 발에는 붉은 신을 신고, 손에는 흰 비단으로 만든 부채를 쥐고 가볍게 부치고 있었다. 서문경이 들어오면서 이 모습을 보니 어찌 음심이 동하지를 않겠는가! 술기운도 있고 하여 바로 위아래 옷을 벗고 돌의자에 앉아서 우선 발가락으로 여인의 화심[花心](여인의 음핵)을 건들면서 노니 여인은 흥분하여 두꺼비가 침을 흘리듯 한다. 그러면서 다시 금련의 붉은 신을 벗기며 희롱을 한 후 다시 양발의 대님을 풀어 두 발을 함께 묶어서는 포도 시렁에 잡아매니 그 모습이 마치 금룡이 발톱을 오므리고 있는 듯하였다. 그렇게 해놓고 보니 여인의 비경이 크게 드러나 보이는 듯하며, 마치 붉은 갈고리의 모습이 적나라하게 다 드러나고, 닭의 혀 같은 것이 다 밖으로 나오는 듯하다. 서문경은 우선 위에서 내리덮쳐 금련의 비경을 탐닉한 후, 다시 몸을 힘차게 수차례 내리누르니 여인의 그곳이 목화솜같이 부드러워진다. 미꾸라지가 진흙 속을 다니는 듯, 금련은 아래에서 흥분하여 어찌할 줄 몰라 계속 '여보, 여보' 하고 있다. 이렇게 둘이 한참을 즐기고 있는데 춘매가 술을 데워 가지고 오다가 둘이 한참을 뜨겁게 놀고 있는 걸 보고서는 술 주전자를 내려놓고 바로 동산 꼭대기에 있는 와운정[臥雲亭]으로 올라가서는 바둑판에 엎드려 바둑알을 만지작거리고 있었다. 서문경이 고개를 들어 춘매가 그곳에 있는 것을 보고서 손짓을 하며 불렀

으나 내려오지 않았다. 이에 서문경은,

"요 새침데기 계집아! 내가 너를 못 잡을 줄 아느냐?"

라면서 금련을 내팽개쳐두고 큰 걸음으로 돌층계로 올라서 바로 정자까지 올라갔다. 그때 이미 춘매는 오른쪽 꾸불꾸불한 오솔길로 장춘오의 설동[雪洞]을 지나 산기슭의 숲 속에 몸을 숨기고 있었다. 그런데도 서문경에게 발각이 되었으니 갑자기 검은 그림자가 덮쳐 춘매의 허리를 안으면서,

"요 새침데기 계집아! 내가 너를 못 찾을 줄 알았지?"

하면서 춘매를 가볍게 안고 포도 시렁가로 내려와서는,

"자, 너도 한 잔 마시렴."

하고 춘매를 무릎에 앉히고는 둘은 주거니 받거니 술을 마셨다. 춘매는 문득 금련의 두 발이 포도 시렁에 거꾸로 묶여 있는 것을 보고는 말했다.

"무슨 짓들을 하고 계신 거예요. 이 벌건 대낮에, 사람이라도 와서 보면 어쩌려고 그러세요!"

"쪽문은 걸어 잠갔겠지?"

"제가 올 때는 잠겨 있었어요."

"새침데기 계집아! 내가 투호 하는 것을 잘 보거라. 이것이 바로 금빛 탄환이 은빛 거위를 때린다는 게야. 정확하게 맞추면 술을 한 잔 마시는 거다."

서문경은 말을 하면서 얼음 그릇에서 노란 오얏을 꺼내, 금련의 비경을 향해 세 개를 연달아 던지니 모두 그곳에 적중했다. 이에 서문경은 연달아 오향주를 세 잔 마시고, 춘매를 시켜 한 잔을 따라 금련에게 먹여주도록 했다. 또 하나의 오얏을 여인의 그곳에 넣고는 꺼

내지도 또 일도 하지 않았다. 흥분한 금련은 그곳이 축축이 젖어왔으나 꺼내달라고 하지도 않았다. 단지 눈이 몽롱해지며 팔다리가 축 늘어지면서 단지 입으로 흥얼거리기를,

"이 날강도야, 별난 짓을 다 하네. 이렇게 할 바에는 차라리 날 죽여라!"

앵무새 같은 소리를 내며 바르르 떨고 있다. 서문경은 이에 전혀 개의치 않고 춘매에게 곁에서 부채질을 하게 하고 술만 마셨다. 한참을 그러다가 취해서 침대에 기대어 하품을 몇 번 하다가 바로 잠이 들었다. 춘매는 서문경이 술에 취해 잠이 든 걸 보고는 가까이 가서 몇 번 흔들어보고 슬그머니 일어나서 설동을 지나 재빨리 안채로 들어갔다. 쪽문 부근에 누군가 있는 것 같아 문을 열고 보니 이병아가 그곳에 있었다.

한편 서문경은 한숨 잠을 자고 난 후 눈을 떠보니 금련은 아직도 시렁에 매달린 채 하얀 두 발이 양쪽으로 벌린 채로 있었다. 주위에 춘매가 없는 걸 보고서 금련을 향해 말하기를,

"요 음탕한 계집아, 내 너를 놓아주마."

그러면서 여인의 비경에서 오얏씨를 꺼내 금련이 먹도록 했다. 베개 위에 앉아서 비단 옷 소매에서 음기구[淫器具]를 넣은 주머니를 꺼내, 먼저 은탁자[銀托子]를 사용하고 다음으로 류황권[硫黃圈]을 사용했다. 서문경은 처음에는 잘 되지 않아 여인의 비경을 벌리고 넣으려고 했으나 흔들려서 깊이 넣을 수가 없었다. 달아오른 여인은 몸을 뒤척이며 입으로 연신 소리를 지른다.

"여보! 제발 빨리 집어넣어줘요! 미칠 것 같아요. 이병아의 일을 가지고 당신을 놀려댔다고 일부러 이렇게 다루는 모양인데 제가 뭘

어쨌다고 그러세요! 오늘 당신의 매운 손맛을 보았으니 다시는 놀리지 않겠어요!"

"음탕한 계집아! 알았으면 진작 그렇게 말할 것이지."

서문경은 금련의 비경 속을 내리쬤던 자신의 물건을 꺼내, 다시 주머니를 열고 약간의 규염성교[閨艷聲嬌](성행위할 때 사용하는 음약[淫藥])를 꺼내 금련의 비경 안에 바른 후에 다시 엉덩이를 높이 들고는 몇 번을 더 내리쬤었다. 그러기를 몇 차례 거듭하니 서문경의 물건이 빳빳하게 서 마치 화를 내는 듯했다. 고개를 숙여 왕복운동하는 걸 보면서 그 모습을 즐겼다. 금련은 자리에 누워 눈을 게슴츠레 뜨고 신음을 연발하면서 입으로는 끊임없이,

"사랑하는 여보, 당신이 또 뭘 써서 삽입하고 있는지 정말로 죽겠어요! 제 그곳의 근질거림이 뼛속까지 갔어요, 제발 저를 용서해주세요."

라면서 흥분하여 어찌할 줄 모른다. 그러나 서문경은 이에 개의치 않고 계속 금련을 흥분시켰다. 이렇게 둘이 놀다가 해가 이미 서산에 진 것을 보고는 금련이 옷을 입게 하고, 또 춘매와 추국을 불러 이불과 잠자리 등을 정리하여 방으로 돌아가게 했다. 춘매가 돌아와 추국에게 지시해 술상을 치우게 하고 막 화원의 뜰 문을 잠그려고 했다. 이때 내소의 아들 소철아가 꽃 시렁에서 내려와 급히 춘매에게 오며 먹다 남은 과일을 달라고 했다. 춘매는,

"이 날강도 같은 놈아! 너 어디에서 왔어?"

라면서 자두와 복숭아 몇 개를 주면서,

"나리께서 술에 취해 가까운 데 계셔, 눈에 띄면 얻어맞을 거야!"

하자, 이에 꼬마는 과일을 받아들자마자 곧바로 사라졌다.

춘매는 화원의 문을 잠그고 방으로 돌아와 서문경과 금련을 위해
잠자리를 준비해주었다.

날이 새면 집에서 화려한 술자리를 벌이고
해가 지면 방에서 여인을 품에 안는다.
즐거움이 곳곳에 있다 말하지 말라.
흘러가는 시간은 사라지는 저녁 서리와도 같은 것.
朝隨金谷宴 暮伴綺樓娃
休道歡娛處 流光逐暮霞

하루 종일 끊이지 않는 정

진경제는 신을 가지고 금련을 희롱하고,
서문경은 화가 나 소철아를 때리다

거친 인생살이 힘들어도
처세하는 마음을 너그럽게 가지세.
만사를 쫓다 보면 바쁨 속에 잘못이 생기니
반드시 마음을 안정되고 편안하게 가지세.
평탄한 길을 가면 평온하고 일이 없으나
사람에게는 상정[常情]이 있으니 인내를 해야 한다오.
곧바로 나아가면 후회가 없지만
시비에 휘말리면 귀찮아진다네.
風波境界立身難 處世規模要放寬
萬事盡從忙裡錯 此心須向靜中安
路當平處行更穩 人有常情耐久看
直到始終無悔吝 纏生枝節便多端

　서문경이 금련을 부축하여 방으로 돌아와 옷을 모두 벗어버리고
얇은 무명 속옷 한 장만 빼고는 벌거벗은 몸이 되었다. 금련은 붉은
비단으로 만든 가슴가리개만 걸치고 서문경과 어깨를 나란히 하고

앉아서 다시 술을 마시기 시작했다. 서문경은 한 손으로 금련의 목덜미를 어루만지면서 주거니 받거니 술을 마시니 정이 가득한 모습이었다. 살며시 고개를 들어 금련을 보니 구름 같은 머리칼이 살짝 흩어져 있고, 우윳빛 젖가슴이 반쯤 드러난 것이 마치 술 취한 양귀비와 같았다. 금련은 쉴 새 없이 손을 서문경의 사타구니에 넣어 물건을 만지작거렸다. 그런데 놀란 그 물건은 은탁자를 매달아놓았기 때문에 제대로 빳빳하게 서지 못하고 축 늘어져 있다. 이를 보고 서문경이 웃으며 말했다.

"아직도 놀려고 하느냐! 조금 전에 놀라 중풍이 걸린 모양이다."

"어째 그런 병에 걸렸단 말이죠?"

"그런 중병이 아니면 어째 이 물건이 제대로 서지도 못하고 축 늘어져 있단 말이냐? 빨리 무릎 꿇고 잘못했다고 빌지 못하겠느냐?"

금련은 웃으며 그것을 노려보다가 한쪽 무릎을 꿇고 가볍게 어루만지다가 허리에 묶었던 끈을 풀어 그 물건을 꽁꽁 묶고 손으로 잡아당기면서,

"네 이놈아, 좀 전에는 눈을 부릅뜨고 펄떡펄떡하며 사람을 못살게 기절까지 시키더니, 지금은 중풍에 걸렸다며 꾀병을 부리고는 어째 축 늘어져 기절한 시늉을 한단 말이냐!"

라며 다시 한 번 어루만진 후 얼굴에 갖다대고 몇 번을 비빈 후에, 입에 넣고 혀를 써서 빨기 시작했다. 이에 그 물건이 다시 흥분하여 눈을 크게 뜨고 숲을 헤치고 다시 빳빳하게 서 올랐다. 이에 서문경은 또다시 베개에 걸터앉아 금련이 허리를 굽혀 물건을 빨게 하고 그 모습을 바라보며 즐겼다. 그러다 다시 놀고 싶은 생각이 들어 교접을 하려 하자, 금련이 애원하며 말한다.

"서방님, 제발 저를 용서해주세요. 또 놀다가는 저는 죽고 말아요!"

말은 그렇게 하면서도 그날 밤 둘은 끝없이 음욕을 즐겼다.

싸움이 다하니 즐거움이 극에 달하고
운우의 정을 나누고 쉬네.
아양을 떠는 눈은 게슴츠레하고
손에 쥔 남자의 물건은 여전히 단단하네.
사랑하는 낭군에게 이젠 되었다고 하면서
술잔을 가득 채워 거듭 권하니
마치 정에 취한 듯 어리석어진 듯하네.
戰酣樂極雲雨歇 嬌眼陁斜
手持玉莖猶堅硬
告才郭 將就些些
滿飮金杯頻勸 雨情似醉如癡

눈처럼 흰 피부가 휘장을 뚫고
입은 앵두보다 더욱 붉고 손은 여린 풀보다 더욱 부드럽네.
한 줄기 샘물이 소리를 내며 뚝뚝 떨어지고
두 사람의 마음은 꼭 붙어 소리를 내네.
엎치락뒤치락 고기가 해초를 삼키듯
천천히 밀었다 가볍게 빼는 것이 고양이가 닭을 무는 듯
신령스런 거북이가 감천수를 토하지 않으니
항아가 감히 잠시라도 떨어질 수 있겠는가?

雪白玉體透簾幃 口賽櫻桃手賽黃

一脈泉通聲滴滴 雨情脂合色迷迷

翻來覆去魚吞藻 滿進輕抽猫咬鷄

靈龜不吐甘泉水 使得嫦娥敢暫離

둘은 하룻밤을 이렇게 지냈다.

다음 날 서문경은 밖으로 나가고, 금련은 밥 먹을 때 겨우 일어나 잠잘 때 신는 신으로 갈아 신으려고 했다. 어제 저녁에 신었던 붉은 신을 찾았지만 아무리 찾아봐도 한 짝이 보이지 않았다. 이에 춘매를 불러 물으니 춘매는,

"어제 제가 나리와 함께 마님을 안아들고 안으로 들어왔어요. 그리고 추국이 마님의 이부자리를 안고 왔어요."

하니 금련은 다시 추국을 불러 묻자 추국이 답한다.

"저는 어제 마님이 신발을 신고 들어오시는 걸 보지 못했어요."

"헛소리는! 내가 신발을 신고 들어오지 않았다면, 맨발로 들어왔단 말이냐?"

"마님! 신고 들어오셨다면 왜 방에 없겠어요?"

금련은 욕을 하며,

"이년이 허튼소리를 하고 있어! 아무 일도 없다면 이 방에 있을 테니 나 대신 잘 찾아보아라."

해서, 이에 추국은 세 칸짜리 집안을 침대 위며 아래까지 모조리 뒤졌으나 어디에서도 신발을 찾을 수 없었다. 금련이 말한다.

"확실히 이 방에 귀신이 있어 내 신발을 집어간 모양이야? 내 방에 있는 신발도 보이지 않으니 말이다. 그런데 너같이 멍청한 계집은 방

에서 뭐하고 있는 게야?"

"혹시 마님께서 화원 뜰에 둔 것을 잊고 그냥 오신 게 아닐까요?"

금련은,

"정말로 그 짓에 정신이 다 나갔던 모양이야! 내가 신을 신었었는 지 안 신었는지도 생각나지 않으니!"

라며, 춘매를 불러,

"이 계집애와 함께 화원 뜰에 가서 뒤져보거라. 찾으면 괜찮지만, 만약 못 찾으면 뜰에서 돌을 들고 꿇어앉게 하거라."

하니 춘매는 바로 추국을 끌고 화원부터 포도 시렁까지 샅샅이 찾아 보았으나 어디에서도 그 한 짝은 찾을 수가 없었다.

바로 사위 진경제가 주워 가버렸으니, 갈대꽃과 밝은 달에도 찾기 가 어려운 것.

이렇게 한차례를 찾아보고 춘매는 욕을 퍼붓는다.

"요 계집! 너 같은 중매 할멈도 길을 잃어 아무런 할 말이 없겠구 나. 할멈이 맷돌을 팔아버려 더는 절구를 찧지 못하는 꼴이 되었잖 아!"

추국도,

"제대로 알지도 못하면서 주둥이를 놀리기는. 누군가가 몰래 마님 신발을 훔쳐갔는지도 몰라. 나는 분명 어제 마님이 신발을 신고 들어 오시는 걸 보지 못했어. 아마도 네가 어제 화원 뜰 문을 열어놓았기 때문에 누군가 들어와서 마님의 신을 주워간 게 아닐까?"

하니, 이에 춘매가 침을 한 번 뱉으면서,

"이년이, 또 나를 끌어들이고 있네! 여섯째 마님이 문을 열게 해 내가 열어드린 것이 아니냐? 그때 사람이 들어왔다는 게냐? 네가 마님의 이불을 안고 들어올 때 잘 보고 조심을 했으면 이런 일이 일어나지 않았을 텐데, 어깃장을 놓기는!"

하고 욕설을 퍼부었다. 그러면서 추국을 방 안까지 끌고 들어와서는 금련에게 찾지 못했다고 말했다. 이에 금련은 추국을 끌어내 정원 뜰에 꿇어앉히게 했다. 추국은 눈물을 뚝뚝 흘리면서 말했다.

"제가 다시 한 번 뜰을 찾아보겠사오니, 잠시만 기다려주셨다가 못 찾으면 그때 저를 때려주세요!"

"마님, 저년 말을 믿지 마세요. 화원 뜰은 깨끗이 청소되어 있어서 바늘도 찾을 수 있을 정도인데, 어디에서 신을 찾을 수 있겠어요!"

"기다리셨다가 제가 찾지 못하면 그때 때리시면 되잖아요. 그런데 네가 왜 옆에서 참견이야?"

이에 금련은 춘매를 향해,

"됐다, 이 계집을 데리고 가서 어디를 찾는지 보고 오너라!"

하니, 이에 춘매는 다시 추국을 끌고 가 뜰의 곳곳과 설동, 연못, 소나무 담장 밑까지 샅샅이 뒤져보았으나 어디에서도 찾을 수가 없었다. 이에 추국은 당황했고 춘매가 바로 귀싸대기를 두어 차례 갈기고 다시 금련에게 끌고 가려고 하자, 추국은,

"아직 한 군데 설동[雪洞]은 찾아보지 않았어!"

하니 춘매는,

"그 장춘오는 나리께서 쓰시는 따뜻한 방이라, 마님께서도 최근에는 그곳에 가지 않으셨어. 내 봐줄 테니 찾아봐. 찾지 못하면 이번에는 단단히 혼날 줄 알아!"

라면서 추국을 끌고 장춘오 설동 안으로 들어갔다. 정면의 침대와 곁에 있는 의자 주위를 살펴보았으나 보이지 않았다. 다시 문갑 서랍

안을 찾아보려고 하자 춘매는,

"이 문갑 안에는 모두 나리께서 쓰시는 서류와 종이뿐이야. 그런데 어떻게 마님의 신이 이 안에 들어갈 수 있겠어? 공연히 시간 끌지마. 함부로 뒤집어놓았다가 나리께서 아시기라도 한다면, 또 한바탕 시끄러울 거야! 너의 이 노글노글한 뼈를 제대로 추릴 수도 없을걸!"

했으나, 잠시 뒤에 추국이,

"이거 마님 신발이잖아!"

하면서 한 종이 꾸러미에서 향기로운 풀과 함께 싸인 것을 꺼냈다. 그것을 춘매에게 보이면서,

"이것이 마님 신이 아니고 뭐야? 아까는 잘도 부추겨 나를 때리더니!"

하니, 춘매가 그것을 보니 과연 바닥이 낮은 붉은색 신이었다. 이에 춘매는,

"마님 것이 맞아. 그런데 어째 그것이 문갑 안에 있을까? 정말 이상한 일인데!"

라면서 금련에게 돌아왔다. 금련이,

"신발이 있던? 그래 어디에 있던?"

하고 묻자, 춘매가 답한다.

"장춘오 설동의 문갑 안에서 찾아냈어요. 신과 종이, 향기로운 풀 등이 함께 싸여 있었어요."

금련은 신발을 받아들고 자기 것을 가져와 비교해보니, 모두 다붉은 바탕에 사계절의 꽃과 보배로운 물건 여덟 가지를 수놓은 낡은 비단 신이었으나, 다만 꿰맨 실이 조금 달랐다. 하나는 녹색 실로, 다른 하나는 남색 실로 꿰맸기에 자세히 보지 않으면 분간할 수 없었

다. 금련이 신어보니 찾아온 것이 발에 약간 끼였다. 그것이 혜련의 것임을 알았으나, 언제 혜련이 서문경에게 주었는지 알 수 없었고, 그것을 서문경은 감히 가지고 들어올 수 없었으니 장춘오에 잘 숨겨 놓았으나, 뜻밖에도 이 계집종에게 발각된 것이리라 짐작했다. 그래 잠시 바라보다가,

"이건 내 신이 아니야. 이년을 빨리 꿇어앉히거라!"

라고 춘매에게 분부하면서 또다시,

"돌을 가져와 저년의 머리 위에 올려놓거라."

하자 이에 추국은 울면서 말하기를,

"이게 마님의 신이 아니라면, 누구 것이겠어요? 제가 마님을 위해 겨우 찾아냈는데 저를 때리려고 하세요? 찾았는데도 이러시는데 못 찾았다면 어떻게 저를 때릴지 모르겠네요!"

하니 금련은 소리쳤다.

"이년이, 입 닥치지 못해!"

춘매는 큰 돌을 가져와 추국의 머리 위에 올려놓았다. 금련은 다른 신을 꺼내 바꿔 신었다. 방 안이 더워지자 춘매에게,

"꽃놀이를 할 수 있는 화장대를 누각으로 가지고 가거라. 거기에서 머리를 빗게."

라고 분부했다. 머리를 빗고 나서 추국을 때려주기로 했는데 그 일은 잠시 접어두기로 한다.

한편 진경제는 아침 일찍 가게를 나와 옷을 가지러 안으로 들어오다가, 화원의 쪽문 부근에서 소철아가 놀고 있는 것을 보았다. 진경제가 손에 은으로 만든 망건에 꽂는 핀을 들고 있는 것을 보고서 묻

기를,

"서방님, 무엇을 손에 들고 계세요? 가지고 놀게 제게 주세요."

하니 진경제가 말한다.

"이것은 다른 사람이 저당잡힌 망건 핀이라 찾으러 오면 다시 돌려줘야 해."

이에 꼬마 놈은 웃으면서,

"서방님, 제가 가지고 놀게 그걸 제게 주시면 저도 서방님께 좋은 물건을 드릴게요."

"멍청한 꼬마야! 이건 다른 사람이 잠시 맡긴 거야. 원한다면 내 다른 것을 찾아줄 테니 가지고 놀아라. 그런데 무슨 좋은 물건을 가지고 있다는 게야? 한번 보여주렴!"

이에 꼬마 놈은 허리춤에서 붉은 신 한 짝을 꺼내 진경제에게 보여주었다. 이를 보고 진경제는,

"어디에서 난 거냐?"

하고 묻자, 꼬마 놈은 실실 웃으며 말했다.

"서방님, 제가 다 말씀드릴게요. 어제 화원 뜰에서 놀고 있는데 나리 마님께서 다섯째 마님의 두 발을 포도 시렁에 매달아놓고 한바탕 놀더군요. 그런 다음에 나리께서는 안으로 들어가시고 저는 춘매 누이에게 찾아가 과일을 좀 달라고 하다가 포도 시렁 아래에서 이 신을 주웠어요."

경제가 그것을 받아 살펴보니, 하늘에 걸린 초승달처럼 굽어 있고, 연꽃의 술처럼 붉었다. 손안에 넣고 보니 겨우 삼 촌의 크기, 이것이 바로 금련의 신발임을 알았다. 그래서 바로,

"이건 내게 다오. 다른 날 가지고 놀게 좋은 핀을 줄 테니."

라고 말했다.

"거짓말하시면 안 돼요! 제가 내일 가서 달라고 할 테니까요."

"거짓말 안 해."

이 말을 듣고 꼬마는 웃으며 갔다.

진경제는 이 신발을 소매 안에 넣으면서 속으로,

'내가 몇 차례나 놀려보았지만, 말로는 응하다가도 중간에 도망가 버렸잖아. 그런데 뜻하지 않게 하늘이 도와 이 신발이 내 손에 들어왔구나. 오늘 내 한번 금련을 잘 꼬셔봐야지, 반드시 손에 넣어야지!' 라고 생각했다.

실과 바늘을 쓰지 않으면서 어찌 교묘하게 꿰맬 수 있겠는가!

경제는 소매 속에 신을 넣고 곧장 금련의 방으로 달려갔다. 담을 돌아가 보니 추국이 뜰 안에서 무릎 꿇고 있었다. 추국을 보고 웃으면서,

"아니, 큰아씨께서 왜 군인이 되어 돌을 들고 있는 거야?"

하니, 금련이 이 말을 누각 위에서 듣고 춘매를 불러 물었다.

"그년이 돌을 들고 있다고 말을 하는 사람이 누구니? 그년이 돌을 이고 있지 않고 들고 있는 게냐?"

춘매가,

"진서방님께서 오셨어요. 추국은 돌을 이고 있어요!"

금련은,

"서방님께 위에 아무도 없으니 올라오시라고 여쭈어라!"

하니, 이에 경제는 옷을 걷어 젖히고 재빨리 위로 올라갔다. 올라가 보니 금련은 바깥쪽의 양쪽 창문을 모두 열어놓고 주렴을 걷어 올리고 그곳에 화장대를 놓고 머리를 손질하고 있었다. 진경제는 곁으로

다가가 작은 의자에 앉아 여인이 칠흑 같은 머리를 손으로 잡고 빗는 것을 넋을 잃고 바라보았다. 긴 머리를 몇 번을 빗고 붉은 끈으로 묶고 은실로 만든 쪽머리를 쓴 후에 그 옆에 많은 꽃을 꽂아 양옆의 모양을 살리니 마치 살아 있는 부처의 모습 같았다. 잠시 후 머리 손질을 끝내고 화장대를 치우게 하고 세숫대야에 손을 씻고 옷을 입고는 춘매를 불러 일렀다.

"사위께 차를 내다 드리거라."

이에 경제는 웃기만 할 뿐 아무 말도 하지 않았다. 금련이 물어보았다.

"사위님께서는 왜 웃기만 하시지요?"

"그럴 일이 있어요. 그런데 무엇을 잃어버리셨다면서요?"

"엉큼한 양반이! 내가 뭘 잃어버렸건 당신과 무슨 상관이 있어요? 그런데 그걸 어떻게 알죠?"

"제가 호의를 베풀려고 하는데 오히려 저를 악당 취급하시는군요. 그냥 가겠어요."

경제는 몸을 일으켜 아래로 내려갔다. 이에 금련은 다급히 진경제의 손을 잡으면서 말하기를,

"이렇게 성질 급한 양반을 봤나! 정말 도도하게 굴고 있네! 내왕의 마누라가 죽고 나니, 이제서야 겨우 나를 생각해낸 모양이지?"

그러면서,

"그래 내가 무엇을 잃어버렸는지 알아?"

하고 물으니 경제는 소맷자락에서 신을 꺼내 신발끈을 붙잡아 흔들면서 말한다.

"이 좋은 것이 누구 것인지 잘 보세요."

"엉큼하기는! 당신이 훔쳐갔군요. 그것도 모르고 나는 애꿎게 계집애를 때리고 구석구석을 찾게 했으니."

하자, 경제가 묻는다.

"이게 어떻게 제 손에 들어왔는지 아세요?"

"내 방에 누가 올 수 있겠어? 대담한 당신이 몰래 들어와 신을 훔쳐갔겠지!"

"정말 부끄러운 줄을 모르시는군! 저는 요즘 이 방에 온 적이 없는데 어떻게 훔쳐갈 수 있겠어요?"

"이런 급사할 사람이 있나! 나리께 일러줄 테야. 내 신을 훔쳐가놓고도 오히려 나를 보고 부끄러움을 모른다고 하다니!"

"제발 아버님께 그렇게 말씀드려 저를 혼내주세요!"

"정말 간덩이가 부었군! 내왕의 마누라가 누구 여잔데 그년과 놀아나다니. 생각해보니 그년한테 못된 장난을 배운 모양이군. 내 신을 훔치지 않았으면 어떻게 이 신이 당신 손에 있는 거지? 장난치지 말고 좋은 말로 할 때 돌려주는 것이 몸에도 이로울걸. 예부터 주인이 있는 것은 함부로 갖지 말라잖아. 그런데도 싫다고 한다면 죽어도 묻힐 곳이 없게 해줄 테니까!"

"마님은 정말로 악랄한 여포졸 같군요! 사람을 마음대로 요리하시는 것을 보면. 여기에 아무도 없으니, 우리 천천히 얘기해요. 신발을 돌려받고 싶으면 다른 물건 하나와 바꾸도록 해요. 그렇지 않으면 하늘에서 벼락이 쳐도 드릴 수가 없어요!"

"이런 엉큼한 사람이 있나! 내 신발이니 당연히 돌려줘야지. 대체 뭘 가지고 바꾸자는 거지?"

경제는 웃으며 말했다.

"다섯째 마님, 마님의 소매 속에 있는 손수건을 제게 주시면, 바로 이 신을 돌려드리겠어요."

"그럼 내 다른 날 다른 손수건을 찾아줄게요. 이 손수건은 나리께서 매일 보시는 거라 주기가 곤란해요."

이에 경제는 떼를 쓴다.

"안 돼요. 다른 것은 백 개를 줘도 소용없어요. 저는 꼭 이 손수건을 원해요."

금련은 웃으며,

"정말 뻔뻔스럽고 끈질기기는! 내 정말 당신과는 싸울 수가 없다니까!"

하며 소매 안에서 촘촘히 테두리를 대고 비단 바탕에 앵앵[鶯鶯](『서상기』에 나오는 여주인공)이 절에서 향을 태우는(앵앵이 보제사라는 절에서 향을 피우며 부친의 제사를 지내는 것) 모습을 수놓은 수건과 은으로 만든 귀이개까지 함께 진경제에게 건네주었다. 이에 경제는 황급히 손으로 받으며 고맙다고 거듭 인사를 한다. 금련은,

"잘 감추어두고, 절대 아가씨 눈에 띄지 않도록 해요. 아가씨는 입이 무겁지 못하니까!"

라며 당부했다. 경제는,

"잘 알겠어요."

대답하며 신발을 금련에게 건네주면서,

"소철아가 어제 화원에서 주워 오늘 아침에 저한테 가지고 왔길래 망건에 꽂는 핀과 바꾸어서 놀겠다고 했어요."

하자 금련은 이를 듣고 흰 얼굴이 빨개지며, 속으로 하얀 이빨을 갈면서 말했다.

"그 꼬마 놈이 더러운 손으로 신발을 까맣게 만들어놓은 것 좀 보세요. 나리께 말해 두들겨 패주게 해야지!"

"차라리 저를 죽이세요. 그놈을 때려주는 것은 괜찮지만 그렇게 되면 저까지 걸려들게 돼요. 제가 한 말은 절대로 하시면 안 돼요."

"이놈을 용서하느니, 내 차라리 전갈을 용서하겠다."

이렇게 두 사람이 한창 실랑이를 하고 있을 때에 소동과 내안이 안으로 들어와 아뢴다.

"나리께서 대청에서 선물 목록을 쓰게 서방님을 불러오랍니다."

금련은 급히 경제를 재촉하여 쫓아냈다. 그러고는 누각에서 내려와 종아리채를 가져오게 해 추국을 때리려고 했다. 그러나 추국은 여전히 반발을 하면서 대들었다.

"제가 마님 신을 찾아왔는데, 왜 저를 때리려고 하시는 거지요?"

금련은 방금 진경제가 가지고 온 신발을 보여주면서,

"이놈의 계집아! 너는 그것을 내 신이라고 하면서, 어디에 숨겨놨었느냐?"

라며 욕을 하자, 추국은 눈을 뜨고 한참을 쳐다보다가 여전히 인정하지 않았다. 그러다가 말하기를,

"정말로 이상하군, 마님 신발이 어떻게 세 짝이 되었지!"

한다. 금련은,

"이런 담 큰 계집이 있나! 네년이 감히 다른 신을 가지고 와서 나를 속이려 한단 말이냐! 그러고는 내가 세 발 달린 두꺼비인 양 말을 하는 게지! 이 신발은 어디에서 났어?"

하면서 불문곡직하고 춘매를 시켜 잡아당겨 쓰러뜨리고는 십여 대를 내갈겼다. 얻어맞은 추국은 허벅지를 끌어안고 울며 춘매를 쳐다

보며 원망한다.

"모두 네가 문을 열어두었기 때문에 사람이 들어와서 마님 신을 집어갔는데… 그런데도 마님을 부추겨 나를 때리게 하다니!"

춘매도 질세라,

"네가 마님의 이부자리를 정리하면서도 마님 신을 보지 못했잖아! 마님이 몇 차례 때린 걸 가지고 남을 원망하다니! 잃어버린 것이 낡은 신발이었기에 망정이지, 만약에 마님 머리에 꽂는 비녀나 귀걸이라도 잃어버렸으면 어쩔 뻔했어. 또 다른 사람에게 덮어씌워 같이 걸고 들어가겠지! 마님께서 그래도 마음이 약하셔서 적게 얻어맞은 줄이나 알아야지. 만약에 나 같았으면 밖의 하인들을 불러 이삼십여 대를 죽도록 때린 후에 어떤 꼴을 하는지 봤을 거야!"

라고 악을 쓰며 욕을 해대자, 추국은 아무 말도 하지 못했다.

한편 서문경은 진경제를 대청으로 불러 제형소의 하천호에게 보낼 선물을 꾸리고 있었다. 하천호는 회안[淮安]의 제형소의 장형정 천호[掌刑正千戶]로 승진해 가게 된 것이다. 때문에 현의 유지들이 모두 영복사에 모여 하천호의 송별잔치를 벌여주기로 한 것이다. 서문경은 월안을 시켜 선물을 보내고 대청에서 경제와 함께 식사를 한 후 금련의 방으로 들어갔다. 이때를 기다렸다는 듯이 금련은 소철아가 신발을 주워간 일을 낱낱이 고해바쳤다. 그리고 덧붙여 말하기를,

"이 모든 것이 당신이 변변치 못해서 그래요. 당신이 벌건 대낮에 해괴망측한 일을 하니, 그 찢어죽일 놈의 자식이 제 신을 몰래 들고 나간 게 아녜요. 밖에 가지고 나갔으면 누가 보지를 않았겠어요? 다행히 제가 알아서 겨우 다시 찾아왔으니 망정이지! 그놈을 혼내주지

않으면 나중에는 아주 버릇이 돼버릴 거예요."

하니, 이 말을 들은 서문경은 누가 그런 사실을 금련에게 알려주었느냐고 묻지도 않고 버럭 화를 내며 안채로 들어갔다. 꼬마 놈은 그런 줄도 모르고 계단 위에서 놀고 있다가 서문경에게 머리채를 잡히고 무릎을 꿇렸다. 서문경은 주먹으로 때리고 발로 차며 소철아가 돼지 멱따는 소리를 내자 겨우 성이 풀려 손을 멈추었다. 이렇게 얻어맞은 꼬마는 반나절이나 땅바닥에 축 늘어져 있었다. 놀라 달려온 내소 부부가 꼬마를 일으켜 한참을 주무르자 겨우 정신이 들었으나 코와 입으로 여전히 피를 흘리고 있었다. 소철아를 방으로 안고 들어와 천천히 전후 사정을 물어본 다음에야 비로소 신발을 주운 일을 알게 되었다. 금련의 신을 주워 경제와 망건 핀으로 바꾸면서 소동이 일어나게 된 것이었다. 이에 화가 난 일장청은 바로 안채의 부엌으로 가서 사방을 둘러보며 마구 떠들었다.

"제대로 죽지도 못할 음탕한 계집년! 나쁜 년! 내 자식이 네년과 무슨 원한이 있다는 게야? 겨우 열두 살짜리가 뭘 알아? 여자의 그것이 어디에 있는지 알기나 하겠어! 그런데도 나리께 일러 죽도록 얻어맞게 하다니. 얻어맞아 코와 입이 모두 피투성이잖아! 만약에 죽기라도 했다면 그 음탕한 계집도 아무리 뭐라 한들 쓴맛을 봤을 게야!"

이렇게 부엌에서 욕을 하다가 다시 바깥쪽으로 나가 욕을 퍼부었다. 그렇게 하루이틀 욕을 했으나 그래도 분이 풀리지 않았다.

금련은 방에서 술을 마시고 있었기에 그런 사실을 까맣게 모르고 있었다. 그날 밤 침대에 올라 잠을 자려고 할 때, 서문경은 금련이 붉은 실이 달린 잠신을 신고 있는 것을 보고,

"아야! 어째 이런 신을 신고 있는 거야? 보기 안 좋은데."

하자. 금련이 말한다.

"오직 붉은 신 한 쌍뿐이었는데, 그놈이 주워가 이렇게 더럽혀놨으니 달리 신을 게 뭐 있어야지요?"

"내 귀여운 것아! 내일 다른 신을 한 켤레 만들어 신으려무나. 너는 모르겠지만 나는 붉은색 신발을 좋아하는데 네가 신으면 더욱 귀엽단 말이야."

"영감님도 참 말씀은 잘하셔! 방금 전에 말씀드리려고 했는데 하마터면 까먹을 뻔했어요."

금련은 춘매를 불러 일렀다.

"가서 신발을 가져와 나리께 보여드려라. 나리께서는 이것이 누구의 것인지 잘 알겠지요?"

"누구 것인지 모르겠는데."

"아직도 능청을 떨고 계시군요! 겉과 속이 다른 양반 같으니라구! 자기가 해놓은 일도 아니라구 시치미를 떼다니! 이미 죽었는데 냄새 나는 내왕 마누라의 신발을 마치 보물단지 모시듯 설동의 장춘오의 문갑 안에 종이와 향내 나는 풀과 함께 잘 감추어뒀잖아요. 이게 무슨 진귀한 거라고 그리 애지중지하시지요! 반드시 그 음탕한 계집은 죽어서 지옥에 떨어졌을 거야!"

금련은 다시 추국을 가리키며,

"이년이 내 신이라고 뒤져서 찾아왔길래, 내가 몇 차례 때려줬어요."

하며 춘매에게,

"이걸 밖에 던져버려라!"

하고 주니, 춘매는 신을 땅바닥에 내버리다가 추국을 보며,

"너 가져다 신어라!"

했다. 이에 추국은 신을 집어들고서는,

"마님! 이 신은 제 발가락 하나가 겨우 들어갈 뿐이에요."

하니 이에 금련이 소리쳤다.

"이년이 아직도 주둥이를 놀리고 있네! 그년은 전생에 네 주인의 마나님이시란 말이야. 그렇지 않으면 어떻게 그년의 신발이 중요한 물건을 넣어두는 문갑 속에 고이 보관되어 대대로 전해질 수 있게 한단 말이냐! 정말로 부끄러움도 모르는 양반 같으니라구!"

추국은 신을 주워들고 밖으로 나갔다. 그때 금련이 다시 추국을 불러,

"칼을 가져와! 그걸 갈기갈기 찢어 변소에 처넣어버려야겠어. 그래야만 저승에 간 그년이 다시는 태어날 수 없게 되겠지."

하며, 서문경을 향해서는,

"나리께서 이 신을 보고 좋아하면 할수록, 저는 이걸 더욱 갈기갈기 찢어 당신께 보여드리고 싶어요!"

라고 했다. 이에 서문경은 웃으며,

"별나기는! 이제 그만해! 내 어디 그런 마음이 있겠어?"

했다. 금련은,

"그런 마음이 없다면 맹세를 하세요. 음탕한 그년이 죽어 어디로 갔는지도 모르는데, 당신은 어째서 그년의 신발을 고이 간직해 뭘 하려는 건가요? 밤낮으로 그년을 생각할 모양이지요. 제가 당신과 좋은 사이가 되었는데도 그것에 만족하지 못하고, 아직도 다른 사람을 생각하고 있군요!"

라며 따지고 들자, 서문경은 웃으며,

"됐어, 그만해! 요 음탕한 것아! 억지만 부리고 있어. 혜련이 살아 있을 적에도 네 앞에서는 함부로 예의에 어긋나는 행동을 하지 않았어."

라며 금련의 분 바른 목덜미를 끌어당기면서 입을 맞추며, 둘은 다시 운우의 정을 나누었다.

사람을 움직이는 춘색에 교태롭고도 요염한 모습, 나비를 이끄는 꽃술같이 부드러운 마음은 더욱 짙어만 가는구나.

시가 있어 이를 밝히나니,

가득한 이 연정을 누구에게 고할까?
어디에 이 그리운 마음을 실을까?
그리는 마음을 다해도 정은 다함이 없어
하루 종일 그 정이 끊이지 않는구나!
漫吐芳心說向誰 欲於何處寄相思
相思有盡情難盡 一日都來十二時

제29화 누가 귀하고 누가 천한 상인가

오신선이 집안사람들의 관상을 보고,
반금련은 난탕(蘭湯)에서 낮거리를 하다

오랜 세월 사람을 상심케 하는 일에
미간을 찌푸리고 한탄치 말라.
시 몇 편으로 세상사 걱정을 달래고
술을 마시며 세월을 보내네.
한가로울 때는 바둑을 두니 마음이 즐겁고
번거로울 때는 거문고를 타니 흥취가 길게 남네.
인간사와 시간에 구애를 받지 않고
시와 술로써 세상을 지내세.
百年秋月與春花 展放眉頭莫自嗟
吟幾首詩消世慮 酌二杯酒度韶華
閑敲棋子心情樂 悶撥瑤琴興趣賖
人事與時俱不管 且將詩酒作生涯

다음 날 반금련은 일찍 일어나 서문경을 내보낸 후에 붉은 신을
지어야겠다고 생각했다. 이에 푸른색 바느질 바구니를 꺼내들고 화
원에 있는 비취헌의 섬돌 위에 앉아서 신발의 겉본을 그리기 시작하

며, 춘매를 시켜 이병아를 불러오게 했다. 이병아가 와서는,

"형님, 뭘 그리고 계세요?"

하니 반금련은,

"무늬 없는 붉은 비단으로 굽이 낮은 신을 만들까 해요. 신발의 코에는 앵무새가 복숭아를 쪼는 모습을 수놓을 생각이에요."

하자 이병아는,

"제게도 여러 가지 무늬가 있는 붉은 비단이 있는데, 가져와 형님과 같은 모양으로 높은 신을 하나 만들어야겠어요."

하고는 바느질 바구니를 가져와 함께 만들기 시작했다. 반금련은 한쪽을 그린 후에 그것을 내려놓고,

"병아 동생, 나 대신 다른 한쪽 좀 그려줘요. 안에 들어가서 맹언니를 불러올게요. 맹언니도 지난번에 신을 만들고 싶다고 했거든요!"

하고는 바로 안으로 들어갔다.

이때 맹옥루도 방 안의 화롯가에 앉아서 신발을 깁고 있었다. 반금련이 안으로 들어가니 옥루가 묻는다.

"일찍 웬일이야?"

반금련은,

"저도 일찍 일어났는데, 나리께서는 하천호를 송별해드린다고 나가셨어요. 그래서 저와 여섯째가 시원할 때 화원 뜰에서 신을 만들기로 했어요. 날이 더워지면 아무것도 할 수가 없잖아요. 저는 방금 전에 한 짝을 그리고 병아 동생에게 대신 다른 한쪽을 그려달라고 부탁하고 곧장 이리로 언니를 모시러 왔어요. 우리 셋이서 함께 만들면 좋잖아요."

라면서 다시 묻는다.

"그런데 지금 뭘 깁고 있어요?"

"어제부터 깁기 시작한 건데, 검은색은 이미 다 만들었어."

"어머, 솜씨가 좋으시군요, 벌써 한 벌을 다 만들다니!"

"다른 한 짝은 어제 기웠고, 나머지는 오늘에야 겨우 기울 수 있을 것 같은데."

반금련은 그것을 받아 살펴보고는 물었다.

"그런데 이 코끝에는 어떤 무늬를 할 거예요?"

"나는 당신네들처럼 화려하게 할 수는 없잖아. 나이도 있고 하니 수수하게 할까 해. 주위는 녹색 실로 하고, 약간 굽이 있게 할까 하는데 어떻겠어?"

"괜찮겠어요. 빨리 걷어서 가요! 병아 동생이 기다리고 있어요!"

"잠시 앉아 차나 마시고 가요."

"됐어요, 가지고 가서 마셔요."

맹옥루는 난향에게 분부해 차를 끓여 내오게 한 후에, 둘은 손을 잡고 깁고 있던 신을 꾸려 밖으로 나왔다. 오월랑이 안채의 객실 복도에 앉아 있다가 지나가는 것을 보고 묻는다.

"어디를 가는 게야?"

반금련이,

"여섯째가 저더러 맹언니를 불러 함께 신을 깁자고 해서 맹언니를 부르러 왔어요."

말을 마치고 바로 화원으로 들어갔다.

셋은 함께 앉아 신본을 들어 서로 비교를 해보았다. 이때 먼저 춘매가 차를 내왔고 뒤를 이어 이병아 쪽에서 차를 내왔고, 또 잠시 후에는 옥루의 방에 있는 난향도 차를 들고 도착했다. 세 사람은 차를 마시며 환담을 나누었다. 잠시 뒤에 옥루가 말했다.

"다섯째, 동생은 어째서 굽이 낮은 붉은 신만을 만들려고 하는 게 야? 굽이 약간 있는 신이 더 보기 좋을 텐데. 만약에 뒷굽에 댄 나무 가 바닥에 울리는 소리가 싫으면 나처럼 비단을 대면 될 텐데? 그러 면 소리가 나지도 않을 테고."

이에 반금련이,

"신고 다닐 신이 아니라, 잠자리에서 신을 신이에요. 잃어버린 줄 알았는데, 꼬마 녀석이 훔쳐가 새까맣게 만들어놓아서 나리께서 이 를 보고 저더러 새 신을 만들라고 분부하셨거든요."

하자 맹옥루가 말한다.

"아, 그 신발 이야기라면 할 만한 것이 못 되지만 병아 동생도 이곳 에 있으니 한번 들어봐요. 어제 동생이 신발 한쪽을 잃어버렸는데 내 소의 아들 소철아가 어쩌다가 그 신을 화원 뜰에서 줍지 않았겠어. 나중에 반동생이 어찌 알고 나리께 뭐라고 했는지 그 꼬마가 나리께 늘씬하게 얻어맞았지. 코와 입이 피투성이가 되어 한참을 일어나지 못하고 있었대요. 이를 안 그 애비 일장청이 노발대발하며 안채에서 소란을 떨었다더군. 뭐라더라, 아, '그 음탕한 계집, 개자식, 때려죽 일 연놈 때문에 내 아들이 이렇게 얻어맞았다'고 욕을 하면서 말이에 요. 또 똥오줌도 제대로 가리지 못하는 애가 무엇을 안다고, 나리를 살살 꾀어 얻어맞게 만들었다고. 살아 있기 망정이지, 만약 죽기라도 했다면 그 음탕한 계집은 제대로 죽지도 못할 거라고 악담을 했다는 게야! 나도 처음에는 음탕한 계집이나 나쁜 놈이 누구를 가리키는 지 몰랐지. 나중에 소철아가 들어왔을 때 큰마님이 '너 왜 나리께 얻 어맞았니?' 하고 묻자, 그놈이 '화원에서 놀다가 신 한 짝을 주웠길래 진서방님과 장난감으로 바꾸기로 했어요. 그런데 누가 어떻게 나리께 말씀드렸는지 나리께서 저를 때리셨어요. 여하튼 저는 서방님께 가서 장난감을 달라고 할 거예요'라고 하고는 밖으로 뛰어나가더군요. 원래 개자식은 진서방님을 가리키는 것이었어요. 다행히 이교아만이 곁에 있었고 큰아씨는 없었지요. 만약에 큰아씨가 들었다면 또 한바탕 일이 벌어졌을 거예요!"

"큰마님은 아무 말도 없으셨어요?"

"아직도 그런 말을 하고 있다니! 큰마님이 왜 당신에 대해 아무 말이 없었겠어요! 말하기를 '이 집안은 세상을 어지럽게 만드는 사람을 왕으로 모시고 있고, 꼬리가 아홉 개인 여우가 세상에 나타난 것 같아. 임금을 어지럽히고 혼란을 일으키며 자식도 아내도 다 멀리하게 만들어. 생각건대 내왕을 남쪽으로 보내고는 사방에 떠들어대기를 내왕의 마누라가 주인과 붙어 놀아났다는 둥, 혹은 혜련의 남편이 돌아와 이를 듣고 난동을 부렸다고 덮어씌웠지. 그렇게 도둑질을 했다는 둥, 남의 마누라와 놀아났다는 둥 온갖 구실을 붙여 결국 멀리 쫓아버렸잖아. 그뿐 아니라 혜련도 핍박해 목매어 자살하게 만들었잖아! 그러다가 지금 와서는 신발 하나를 가지고 온갖 소동을 벌이고 있다니! 제대로 신발을 신고 있었다면 꼬마애가 어떻게 주울 수 있겠어? 술에 취해 그 화원에서 나리와 무슨 짓거리를 하느라고 정신이 없었으니 신이 없어진 것도 모르는 게 아니겠어! 그래놓고 부끄러움도 모르고 철없는 어린아이에게 덮어씌워 엉덩이를 맞게 하다니. 그게 무슨 큰일이라구!'라고 하더군."

금련이 이를 듣고,

"이런, 물건을 찢어버릴 년이! 큰일이 아니라구? 사람을 죽이는 일이 큰일이잖아, 하인 놈이 칼을 들고 주인을 죽이려고 하는데!"

라며 맹옥루를 쳐다보며,

"맹언니, 솔직히 말씀해보세요. 우리가 처음에 내홍의 말을 듣고 얼마나 놀랐는지 말이에요. 큰마님은 본부인인데 어떻게 그런 말을 할 수 있죠! 큰마님도 관여치 않는데 저도 상관하지 않고 하인 놈이 나리를 죽이게 내버려둘 걸 그랬나요? 그 노파는 하루 종일 안채에서 사람이나 부리며 다른 일에 전혀 개의치 않잖아요. 사람을 깔보고 속이며 이쪽저쪽에서 다 화풀이를 하고 있어요. 옛말에도 '원한은 까닭이 있고, 빌린 돈에는 주인이 있다'고 했어요. 큰마님이 먼저 내일을 폭로하거나 험담을 하면 나도 똑같이 폭로나 험담을 할 수 있는데, 혜련이 목을 매달아 죽었는데도 여전히 조용하니 무슨 속셈인지 모르겠어요. 재빨리 뇌물을 써 해결했으니 천만다행이에요! 그렇지 않으면 어쩔 뻔했어요? 그럴 때에도 자기는 점잔을 빼고, 다른 사람들은 나 몰라라 하고 있잖아요. 그러니 내가 나리를 부추길 수밖에 없지요. 만약 나리께서 내왕을 집안에서 쫓아내지 않았다면, 나 같은 인간은 언제 우물에 머리가 처박히게 될지 몰랐을 거야!"

맹옥루는 반금련이 얼굴이 시뻘겋게 달아올라 흥분하며 떠드는 것을 보고는 말했다.

"반동생, 우리는 다 같은 처지예요. 그래서 내가 들은 말을 다 동생한테 해주는 거예요. 그러니 혼자만 알고 있고 절대 밖으로 말하지 말아요!"

그러나 금련은 맹옥루의 말을 듣지 않고 서문경이 밤에 자기 방으로 들어오기를 기다려 낮에 들은 이야기를 죄다 고해바치면서 일장청의 마누라가 안채에서 어떻게 욕을 하며, 서문경이 내소의 자식을

어떻게 두들겨 팼으며 어떻게 평계를 대고 있다는 둥 자세히 일러바
쳤다. 서문경은 이를 가슴에 새겨두고는 다음 날 내소의 가족을 쫓아
내려고 했다. 다행히 오월랑이 만류하여 서문경의 집에는 있지 못하
고 사자가에 있는 집지기로 쫓아내고, 대신 평안을 대문을 지키는 문
지기로 삼았다. 후에 오월랑이 일의 자초지종을 알고 반금련을 미워
하게 되나 그 이야기는 잠시 접어둔다.

　아무튼 생각 없이 일을 하면 후회는 불 보듯 하니, 형편이 좋아지
면 돌아볼 날 있으리라.

　서문경은 내소 일가족을 사자가의 집지기로 보냈다. 하루는 대청
에 앉아 있는데 대문을 지키는 평안이 들어와,

　"수비부의 주대인께서 사람을 시켜 오신선[吳神仙]이라는 관상가
를 보내셨는데, 지금 문 앞에서 뵙기를 기다리고 있습니다."
라고 했다. 서문경은 수비부에서 보내온 소개장을 받아본 후에 오신
선을 데려오라고 했다. 잠시 후에 오신선이 머리에는 푸른색 두건을
쓰고, 긴 무명 웃옷에 짚신을 신고, 허리에는 누런 술이 달린 누런 띠
를 두르고, 손에는 거북 껍질로 만든 부채를 들고 날 듯이 안으로 들
어왔다. 나이는 마흔이 조금 넘어 보이고, 마음이 맑기는 장강에 비
친 밝은 달과 같고, 고색창연한 용모는 화산의 소나무와 같이 그 모
습이 늠름하고 당당했다. 원래 신선의 모습에는 특색이 있으니 몸은
소나무 같고, 목소리는 종소리가 울리듯, 앉은 모습은 굽은 활 모양,
걷는 모습은 바람과 같다. 신선의 모습을 보자니,

　관상술에 능통하고, 천문지리에도 훤하네.

하늘을 보고 능히 음양을 이해하고

산세를 살펴 풍수지리를 아네.

오성[五星]*을 깊이 연구하고

삼명[三命]**을 비밀스럽게 이야기하네.

일을 소상히 밝혀 세상의 흥망을 결정하네.

기색[氣色]을 살펴 지나온 해의 길흉을 알아내네.

만약 화악에서 도를 닦는 도인이 아니라면

정말로 성안 제일의 점쟁이가 틀림없네!

能通風鑒 善究子平

觀乾象能識陰陽 察龍經明知風水

五星深講 三命秘談

審格局 決一世之榮枯

觀氣色 定行年之休咎

若非華岳修眞客 定是成都賣卜人

서문경은 신선이 들어오는 것을 보고 황급히 계단을 내려가 영접하여 함께 대청 안으로 들었다. 신선은 서문경을 보고 먼저 깊이 허리를 숙여 인사를 하고 자리에 앉았다. 차를 마시고 서문경이 물어보았다.

"감히 존함과 고향을 여쭈어도 괜찮겠습니까? 또 주대인과는 어찌 알게 되었는지요?"

---

* 금[金]·목[木]·수[水]·화[火]·토[土]

** 수명[受命], 조명[遭命], 수명[隨命]을 말한다. 수명[受命]은 타고난 수명[壽命]이고, 조명[遭命]은 살아 가다 만나게 되는 흉한 명이며, 수명[隨命]은 자신이 만들어가는 운명

이에 오신선도 자리를 바르게 하고 몸을 숙여 답한다.

"저는 성은 오[吳]이며, 이름은 석[奭], 도호[道號]는 수진[守進]이라 하옵고, 본관은 절강성 선유[仙遊] 사람입니다. 어려서 스승님을 따라 천태산 자허관[紫虛觀]에서 출가를 했습니다. 여러 곳을 돌아다니다가 태산의 유명한 분을 찾아뵈러 가는 길에 이곳을 지나게 되었습니다. 그러다 우연찮게 주대인의 요청을 받아 부인의 눈병을 봐드렸습니다. 그러다가 특별히 나리께 보내 관상을 보게 하신 겁니다."

"그렇다면 어느 계파의 관상법을 배우셨습니까?"

"저는 십삼가의 관상법과 간지[干支](육십간지)로 길흉을 치는 법 등을 터득했습니다. 그래서 언제나 약을 써서 사람을 구하고, 재물에 관심 없이 제가 하고 싶은 대로 하며 세상을 살고 있습니다."

서문경은 이런 말을 듣고 더욱 존경스러운 마음이 들어 극찬을 하면서,

"그야말로 진정한 신선이군요!"

하고는 탁자를 펼치고 음식을 준비해 대접했다. 이에 신선이,

"주대인의 명으로 여기 와서 아직 관상도 보지 않았는데 어찌 이런 대접을 받을 수 있겠습니까?"

하자 서문경은 웃으며 말했다.

"멀리서 오시느라고 아마 아침도 드시지 않았을 겁니다. 우선 식사를 하신 후에 천천히 봐주세요."

이에 신선과 함께 식사를 한 후에, 식탁을 깨끗하게 치우게 하고 그 위에 지필묵을 갖다놓았다. 신선이,

"우선 사주를 보고, 그런 후에 관상을 보지요."

했다. 서문경은 바로 자기의 사주를 말하기를,

"호랑이띠에, 스물아홉으로 칠월 스무여드렛날 자시생이오."

하니 신선은 가만히 손가락으로 짚어보고는,

"나리의 사주는 병인[丙寅]년, 신유[辛酉]월, 임오[壬午]일, 병자[丙子]시 생으로 칠월 스무셋째날은 백로[白露]이기 때문에 팔월로 점을 쳐야 합니다. 『월령제강[月令提剛]』이라는 책(매달의 중요한 일을 말한 책)에 의하면 신유월생은 이상관격[理傷官格]이라 했습니다. 이를 자평[子平](유명한 명리학자)이 말하기를 관재[官災]를 당하고 그것이 다하면 재물이 생기고, 재물이 왕성해지면 다시 관복이 생깁니다. 또한 입명신궁[入命申宮]이란 바로 성두토명[城頭土命]으로서, 일곱 살에 신유가 되고, 열일곱에 임술[壬戌]이, 스물일곱에 계해[癸亥], 서른일곱에 갑자[甲子], 마흔일곱에 을축[乙丑]이 되는 것입니다. 나리의 사주를 보건대 귀하고 왕성하며, 팔자는 밝고 기이하며 만약 벼슬로 귀하지 않으면 재물이 풍성할 상입니다. 단지 무오년 칠팔월에 관재[官災]가 있기는 하나 몸은 매우 왕성합니다. 다행히 임오일 축중[丑中]에 계수[癸水]가 있는 수이니 바로 물과 불이 서로 도우니 머지않아 큰 그릇이 될 것입니다. 병자[丙子]시 생은 바로 병합신생[丙合辛生]으로 나중에 반드시 위엄과 권세가 있는 직책을 맡게 될 것입니다. 한평생 번성과 쾌락을 누리며, 행복이 가득하고 훌륭한 자식을 둘 것입니다. 사람됨은 곧고 바르며 무엇을 하든지 외곬입니다. 기쁘면 화기가 봄바람 같으나, 노하면 우레가 내리치듯 합니다. 평생 많은 여인과 재물이 있으며, 관리의 운이 있습니다. 죽을 때에는 자식 두 명이 임종을 지켜볼 것입니다. 금년은 정미[丁未]년으로 정[丁]과 임[壬]이 서로 합치고, 정[丁]과 화[火]가 다투는 수입니다. 나리께서 이것을 잘 극복하면 관운이 있어 필히 좋은 소식이 있

고 벼슬도 오르고 봉록도 더 받게 될 것입니다. 지금은 계해의 운이 있어 무토가 계수를 촉촉히 적셔 머지않아 싹이 틀 수입니다. 홍란성[紅蘭星]과 천희성[天喜星]이 보이니 이는 웅비[熊羆]의 징후로 자식을 볼 징조가 있으며, 또한 명궁[命宮]의 역마[驛馬]가 신[申]시 방향에 보이니 칠월경에는 반드시 좋은 일이 있을 것입니다."

"그 후의 운은 어떻습니까? 재앙은 없는지요?"

"제가 말씀을 드려도 노하지 마세요. 팔자 중에 음수[淫水]가 너무 많아 좋지 않습니다. 후에 갑자[甲子]의 운에 이르면 항상 여인들의 위에 있을 상입니다. 이에 밑에 있는 여인들에 의해 교란을 받게 되고, 또한 임오[壬午]일에 파괴되어 육육년[六六年]을 넘기지 못하고 피를 토하고 고름을 흘리는 재앙이 있어 몸이 마르고 형태가 초췌해지는 병에 걸리게 됩니다."

이에 서문경이 놀라 물었다.

"그렇다면 지금은 어떻습니까?"

"금년 운수는 항상 일이 많고, 다섯 귀신들이(서문경의 첩들을 지칭) 집안을 시끄럽게 만들어 약간 좋지 않은 일이 있으나 재앙이라고까지는 할 수 없고 희기신[喜氣神]에 의해 문밖에서 쫓겨나버립니다."

"다른 것은 없습니까?"

"해는 달을 쫓고, 달은 해를 쫓는다고 정말로 어렵습니다."

서문경은 이를 듣고 매우 기뻐했다. 그래서 바로 다시 물어보았다.

"제 관상은 어떠합니까?"

"똑바로 앉으시면 봐드리겠습니다."

서문경이 자리를 바르게 하고 앉자 오신선이 서문경의 관상을 보며 말한다.

"무릇 '마음이 있고 상[相]이 없으면 상은 마음을 따라 나타나는 것이며, 상이 있고 마음이 없으면 상은 마음을 따라간다'고 합니다. 나리의 상을 보건대 머리는 둥글고 목은 짧으니 이는 반드시 복을 누릴 상입니다. 몸이 건강하고 근육이 강하니 영웅호걸임에 틀림이 없습니다. 이마가 번듯하게 솟아오른 것은 평생 먹고 입을 걱정을 하지 않을 것이며, 광대뼈가 모지고 둥근 것은 반드시 말년에 영화를 누릴 상입니다. 이것은 아주 좋은 점이며, 몇 가지 안 좋은 것이 있으나 감히 말씀드리지 못하겠습니다."

"선인께서는 있는 대로 다 말씀해주세요."

"나리께서 두어 걸음만 좀 걸어봐주세요."

이에 서문경이 일어나 두어 걸음을 걸었다. 이를 보고 신선이 말한다.

"걷는 모습이 마치 버드나무가 흔들리는 듯하니, 이는 필히 부인을 상하게 합니다. 또한 눈가에 주름이 많은 사람은 평생을 고생합니다. 그래서 울지 않아도 눈물이 흐르고, 걱정거리가 없어도 늘 미간을 찌푸리고 있습니다. 만약 이것을 이겨내지 못하면 반드시 몸을 해칩니다만, 마님께서 먼저 돌아가시면 그것을 극복할 수 있습니다."

"이미 죽었소."

신선이 다시,

"손 좀 한번 보여주세요!"

하니 서문경이 손을 뻗어 보여주었다.

"지혜는 가죽과 털에서 생기고, 고통과 기쁨은 손과 발에 나타납니다. 부드럽고 포동포동하니 반드시 복과 명예를 누릴 것입니다. 눈에 자웅[雌雄]이 있어 필히 부유하고 거짓말이 많을 것입니다. 눈썹 끝에 긴 털이 두 개 나 있으니 평생 즐겁게 지낼 것입니다. 콧등에 주름이 세 개 있으니 중년에 이르러 세력이 쇠하고, 입술이 붉으니 평생 처와 재물이 늘어날 것입니다. 누런 기운이 머리 위로 뻗치니 열흘 내에 반드시 벼슬이 올라가고, 볼에 붉은 기운이 도니 금년 중에 반드시 아들을 볼 것입니다. 한 가지 말씀드리기 거북한 것이 있는데, 아래 눈꺼풀이 두꺼운 것은 여인을 밝히는 것이며, 항문에 털이 많은 것은 음란함을 나타내는 것입니다. 다행히 코가 잘생겼는데 이는 재물을 나타내는 것이며, 또한 중년의 조화를 나타내며, 아래턱과 광대뼈는 말년의 영고성쇠를 말하는 것입니다."

> 아래턱은 깊이 패어 있어야 좋고
> 재물의 상징인 코는 정중앙에
> 평생의 조화는 모든 것이 명이라지만
> 관상의 현기막측한 이치는 정해진 것은 아니라네.
> 承漿地閣要豐隆 準乃財星居正中
> 生平造化皆由命 相法玄機定不容

신선이 보기를 마치자, 서문경은,
"제 부인들도 좀 봐주시지요."
하며 한편으로 하인을 시켜,
"큰마님을 나오시게 하여라."
하고 분부를 했다. 이에 이교아, 맹옥루, 반금련, 이병아, 손설아가 모두 따라 나와 병풍 뒤에 서서 몰래 엿들었다. 신선은 오월랑이 나오

는 것을 보고 급히 고개를 조아려 인사를 올리고 감히 앉지도 못하고 곁에 서서 관상을 보며,

"마님, 단정히 앞을 바라보세요."

하니 오월랑은 고개를 들어 대청 밖을 쳐다보았다. 신선은 잠시 요모조모 바라보다 말하기를,

"부인께서는 얼굴이 둥근 달 같으시니 집안일에 밝고 훌륭하며, 입술은 붉은 연꽃과 같으니 의복과 음식이 풍족할 것입니다. 반드시 귀함을 얻고 아들을 볼 것입니다. 목소리가 청아하니 반드시 남편을 도와 복을 불러올 것입니다. 손을 좀 보여주세요."

하니, 이에 오월랑이 옷소매에 감추었던 봄에 갓 올라온 파와 같은 손가락을 내보였다.

"손에 살이 없군요. 이런 여인은 살림을 잘하며, 여인으로서 부도[婦道]를 잘 지킨다는 표시입니다. 이런 것은 좋은 점이고, 몇 가지 안 좋은 것도 있지만 다 말씀드리지 못하겠습니다."

이를 듣고 서문경이,

"괜찮으니 다 말씀해주세요."

하니 신선이 말했다.

"아래 눈두덩이의 검은 점은, 만약 오랜 질병이 없다면 남편에게 해를 끼칩니다. 눈 아래의 잔주름은 얼음과 숯처럼 주인과 다른 여인들 간의 관계를 말해주고 있습니다."

여인의 용모가 단정하고 자태가 의젓하며
사뿐히 걷는 것이 물 밖으로 나온 거북이 같네.
걸어도 먼지가 일지 않고 말에도 절도가 있으니

숙인 양어깨를 보건대 분명한 귀인의 아내.

女人端正好容儀 緩步輕如出水龜

行不動塵言有節 無肩定作貴人妻

이렇게 관상을 보고 오월랑은 물러갔다. 서문경은,

"첩들이 있는데 좀 봐주시지요."

하면서 먼저 이교아를 들어오게 했다. 신선이 잠시 살펴보다가,

"이분은 이마가 좁고 코가 작습니다. 첩의 신세가 아니면 반드시 세 번 남편을 바꿀 상입니다. 살이 많고 뚱뚱하니 의복과 음식이 풍족하고 평안히 영화를 누릴 것입니다. 어깨가 솟고 목소리가 우는 소리인 것은 천하지 않으면 혈육이 없다는 것이며, 콧날이 낮은 것은 가난하지 않으면 요절할 상입니다. 두어 걸음을 걸어보세요."

하니 이교아가 두어 걸음 걸었다. 이를 보고 신선이 평한다.

이마는 뾰족하고 엉덩이는 튀어나오고 걸음은 뱀처럼

일찍이 반드시 기녀생활을 했으리.

만약에 기녀가 되지 않았다 하더라도

병풍 뒤에 서 있을 사람이로세.

額尖露臀幷蛇行 早年必定落風塵

假饒不是娼門女 也是屛風後立人

관상을 보고 이교아가 물러나자 오월랑이,

"맹아우, 자네도 와서 관상을 봐요."

하니 신선이 맹옥루를 보고 말한다.

"이 부인께서는 삼정[三停](이목구비[耳目口鼻])이 번듯하시니 일생동안 의식[衣食]의 걱정이 없겠습니다. 육부[六府](점술에서 말하는 양액골[兩額骨]·양관골[兩觀骨]·양이골[兩耳骨])도 튼튼하니 말년에도 영화롭겠습니다. 평생 병도 적게 걸리는데 이는 모두가 월패[月孛](코 부근)가 빛을 발하기 때문이며. 노년에 이르러서도 재앙이 없는 것은 연궁[年宮](미간과 코의 중앙부분)이 윤택하고 빼어나기 때문입니다. 자, 부인께서도 몇 걸음 걸어보시지요."

입은 네모지고 정신은 맑아
온화하고 돈후함은 손 위의 구슬과도 같네.
위엄과 애교를 함께 갖추고 재운도 있으나
주인을 잃고 남편을 해하는 상이로세.
口如四字神淸徹 溫厚堪同掌上珠
咸媚兼全財命有 終主刑夫兩有餘

이렇게 옥루를 본 후에 반금련을 나오게 했다. 하지만 반금련은 단지 웃기만 할 뿐 나오지 않는다. 이에 오월랑이 재차 부르자 그제야 나왔다. 신선이 머리를 들어 반금련을 한참동안 바라보다가 비로소 말을 했다.

"이 부인은 머리숱이 많고 귀밑머리 또한 많으며 눈을 옆으로 흘겨보는 것이 매우 음란할 것입니다. 얼굴이 아름답고 눈썹이 굽어 있으며, 몸을 흔들지 않아도 절로 떨고 있습니다. 얼굴의 검은 사마귀는 반드시 주인을 해할 징조이며, 인중이 짧은 것은 반드시 요절할 상입니다."

행동거지가 경박하고 오직 음란함만을 좋아하며
눈은 옻칠한 듯하여 인륜을 망치네.
사랑을 하여도 정욕에 만족을 못하니
비록 큰 집에 있으나 마음이 편치 않네.
擧止輕浮唯好淫 眼如點漆壞人倫
月下星前長不足 雖居大廈少安心

반금련을 본 후에 서문경은 이병아를 불러 신선에게 관상을 보게
했다. 신선은 이병아를 보고 말한다.

"피부가 향기롭고 부드러우니 필히 부잣집의 규수입니다. 용모가
단정하고 장중하니, 이는 전통 있는 가문의 덕을 지닌 부인이십니다.
단지 눈이 취한 듯 보이는 것은 남녀관계가 있기 때문이며, 이마에
오목한 곳이 있는 것도 또한 남녀관계가 어려움을 나타내는 징조입
니다. 눈꺼풀이 밝고 윤기가 흐르며 자색을 발하고 있는 것은 반드시
귀한 아들을 낳을 상입니다. 몸이 희고 어깨가 둥근 것은 반드시 남
편의 사랑을 받을 상입니다. 가끔 질병을 앓으니 이는 코 부근이 희
미하기 때문입니다. 또한 자주 기쁘고 좋은 일을 만나니 이는 인당
[印堂](양쪽 눈썹 사이)이 밝고 윤이 나기 때문입니다. 이것은 좋은 점
이지만, 몇 가지 안 좋은 것이 있으니 마님께서는 주의하시기 바랍니
다. 콧날이 거무스름한 것은 스물일곱 전후에 곡성[哭聲]이 있을 징
후입니다. 또 콧방울의 굽은 선이 가느니 닭과 개의 해를 무사히 넘
기기 어려울 징조입니다. 부디 조심하기 바랍니다!"

꽃과 달 같은 생김에 붓 놀리기도 아깝구나.

평생의 좋은 벗은 봉황과 난새일세.
명예와 부는 평생을 의지할 만큼 있으니
일반 짐승과 같이 보지 말라.
花月儀容惜羽翰 平生良友鳳和鸞
朱門財祿堪依倚 莫把凡禽一樣看

관상을 보고 이병아가 물러나니, 오월랑은 손설아를 불러 관상을 보게 했다. 신선이 손설아를 보고 말한다.

"이 부인은 키가 작고 목소리가 높으며, 이마는 좁고 코가 작아서 비록 골짜기를 나와 높은 곳으로 옮긴다 해도 한평생 남의 비웃음과 차디찬 대우만 받고, 일을 해도 제대로 풀리지 않습니다. 또한 사반[四反](얼굴의 이목구비)이 삐뚤어져 있어 말년이 좋지 않습니다. 본시 사반이라는 것은 입술이 둥글지 못하고, 귀가 번듯하지 못하고, 눈이 총명하지 못하며, 코가 휘어진 것을 말합니다."

제비 같은 몸에 벌의 허리는 바로 천인의 모습
눈은 흐르는 물 같으니 청렴하고 정직하지 못하네.
언제나 문에 비스듬히 기대어 있으니
노비가 첩이 안 되면 반드시 기녀가 될 상이네.
燕體蜂腰是賤人 眼如流水不廉眞
常時斜倚門兒立 不爲婢妾必風塵

손설아가 물러나니 오월랑은 다시 서문경의 딸을 나오게 했다. 신선이 서문경의 딸을 보고 말한다.

"이 아가씨는 콧날이 휘어 올라갔으니 조상을 욕보이고 집안을 망치겠습니다. 목소리도 마치 깨진 꽹과리 같으니 집안의 재물이 다 흩어지겠습니다. 낯가죽이 거치니 비록 구혁[溝洫](인중)이 길다 해도 요절하겠습니다. 걸음이 마치 공작이 뛰는 것 같으니 집안에 있어도 의식이 부족할 것입니다. 스물일곱을 넘기지 못하고 험한 일을 당할 것입니다."

남편과 반목하나 성격은 영험하네.
부모의 의식으로 간신히 먹고사네.
생김에 꺼리는 것이 있어 출세는 어렵고
나쁜 죽음을 만나지 않더라도 어렵게 살겠구나.
唯夫反目性通靈 父母衣食僅養身
狀貌有拘難顯達 不遭惡死也艱辛

서문경의 딸을 보고 난 후 춘매를 불러 관상을 보게 했다. 신선은 눈을 크게 뜨고 춘매를 바라보니 나이는 열여덟 정도가 되어 보이며, 머리에는 은실 쪽머리를 얹고, 하얀 저고리에 붉은 치마, 그 위에 남색 조끼를 입고 귀여운 모습으로 걸어나와 오신선을 보고 인사를 한다. 신선이 춘매를 잠시 바라보다가 말했다.

"이 아가씨는 오관이 단정하고 골격이 빼어나며, 머리칼이 가늘고 눈썹이 진해 천성이 강인합니다. 얼굴이 작고 눈이 둥글어 성질이 급합니다. 콧날이 우뚝하니 필히 훌륭한 남편을 얻어 자식을 볼 것입니다. 이마 양편이 다 솟아 있으니 젊어서 벼슬관을 쓸 징후이며, 걸음걸이가 마치 신선이 나는 듯하고, 목소리가 맑고 정신이 밝으니 필히 남편을 도와 녹을 얻게 될 것입니다. 스물일곱에 이르면 반드시 좋은 지위를 얻게 됩니다. 단지 안 좋은 것은 왼쪽 눈이 커 어려서 부친을 잃게 되고, 오른쪽 눈이 작으니 한 일 년이 지나 모친도 세상을 뜨게 됩니다. 왼쪽 입술 밑에 까만 점이 하나 있는데 이것은 늘 울고 있다는 것이며, 오른쪽 볼에 있는 점은 일생동안 남편의 사랑과 존경을 받는 상입니다."

이마가 바르고 오관도 반듯하네.
입술은 붉고 걸음걸이는 가볍네.
창고에는 곡식이 풍성하고 재록도 여유 있네.
평생 동안 귀인의 사랑을 받으리라.
天庭端正五官平 口若塗硃行步輕
倉庫豐盈財祿厚 一生常得貴人憐

신선이 관상을 다 보자 모든 여인들은 손가락을 입에 물며 정말 귀신같은 점이라고 생각했다.

서문경은 은 닷 냥을 싸서 오신선에게 주고 또한 주수비 댁에서 온 하인들에게도 은 닷 전을 수고비로 주며, 주수비에게 감사의 편지를 가져가게 했다. 그러나 오신선은 재삼 사양하면서,

"저는 사방을 떠돌아다니며 바람을 먹고 이슬을 맞고 자면서 도를 구하고 있습니다. 주대인께서 댁으로 저를 보내 점을 봐주라고 하신 것도 다 일시의 정일 뿐입니다! 그런데 이런 재물을 받아 어디에 쓰겠습니까? 받을 수가 없습니다!"

라고 하니 서문경도 어쩌지 못하고 비단 한 필을 꺼내 주면서,

"그렇다면 옷이나 해 입으시게 이 천을 드릴까 하는데, 어떠시겠습니까?"

하니, 이에 오신선도 마지못해 받아 소동에게 주어 책을 싼 포대 안에 잘 간수하게 하고는 머리를 조아려 인사했다. 서문경이 대문까지 배웅하자 오신선은 바람같이 사라졌다. 바로 '지팡이 양쪽에 해와 달을 지고, 표주박에 산천을 가린다'는 격이었다.

서문경은 신선을 보내고 안채로 들어와서는 오월랑과 다른 여인들에게,

"관상 본 게 어땠어?"

하고 물으니 오월랑이 대답했다.

"관상을 아주 잘 보더군요. 그러나 세 사람의 것은 틀렸어요!"

"누구 것이 틀렸는데?"

"여섯째에게는 병이 있으나 머지않아 아들을 낳을 거라고 하더군요. 그 사람이 애를 가지고 있으니 그건 그렇다고 쳐요. 우리 큰딸애가 머지않아 고약한 일을 당한다고 했는데 뭐가 고약한 일인지 모르겠네요? 또 춘매가 후일에 옥동자를 낳겠다고 했는데 당신이 그 애에게 손을 대기 전에는 누구도 그 애를 건드릴 수 없잖아요. 게다가 춘매가 나중에 구슬관을 쓰며 귀한 집의 마나님이 된다는 말은 믿을 수 없어요. 우리가 무슨 관리도 아닌데 어디 구슬관이 있겠어요? 있다고 해도 어디 그 애 머리에까지 차례가 돌아가겠어요!"

서문경이 이 말을 듣고 웃으며 말했다.

"오신선이 내 관상을 보고는 평지에서 구름에 오르는 기쁨이 있고, 벼슬이 오르고 녹이 많아지는 영광이 있다고 했소. 그렇지만 내

어찌 벼슬을 할 수 있겠소? 신선이 보기에 춘매가 당신네들과 함께 서 있고 또 화장도 약간 다르게 하고 은으로 만든 머리장식을 하고 있어서 아마 우리의 친딸로 안 모양이군. 그래서 나중에 명문가로 시집을 가 좋은 남편을 얻어 그런 구슬관을 쓰게 된다고 한 거야. 예로부터 '맞는 것도 점이고, 못 맞히는 것도 점이다. 관상은 마음을 좇아 생겨나고, 마음을 따라 없어진다'고 하지 않소. 주대인이 보냈기에 그분 체면을 생각해 본 것이니 너무 신경쓰지 말아요."

말을 마치자 오월랑은 방에 식사를 준비시켜 서문경이 식사를 하게 했다. 식사 후에 서문경은 파초가 그려진 부채를 들고 한가로이 화원 뜰 안에 있는 취경당으로 갔다. 주위 창에는 발이 드리워져 있고, 둘레에는 꽃과 나무가 빛을 발하고 있었다. 때는 바야흐로 정오경이라 숲 깊은 곳에서는 매미소리가 들리고, 홀연히 꽃향기가 바람에 날려와 사람의 코에 스며들었다.

푸른 나무에 그늘은 짙고 여름 해는 길어
누각의 그림자가 거꾸로 연못에 비추네.
수정 발 움직이니 미풍도 불고
한 무리의 장미꽃, 뜰에 가득한 향기.
綠樹陰濃夏日長 樓臺倒影入池塘
水晶簾動微風起 一架薔薇滿院香

별당은 깊숙한 곳에 있고 여름풀은 푸른데
석류는 피어 사방의 발을 더욱 투명하게
느티나무 그늘은 땅에 가득하고 해는 정오

때마침 갓 나온 매미의 우는 소리가 시끄럽구나.

別院深沉夏草靑 石榴開遍透簾明

槐陰滿地日卓午 時聽新蟬噪一聲

서문경이 의자에 앉아서 손으로 부채질을 하고 있었다. 이때 내안과 서동이 우물물을 뜨러 들어왔다. 이를 보고 서문경은,

"누구를 시켜 얼음을 내와 이 세숫대야에 넣게 하여라."

하자, 이에 내안이 급히 앞으로 왔다. 서문경이 내안에게 일렀다.

"안채로 가서 춘매에게 그리 말하거라. 그리고 매실탕이 있으면 가져오게 하거라, 이 얼음 속에 넣었다가 먹어야겠다."

내안은 알겠노라고 하며 물러났다.

잠시 후에 춘매가 평소와 같은 머리에 은실로 만든 덧머리를 하고, 옥색 무명저고리에 분홍색 삼베 치마를 입고, 손에는 꿀을 넣어 끓인 매실탕을 들고 방실방실 웃으며 다가와서는 물었다.

"식사는 하셨어요?"

"안채 안방에서 먹었다."

"그래서 안으로 들어오지 않으셨군요. 이 매실탕을 이 얼음에 넣어 차게 해드릴게요."

서문경이 고개를 끄덕였다. 이에 춘매는 매실탕을 얼음에 넣고는 의자 옆으로 다가와 서문경의 손에 있는 부채를 빼앗아 서문경에게 부채질을 해주면서,

"아까 안에서 큰마님이 나리께 뭐라고 하셨어요?"

하고 묻자 이에 서문경이 말했다.

"오신선이 관상 본 것을 말해줬어."

"그 신선이 아무 생각 없이 제가 구슬관을 쓸 거라고 했어요. 그래서 큰마님께서 설사 구슬관이 있다고 해도 저까지는 차례가 안 될 거라고 하셨을 거예요. 하지만 속담에도 '사람은 얼굴만 봐서는 모르고, 바닷물은 말로 잴 수 없다'잖아요. 둥글지 않은 것도 자르면 둥글게 되고, 사람도 잘 차려입으면 누가 누군지 알 게 뭐예요? 제가 영원히 나리 집에서 하녀 노릇을 할지 안 할지는 아무도 모르잖아요!"

이에 서문경은 웃으며,

"귀여운 것! 쓸데없는 소리는. 장차 네가 아이를 낳으면 내 네 머리를 얹어주마."

라며 춘매를 품에 끌어안고서 손을 만지작거리며 장난을 쳤다. 그러면서 묻는다.

"네 마님은 안채에 계시냐? 방 안에? 어째 보이지 않지?"

"방 안에 계세요. 추국에게 물을 데우게 해 목욕을 하신다고 했는데 기다리지 못하고 잠이 드셨어요."

"그럼 내 이 매실탕을 먹고 가서, 한 번 더 금련과 함께 놀아야겠다."

이에 춘매가 얼음 그릇 속에서 한 그릇 떠와 서문경에게 주니, 서문경은 단숨에 받아 들이켰다. 싸늘한 기운이 뼛속까지 스며들며, 이가 덜덜 떨리는 것이 마치 감로수가 흘러들어간 듯했다. 다 마신 후에 춘매의 어깨에 기대어 쪽문을 돌아 반금련의 침실에 다다랐다. 발을 들추고 안으로 들어가 보니 반금련이 정면에 놓여 있는 얼마 전에 산 자개 침대 위에서 자고 있었다. 원래 이병아에게 자개로 만든 화려한 침대가 있었는데, 반금련이 이를 보고 서문경을 졸라 은자 예순 냥을 주고 산 것이었다. 침대의 양옆에는 침대 틀이 붙어 있었고

이 모든 것도 자개로 장식했다. 안에는 누각과 꽃과 새들이 조각되어 있고, 소나무, 대나무, 매화와 세한삼우[歲寒三友] 장식이 있었다. 주위에는 보라색 휘장이 드리워져 있고, 비단끈에 은고리를 달았다. 또 양옆에는 향주머니를 매달아놓았다. 반금련은 알몸에 단지 붉은색 가슴가리개만을 하고 얇은 비단 이불을 덮고, 원앙 모양의 돌베개를 베고, 여름 돗자리에 누워 깊이 잠들어 있었다. 방 안에서 이상한 향기가 코를 자극하니, 서문경은 자기도 모르게 음심이 발하여 춘매에게 방문을 잠그고 나가라 일렀다. 그러고는 가만히 옷을 벗고 침대 위에 올라 이불을 들추어보았다. 보니 반금련의 아름다운 몸이 아름다운 빛을 발하고 있는지라, 금련의 다리를 벌리고 자기의 물건을 밀어 넣었다. 이때 반금련은 눈을 뜨며 곱게 웃으며 말했다.

"날강도 같으니라구! 언제 들어오셨어요? 저는 잠이 들어서 전혀 몰랐어요! 한참 곤히 자고 있는데 왜 사람을 못살게 들볶고 계세요!"

"나니까 다행이지. 만약 다른 놈이 들어와서 이 짓을 했어도 몰랐다고 잡아뗄 거 아니겠어!"

"내 기가 막혀서 원! 머리가 일고여덟 개가 아닌 다음에야, 누가 감히 이 방에 들어올 수 있겠어요? 당신 같은 사람만이 그런 짓을 하지요."

원래 반금련은 전날 서문경이 비취헌에서 이병아의 몸이 하얗다고 칭찬하는 것을 듣고 몰래 말리화의 꽃봉오리에 우유와 분을 섞어, 그것을 온몸에 바르고 있었던 것이다. 바르니 온몸이 희고 윤택이 나며, 또한 기이한 향내가 풍겼다. 이렇게 해서 서문경이 금련을 보고 사랑을 하게 해, 다른 여인에게 가 있는 사랑을 빼앗아올 심산이었다. 서문경은 금련의 몸이 하얗고, 새로 만든 붉은색 신발을 신고 있는 것을 보았다. 쪼그리고 앉아 있다가 두 손으로 양다리를 번쩍 들어올리고 머리를 숙여 그 모습을 바라보았다. 이에 반금련이 말했다.

"괴상한 양반 같으니라구! 뭘 그리 유심히 보세요? 제 몸은 까매서 병아 동생처럼 그리 하얗지가 않아요. 그 사람이 애를 가지고 있으니, 당신은 더욱 병아 동생을 귀여워하시는 것 같아요. 우리야 주워온 것들이니, 이렇게 험한 취급을 받을 수밖에!"

"나를 목욕시켜 준다고 했다며?"

반금련이,

"그것을 어찌 아셨어요?"

하고 묻자, 서문경은 춘매가 한 말을 모두 반금련에게 해주었다. 이에 반금련은,

"그럼 씻으세요. 춘매더러 물을 데워오라고 할게요."

하고는 잠시 뒤에 욕조를 방 안에 들여놓고 물을 채운 다음 두 사람은 침대에서 내려와 함께 욕조에 들어가 목욕을 하면서 즐겼다. 물이 식자 다시 더운물을 붓게 하고 다시 한 번 씻었다. 서문경은 흥에 겨워 반금련을 목욕판 위에 눕게 하고 두 손으로 두 발을 꽉 잡아 벌린 후에 방아 찧기를 시작했다. 마치 진흙탕 속에서 가재와 방게가 싸우듯 소리가 끊이지 않는다. 반금련은 머리가 흩어질까봐 한 손으로 머리칼을 거머쥐고, 다른 한 손으로는 목욕판을 붙들고 입으로 연신 괴이한 신음 소리를 냈다.

화려한 욕탕의 물은 넘실대고
푸른 휘장은 높이 말려 있어 가을 구름이 어둡네.
남자는 흥에 겨워 싸움을 벌이려 하고

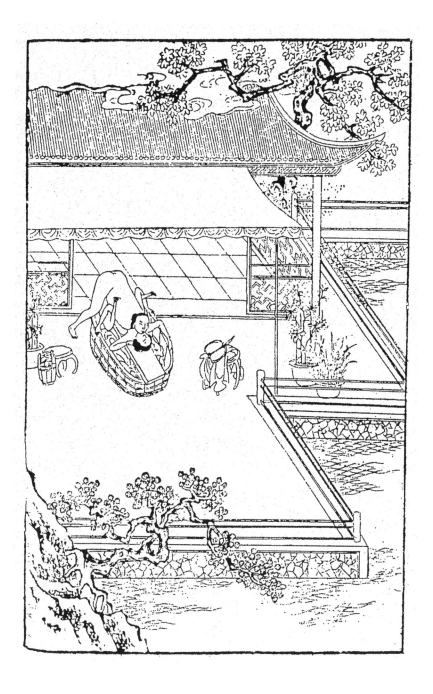

여인은 마음이 급해 다급히 손을 내젓네.
한쪽은 끄떡끄떡 뻣뻣한 창을 내보이고
한쪽은 흐물흐물 강철검을 갈려고 하네.
한쪽은 죽음을 무릅쓰고 안을 꿰뚫고
한쪽은 구름을 부르고 비를 일으키며 공을 세우려 하네.
둥둥, 가죽 북이 울리고
팍팍, 창은 검에 붙는구나.
돌 깨지는 소리가 나고
북소리 같은 것이 한데 어우러지네.
밑에서 위로 물은 거꾸로 흐르고
세차게 용솟음쳐 맑은 계곡을 채우네.
미끌미끌한데 어찌 멈출 수가 있으랴
가로막는 것이 많아 서 있기도 힘들다.
왔다 갔다, 동서의 깊은 곳을 탐색하니
더운 열기가 올라 요상한 구름이 생기고
그윽한 향기가 사방으로 흩어진다.
한쪽은 거꾸로 흐르는 물 위에서 저으니 옥 같은 다리를 흔들고
한쪽은 초공이 되어 키를 잡고 금련을 잡는다.
한쪽은 자줏빛 말처럼 마구 날뛰며 위풍을 드러내고
한편은 흰 얼굴에 요염하게 말싸움을 벌인다.
기뻐하며 즐거워하는 것은 여인의 마음
위세가 대범하고 용감한 것은 남자의 기상.
엎치락뒤치락하며 의지에 반하여 환락을 즐기니
이런 정은 자기도 어쩌지 못하네.

너 죽고 나 살겠다는 듯 멈추지 않고
수없이 싸움을 벌인다.
입으로는 사람을 죽인다 외치지만
기세는 등등하여 더욱 사랑을 나누네.
예로부터 수많은 시끄러운 전쟁이 있어 왔지만
이 수중전만은 못하리라!
華池蕩漾波紋亂 翠幃高捲秋雲暗
才郎情動要爭持 捻色心忙顯手叚
一個顫顫巍巍挺硬鎗
一個搖搖耀耀掄銅劍
一個捨死忘生往裡鑽
一個尤雲蹁雨將功幹
撲撲鼕鼕皮鼓催 鏵鏵磚磚鎗付劍
趴趴蹋蹋弄響聲 砰砰湃湃成一片
下下高高水逆流 洶洶湧湧盈淸澗
滑滑燭燭怎住停 攔攔濟濟難存站
一來一往 一衝一撞東西探
熟氣騰騰妖雲生 紛紛馥馥香氣散
一個逆水撐船將玉股搖
一個稍公把舵將金蓮搐
一個紫騮猖獗逞威風
一個白面妖嬈遭馬戰
喜喜歡歡美女情 雄雄糾糾男兒願
翻翻覆覆意歡娛 鬧鬧挨挨情摸亂

你死我.話更無休 千戰千贏心膽戰

口口聲聲叫殺人 氣氣昂昂情不厭

古古今今廣鬧爭 不似這番水裡戰

이렇게 물에서 한참을 놀다가, 서문경이 사정을 하고 나서야 비로소 멈추었다. 욕조에서 나와 몸을 깨끗하게 닦고 욕조를 내가도록 했다. 그리고 얇고 짧은 무명옷을 걸치고 침대에 올라가 술과 음식을 먹으려고 했다. 이에 반금련은 추국을 불러,

"가서 고량주를 나리께 갖다드려라."

하고 분부하며 침대 선반 위에 있는 과일 찬합을 꺼내 그 안에 있던 과일과 과자를 꺼냈다. 반금련은 서문경이 워낙 힘을 써서 배가 고플 거라 생각한 것이다. 잠시 뒤에 추국이 은 술병에 술을 담아 내왔다. 반금련이 술병을 들어 잔에 따르려다 손에 닿으니 찬기가 몸에 확 퍼졌다. 이에 추국의 얼굴과 머리에 냅다 쏟으며,

"이 멍청한 계집아! 술을 데워서 내오라고 했는데, 어째 찬술을 가지고 와서 나리께 드리려고 하는 게냐? 그 정도도 머리가 안 돌아가니!"

라고 욕을 했다. 그러면서 춘매를 부른다.

"이 계집을 뜰에 끌어내 꿇어앉히거라!"

춘매도 덩달아 꾸짖었다.

"내가 마님 대신에 안채로 발을 묶는 대님을 가지러 가며 잠시 눈을 떼었더니, 또 이런 멍청한 짓을 저질렀구나!"

이에 추국은 입을 쭉 내밀고 속으로 중얼거린다.

"다른 날은 술을 차게 해서 마셨는데, 오늘은 마음이 변했을 줄 어

찌 알았겠어!"

이 소리를 반금련이 듣고,

"저런 때려죽일 년이! 뭐라고 지껄이는 게야? 어서 이년을 끌어
내!"

라면서 소리쳤다.

"그년의 따귀를 열 대 갈겨주거라!"

이에 춘매는,

"이런 낯짝 두꺼운 계집은 때려봐야 제 손만 더럽혀지니, 돌을 머
리에 올려놓고 무릎을 꿇리겠습니다."

하고는 바로 안채로 끌고 들어가 머리에 큰 돌을 올려놓고 무릎을 꿇
렸다. 이 이야기는 여기에서 접어둔다.

반금련은 춘매에게 새로 술을 데워오게 해서 서문경과 몇 잔을 마
셨다. 그런 후에 탁자를 치우고 비단 휘장을 내리고 방문을 걸어 잠
그게 하고, 둘은 서로 머리를 맞대고 두 다리를 끼고는 잠자리에 들
었다.

만약에 군옥산[郡玉山]*의 만남이 아니라면
틀림없이 양대[陽臺]**의 꿈속에 만남.
若非君玉山頭覓 多是陽臺夢裡尋

---

* 주[周]나라의 목왕[穆王]이 서왕모[西王母]를 만난 곳
** 무산[巫山]의 신녀[神女] 무녀[巫女]가 양왕[襄王]을 만난 곳

때가 되면 녹슨 무쇠도 빛이 나니

내보가 생일 선물을 운반하고,
서문경은 아들을 얻고 벼슬에 오르다

얻고 잃고, 성하고 망하는 것은 모두 쓸모없는 것
마음을 쓰는 것도 다 부질없는 것.
사람의 탐욕이 끝이 없는 것은 뱀이 코끼리를 삼키는 것 같고
세상일은 매미를 잡으려는 사마귀 같아 눈앞의 이익만을 보네.
공경대부도 수명은 약으로도 어쩌지 못하고
돈으로도 자손의 현명함을 사기는 어려우니,
집안에서 각자 분수를 지켜 인연대로 살아가면
마음으로 하늘에서 유유자적하리라.

得失榮枯總是閑 機關用盡也徒然
人心不足蛇吞象 世事到頭螳捕蟬
無藥可醫卿相壽 有錢難買子孫賢
家常守分隨緣過 便是逍遙自在天

서문경은 반금련과 함께 목욕을 하고서 방에서 함께 잠을 잤다.
춘매는 행랑의 서늘한 의자에 앉아서 신발을 깁고 있었다. 이때 금동
이 쪽문가에서 몰래 머리를 들이밀면서 안쪽의 동정을 살피고 있었

다. 이에 춘매가,

"무슨 할 말이라도 있니?"

묻자, 금동은 추국이 머리에 돌을 이고 안뜰에서 무릎을 꿇고 있는 것을 보고 연신 손짓을 했다. 춘매는,

"나쁜 자식이! 할 말이 있으면 하지, 왜 손짓 발짓을 하고 야단이야?"

하고 욕을 했다. 이에 금동은 잠시 웃더니 비로소 입을 연다.

"묘를 지키는 장안[張安]이 와서 나리께 드릴 말씀이 있다고 밖에서 기다리고 있어요!"

"망할 놈의 자식이! 장안이 왔다고 하면 될 것을 무슨 큰일이 난 것처럼, 귀신이라도 본 것처럼 난리를 치고 야단이야! 지금 나리는 마님과 주무시고 계시는데 지금 나리를 깨웠다가는 넌 맞아죽을 거야. 그러니 장안더러 밖에서 잠시만 기다리고 있으라고 해."

이 말을 듣고 금동은 밖으로 나갔다가 얼마 지나 다시 안으로 들어와 쪽문 쪽에서 살그머니 안의 동정을 살폈다. 그러다가 춘매에게 물었다.

"누님, 나리께서 아직도 일어나지 않으셨어요?"

"망할 놈이, 깜짝 놀랐잖아! 두 분께서는 아직도 꿈속을 헤매고 계시니 쓸데없이 와서 떠들지 마!"

"장안은 나리를 뵙고 말씀을 드린 후에 다시 성 밖으로 나가야 하기 때문에, 너무 늦으면 곤란하답니다."

"그렇지만 지금 두 분께서 단잠을 주무시는데 어찌 감히 나리를 깨울 수가 있겠어. 그러니 나가서 장안더러 잠시만 더 기다리라고 해라. 그러다가 너무 늦을 것 같으면 내일 다시 오라고 해."

이때 뜻밖에도 방에서 서문경이 이들의 말을 듣고 춘매를 방으로 불렀다. 춘매가 들어오자 묻는다.

"누구와 말을 하고 있는 게냐?"

"금동이 들어와 말하기를 묘지기 장안이 밖에서 나리를 뵙고 여쭐 말씀이 있다고 합니다."

"옷을 가져오너라, 내 곧 나가마."

춘매가 서문경에게 옷을 가져다주니, 금련이 바로,

"장안이 무슨 일로 온 거예요?"

하고 물었다. 이에 서문경이 답했다.

"장안이 전에 와서 우리집 산소 옆에 조씨 과부 집이 있는데, 땅과 밭을 은자 삼백 냥에 팔려고 한다는 게야. 그래서 이백오십 냥에 말해보라고 했지. 만약 그렇게 된다면 분사와 진서방에게 돈을 가져다주게 할 거야. 그 집 안에는 큰 우물이 하나 있고 연못이 네 개 있어. 그 집을 사면 모두 확 터서 놀이방 세 개와 대청 세 개를 짓고, 나지막한 화원의 동산을 쌓고, 소나무와 측백나무로 담장을 치고, 또 활터와 공놀이를 할 수 있는 놀이터도 만들 거야. 돈을 좀 들여서 손을 보면 멋있을 거야."

"그렇다면 우리 사도록 해요. 나중에 성묘 갔다가 거기서 놀면 좋겠군요."

말을 끝내고 서문경은 밖으로 장안과 이야기하러 나갔다.

금련은 일어나 경대 앞으로 가 얼굴을 매만지고 머리를 다시 잘 정리한 후 뜰로 나와 추국을 때려주려고 했다. 이에 춘매는 급히 금동더러 회초리를 들게 했다. 금련은,

"내 너에게 술을 가져오게 했는데 어째서 찬술을 가져와 나리께

드리려고 했느냐? 네 집안에는 어른도 없단 말이냐? 말을 하면 주둥이나 내밀고 심통을 부리지 않나, 바락바락 말대답을 하지 않나!"

라며 금동에게,

"세게 한 스무 대쯤 때리거라."

했으나 금동이 열 대쯤 때렸을 무렵, 다행히 이병아가 웃으면서 다가와 그만 멈추라고 말리는 바람에 나머지 열 대는 맞지 않게 되었다. 금련은 추국에게 인사를 하게 하고 일어나 주방으로 보냈다. 이병아는,

"풍노파가 열다섯 된 계집아이를 데려왔는데 둘째 형님이 사서 쓰기로 했어요. 값은 은자 일곱 냥 닷 푼이래요. 와서 한번 보라니까 같이 건너가 봐요."

이에 금련은 이병아와 함께 안으로 들어갔다. 이교아는 정말로 서문경에게 은자 일곱 냥을 내게 해 그 계집종을 사서는 이름을 하화[夏花]라고 고쳐 방 안에 두고 심부름을 시키니, 그 이야기는 여기서 접어두고 다른 이야기를 해보자.

한편 내보는 오지배인과 함께 생일 선물 짐을 호송하기 위해 청하현을 떠났다. 하루라도 일찍 서울에 도착하기 위해 아침 일찍 출발하고, 저녁 무렵에도 걸음을 재촉하여 배가 고프면 먹고 목이 마르면 겨우 목을 축이면서 밤이 이슥해서야 잠자리에 들고 새벽에 길을 떠났다. 때는 마침 열기가 푹푹 달아오르는 한여름으로 돌도 녹고 쇠도 축 늘어지는 시기인지라 길에서 무척 고생했다. 그렇게 고생한 이야기는 잠시 접어두기로 하고, 마침내 동경에 도착하여 만수문[萬壽門] 밖에 숙소를 정했다. 바로 다음 날로 선물상자와 예물을 가지고

천한교[天漢橋]에 있는 채태사의 집 앞에 이르렀다. 내보는 오지배인에게 잠시 짐을 보고 있으라 이르고 푸른 옷을 입고 곧장 문을 지키는 관리에게 가 공손히 인사를 했다. 문지기 관원이 물어보았다.

"어디서 온 누구요?"

"저는 산동성 청하현에 사는 서문원외의 하인으로 이 댁 대감마님께 드릴 생신 예물을 가지고 올라왔습니다."

이에 관원이,

"이런 죽으려고 환장한 놈이 있나! 무슨 놈의 얼어빠진 동문원외 서문원외냐? 우리 대감 나리께서는 당금 일인지하[一人之下] 만인지상[萬人之上]의 고귀하신 몸으로 삼경대부건 귀족이건 간에 어느 누구도 감히 대감 댁 앞에서 그런 칭호를 하지 못하는데 네놈이 감히 그런 짓을 하다니? 썩 꺼지지 못할까!"

라며 욕을 했다. 그런데 마침 그들 중에서 내보를 아는 자가 있어 내보를 달랬다.

"이 사람은 이곳에 온 지 며칠 안 된 신참이라서 노형을 몰라보고 그랬으니 괘념치 마세요. 대감마님을 뵈려 한다면 제가 적[翟]집사를 불러드리리다."

이에 내보는 바로 옷소매 안에서 은자 한 냥을 꺼내 주었다. 그 사람이,

"나는 안 받아도 좋으니, 한 사람 분을 더 보태 저 두 양반들에게나 주구려. 저 두 양반을 무시하면 곤란해."

하자, 이에 내보는 급히 두 냥을 더 꺼내 관원들에게도 인사치례를 했다. 그때서야 비로소 관원들도 미소를 지으며 말했다.

"청하현에서 왔다면 잠시만 기다리고 계쇼. 내 우선 적집사께 안

내를 해주리다. 대감님께서는 방금 전에 청보녹궁[淸寶籙宮]에 가서 제사를 지내고 돌아오셔서 지금 서재에서 주무시고 계십니다."

잠시 후 적집사가 밖으로 나오는데, 여름신에 깔끔한 버선을 신고 푸른색 비단 도포를 입고 있었다. 내보가 적집사를 보고 고개를 깊이 숙여 인사를 하니 적집사도 답례를 하고 물어보았다.

"전번에 고생 많았다. 그런데 이번에는 대감님께 드릴 생신 선물을 가지고 왔다고?"

내보는 먼저 선물 목록을 보여드리고, 짐꾼에게 일러 남경산 비단 한 필과 백은 서른 냥을 가져오게 해 적집사에게 주면서 말했다.

"저의 주인이신 서문경 나리께서 특별히 적집사께 드리는 선물입니다. 달리 마음을 전할 길이 없어 약소하나마 이 물건을 드리는 것이랍니다. 일전의 소금장사 왕사[王四]의 일도 다 적나리께서 신경을 써주신 덕이라고 하셨습니다."

"이런 것은 받을 수 없는데! 가져온 것이니 잠시 받아놓지."

내보는 이번에는 채태사에게 올릴 선물 품목을 적은 목록을 건네주니 한번 훑어보고는 다시 내보에게 주면서,

"예물을 가지고 둘째 문까지 가서 기다리게나."

하고 분부했다. 원래 둘째 문 부근에는 응접실 세 칸이 있었다. 오고 가는 손님들이 모두 응접실에서 차를 마시며 대기하고 있었다. 잠시 후 하인이 차를 가져와 내보와 오지배인에게 주었다. 마침내 태사가 응접실로 나왔다. 적겸이 먼저 태사에게 알리니 태사는 내보와 오지배인을 들게 했다. 이에 둘은 들어가 머리를 조아리고 무릎을 꿇고 기다리니 적겸이 먼저 생일 선물로 가져온 선물 품목을 태사께 보여주었다. 그런 연후에 내보와 오지배인은 선물을 들어 보여주었다. 누

렇게 번쩍이는 금 술병과 옥 술잔, 하얗게 반짝이는 은으로 만든 선인상[仙人像]이었다. 모든 것이 세공장이들이 오랫동안 시간과 노력을 들여 깎고 만든 것으로 세상에 보기 드문 것들이었다. 이 밖에도 아름다운 비단에 수를 놓은 망의는 눈이 부시게 아름다웠고, 남경산의 명주로 만든 도포도 금빛을 발하고 있었다. 미주[美酒]에는 아직도 떼지 않은 딱지가 붙어 있고 다른 나라에서 가져온 진귀한 과일이 쟁반에 가득 담겨 있었다. 그러니 어찌 기뻐하지 않겠는가?

채태사가,

"이런 좋은 물건을 어찌 내가 받을 수 있겠느냐. 가지고 돌아가거라."

하니 내보는 당황하여 머리를 조아리며 말했다.

"소인들의 주인인 서문경 나리는 제대로 해드리지 못하니 보잘것 없는 이 물건은 대감마님께서 아랫사람에게 내리는 물건에 보태어 쓰신다면 더없는 영광이라고 하셨습니다."

이에 채태사는,

"그렇다면 받아두지."

라며 좌우의 하인들에게 명해 선물을 받아놓게 하고 말을 이었다.

"일전의 창주[滄州] 상인 왕사의 일은 이미 사람을 시켜 편지를 보내 네 지방의 순무에게 잘 처리토록 했는데, 어떻게 잘 봐주더냐?"

"대감님의 깊으신 배려로 편지가 도착하자 모든 소금장수들은 염운사[鹽運司](소금운송에 관한 업무를 관장하는 관청)에 가서 증명서를 받고 모두 석방되었습니다."

이에 태사는 내보를 향해 물었다.

"선물을 수차례나 받으면서 변변히 답례도 못했는데 어떡하면 좋겠느냐? 네 주인은 지금 무슨 관직에 있느냐?"

"저희 주인은 그냥 평민인데, 무슨 관직이 있겠습니까?"

"관직이 없다면, 어제 조정에서 하사받은 백지 임명장이 있는데, 네 주인을 산동성의 제형소 이형[理刑]의 부천호로 임명을 하여 천호였던 하금[賀金](하천호를 가리킴)의 후임으로 임명코자 하는데 어떻겠느냐?"

이에 내보는 황급히 머리를 조아리며,

"대감님의 이와 같은 은덕은 저희 주인이 평생 분골쇄신을 해도 다 갚지 못할 것입니다."

하고 거듭 감사의 말을 올렸다.

이에 태사는 시종을 불러 지필묵을 가져오게 하여 그 자리에서 바로 백지 임명장에 서문경의 이름을 써넣고 금오위의 좌소부천호 산동등처제형소이형[金吾衛衣 左所副千戶 山東等處提刑所理刑]이라는 직책을 주었다. 그런 후에 내보를 향해,

"너희 둘은 선물을 가져오느라 고생이 많았다."

하고 다시 묻기를,

"뒤에 꿇어앉아 있는 자는 누구냐?"

하니 내보가 지배인이라고 말을 하려고 하는데, 오전은이 먼저 태사를 향해 말했다.

"저는 서문경의 처남으로 오전은[吳典恩]이라고 합니다."

이에 채태사는,

"서문경의 처남이라 풍채가 그럴 듯했군."

하고는 시종을 불러 임명장을 한 장 가져오게 하며,

"내 너를 청하현의 역승[驛丞]으로 명하니 그리 알라."

하니 오전은은 마늘을 찧듯 머리를 조아리며 연신 고맙다고 절을 올렸다. 태사는 또 한 장의 임명장을 가져오게 하여 내보의 이름을 적고 산동운왕부교위[山東鄆王府校尉](송 휘종의 아들인 운왕 해[楷]의 저택을 지키는 경비병)에 봉한다고 했다. 이에 내보도 수없이 머리를 조아려 고맙다고 인사를 하고 임명장을 받았다.

태사는 다시 이르기를,

"내일 이부[吏部]와 병부[兵部]에 가서 등록을 하고, 증서를 받아 가지고 가서 날짜에 맞춰 부임하여 일을 하거라."

하고 적겸에게 또다시,

"서쪽의 행랑채로 데리고 가서 술과 음식을 잘 대접하고, 은자 열 냥을 노자로 주거라."

라고 분부했다. 이 얘기는 여기서 접어두자.

여러분, 내 말 좀 들어보소. 당시 휘종은 정치를 잘 못하여 간신과 아첨배들이 조정에 가득했다네.

고구[高俅], 양전[楊戩], 동관[童貫], 채경[蔡京] 등 네 명이 조정에 있으며 관직을 팔고, 감옥에 가는 것도 돈으로 해결했고 뇌물을 주고받는 것이 공공연히 행해졌으니, 돈에 따라 승진이 되고 지위가 올랐다. 연줄을 찾아 아첨을 하는 자는 바로 좋은 직책에 오르고, 유능하고 청렴 강직한 자는 언제까지나 출세를 못했다. 때문에 풍속은 퇴폐하고 탐관오리가 천하에 가득하게 되었다. 요역이 빈번하고 세금이 과중하니, 백성은 빈궁에 처하고 도적이 일어나니 천하가 시끄러웠다. 간사하고 헛된 무리들이 조정에 있지 않다면, 어찌 중원에서 사람들이 피에 물드는 일이 있겠는가?

여하튼 적겸은 내보와 오지배인을 데리고 서쪽의 행랑채로 가서 대접했다. 부엌에 일러 큰 접시 가득 고기며 생선, 과일, 술을 가져오게 해 배불리 먹게 했다. 그런 후에 적겸은 내보를 향해 말했다.

"내 한 가지 부탁이 있는데 돌아가 서문경 나리께 좀 전해줄 수 있겠나?"

"무슨 말씀을 그리 하십니까? 나리께서 도와주셔서 우리집 영감님의 일도 잘 되었는데요. 무슨 일이든 꺼리지 말고 말씀해주시면 꼭 전해드리겠습니다."

"솔직히 말해, 내가 지금 태사님을 모시고 있는 몸이지만, 집에는 단지 마누라 한 사람뿐이라네. 내 나이 이제 마흔이 되어가는데 마누라는 늘 병에 걸려 골골대니 통 자식을 볼 것 같지가 않네. 그래서 자네 댁 나리께 부탁해서 그쪽에 참한 여자가 있으면 나이가 열대여섯 정도로 한 명 구해서 보내주었으면 해. 돈은 필요한 만큼 드릴 테니 말일세."

적겸은 편지를 써 전해달라고 내보에게 부탁을 하고, 따로 두 사람에게 은자 닷 냥씩을 주며 노자에 보태 쓰게 했다. 이에 내보는 몇 차례 사양했다.

"이미 대감 나리께서 주셨습니다. 그러니 적나리께서는 거두어주세요."

"좀 전에는 대감마님께서 주신 것이고, 이건 내가 주는 것이니 사양치 말게나."

적겸은 말을 마치고 술과 음식을 권했고, 그들이 다 먹고 나자,

"내 당신들에게 일을 돌봐줄 사람을 딸려 보내줄 테니 같이 가게나. 그래 내일 아침 일찍 이부와 병부에 가서 등록을 하고 증명서를

받아 바로 출발할 수 있게 말일세. 그렇게 하면 자네들이 왔다 갔다 하는 수고를 덜 수 있을 걸세. 내가 부탁하면 거기서도 감히 자네들 서류를 지연시키지는 못할 걸세."

라며 이중우[李中友]라는 사무 관원을 불러 명했다.

"내일 이 두 분과 함께 이부와 병부에 가서 등록을 하고 증명서를 받도록 하게. 돌아와서 나에게 보고하게나."

그 관원은 내보와 오지배인과 함께 적겸에게 작별을 고하고 저택을 나와 천한교 거리에 있는 술집에 들어가 이야기했다. 술과 식사를 대접한 후에 그들은 이중우에게 은자 석 냥을 주었다. 다음 날 일찍 먼저 이부에 간 후에 병부에 들러 등록을 하고 증명을 발급받았다. 태사 댁에서 왔다는 소리를 듣고 그 누가 감히 지체하며 꾸물대겠는가? 그들은 만사를 제치고 일을 해주었다. 금오위태위주면[金吾衛太尉朱勔]은 즉석에서 서명을 하고 하부 관청에 이를 알리니, 이로써 내보는 산동 운왕부의 관리로 일을 하게 되었다. 이 사실을 돌아와 적겸에게도 알렸다. 이 일이 불과 이틀도 안 되어 다 처리되었다. 일을 마친 후 말을 세내어 밤낮을 가리지 않고 청하현으로 돌아와 이 기쁜 소식을 전했다.

부귀는 간교해야 얻고 공명은 전부 등통[鄧通](구리산을 발견해 돈을 만든 사람)에 달린 법.

어느 날 삼복의 날씨라 매우 무더웠다. 서문경은 취경당에서 가솔들을 거느리고 연꽃을 구경하면서 더위도 피할 겸 술을 마시고 있었다. 서문경과 월랑이 윗자리에 앉고 첩들과 딸이 양쪽에 앉았다. 춘매, 영춘, 옥소, 난향 등 집안의 악사들은 곁에서 악기를 연주하고 노래를 불렀다. 이날 술좌석 풍경이 어떠했는지 보자.

화분에는 녹색 꽃이 심어져 있고
화병에는 붉은 꽃이 꽂혀 있네.
수정으로 만든 발은 새우수염 같고
운모 병풍에는 공작이 수놓여 있어라.
접시에는 진기한 식품이 그득하고
미인이 웃음을 지으며 술을 따르네.
그릇에는 얼음에 복숭아를 띄워 두고
미인이 푸른 술잔을 높이 든다.
진기한 식품은 모두가 제철의 신선한 것
피리 불고 거문고를 타며 부르는 노래는 맑고도 아름다워라.
비단 옷에 비취빛 구슬로 장식한 미녀들이 두 줄로 앉아 있네.
상아로 만든 박자판과 자단목으로 만든 박자판을 들고
춤을 추는 여인의 치맛자락 아름다워라.
세월의 한가로움을 술로 달래며
유유자적 천지를 취하게 하누나.
盆栽綠草 瓶挿紅花
水晶簾捲蝦鬚 雲助屏開孔雀
盤堆鱗脯 佳人笑捧紫霞觴
盆浸冰桃 美女高擎碧玉斝
食烹異品 果獻時新
絃管謳歌 奏一派聲淸韻美
綺羅珠翠 擺兩行舞女歌兒

當筵象板撒紅牙 遍體舞裙補錦繡

消遣壺中閑日月 邀游身外醉乾坤

여인들이 이렇게 술을 마시고 있는데, 좌중에 이병아의 모습이 보이지 않았다. 이에 월랑이 수춘에게 물었다.

"네 마님은 방에서 뭘 하고 계시냐? 어째 술 마시러 오지 않지?"

"마님께서는 배가 아프셔서 누워 계시는데 바로 오신답니다!"

"빨리 가서 전하거라! 누워 있지만 말고 이리 나와서 노래를 들으라고."

서문경이 물어보았다.

"왜 그래?"

월랑은,

"여섯째가 갑자기 배가 아파서 방에 누워 있대요. 그래서 제가 하인을 보내 모셔오라 했어요."

그러면서 옥루를 향해,

"병아 동생은 칠팔 개월이 되었는데, 나와도 괜찮을지 모르겠어."

라고 말했다. 이를 듣고 있던 반금련이,

"큰형님, 이번 달이 아니라 아마 팔월쯤 되어야 애를 낳을 거예요. 아직은 이르죠."

하자 서문경은,

"아직 이르다면 애들을 시켜 여섯째를 나오게 해서 노래나 들읍시다."

했고, 잠시 뒤에 이병아가 나왔다. 오월랑이 이병아를 보고 말했다.

"감기가 들면 안 되니 먼저 뜨거운 술을 한 잔 마시도록 해요. 그러면 기분이 좋아질 테니."

이에 이병아는 사람들 앞에서 술을 한 잔 쭉 들이켰다. 서문경은
춘매에게 분부했다.

"내가 듣게 「모든 사람들이 여름을 두려워하네[人皆畏夏日]」라는
노래 좀 부르거라."

이에 춘매 등 네 명은 거문고에 기러기발을 올려놓고 줄을 고르고
붉은 입술에 흰 이를 드러내 보이면서 노래를 부르기 시작했다. 이때
이병아는 술좌석에서 계속 양미간을 찡그리고 앉아 있다가 노래가
채 끝나기도 전에 방으로 돌아갔다. 월랑은 노래가 끝나자 먼저 방으
로 돌아간 이병아가 걱정되어 소옥을 시켜 이병아의 방으로 가보게
했다. 소옥이 돌아와 말하기를,

"여섯째 마님께서는 배가 아프시다며 온돌 위에서 데굴데굴 구르
고 계세요."

하자 이에 월랑은 당황해서 말했다.

"내가 거의 애 낳을 때가 되었다고 했을 때, 반동생이 아직 이르다
고 해서 안심하고 있었는데. 빨리 하인을 시켜 산파를 불러오도록 해
요!"

이에 서문경은 즉시 내안에게,

"빨리 가서 채산파를 불러오너라."

명을 하고는 술도 마시지 않고 모두 이병아의 방으로 상태를 살펴보
러 달려갔다. 월랑이 물었다.

"동생, 속은 좀 어때?"

"큰형님, 가슴과 배 그 밑으로 온통 쑤시고 아파요."

"힘을 내 일어나봐. 잠을 자면 안 돼. 뱃속의 아이가 잘못될지도 몰

라. 산파를 데리러 갔으니 바로 올 거야."

시간이 지나면서 이병아의 통증은 더욱 심해졌다. 월랑이 다시 물어보았다.

"누구를 시켜 산파를 불러오라고 했어요? 어째 여태 오지를 않는 거지?"

대안이 대답한다.

"내안이 갔어요."

이에 월랑은,

"이 망할 자식이! 네가 빨리 가서 데려오지 않고? 그 어린 꼬마 놈이 뭘 안다고 그런 애를 보내, 꾸물대도 유분수지!"

하자 서문경은 대안에게,

"빨리 말을 타고 가거라!"

하고 분부했고, 월랑도 초조해했다.

"화급을 다투는 일인데 아직도 그렇게 여유를 부리고 있다니!"

한편 반금련은 이병아가 아이를 낳으려는 것을 보고 속이 언짢아졌다. 방 안을 휘 둘러보고는 옥루를 데리고 나와 둘이 서쪽 작은 방 처마 밑에 서서 시원한 바람을 쐬면서 이야기를 나누었다.

"아이구, 그 조그마한 방에 사람들이 빽빽하게 들어차 있으니 어지간히 더워야지, 애를 낳는 것이 아니라 코끼리가 알을 까는 것 같다니까!"

잠시 뒤에 채산파가 안으로 들어와 사람들을 보고 물었다.

"어느 분이 큰마님이신가요?"

이교아가 월랑을 가리키며,

"이분이 큰마님이세요."

하니 채산파는 넙죽 고개를 숙여 절을 올렸다. 월랑은,

"할멈! 수고가 많아요. 그런데 어째 지금에야 오는 게요?"

하니 이에 채산파가 답한다.

"제 말 좀 들어보세요."

저는 산파로 성은 채[蔡]이며

두 발로 사방을 바삐 쏘다니죠.

붉고 푸른 화려한 복장에

각양각색의 장식으로 머리를 손질합니다.

비단 실로 만든 귀걸이를 선명하게 하고

노란 손수건을 가볍게 흔드는 것은 표지라오.

문에 들어서며 돈을 달라 하고

자리에 앉으며 환대를 해달라 하죠.

귀한 댁, 부잣집을 가리지 않고

황족이건 왕족이건 그 누구건 간에

바라는 대로 자세를 취하게 하고

옷을 벗기고 일을 합니다.

옆구리로 낳을 것 같으면 칼을 쓰고

난산일 것 같으면 손을 들이밀지요.

배꼽이건 태반, 태막이건 간에

급히 손을 써 끄집어냅니다.

살아 있으면 사흘 후 목욕할 때 축하해주러 오지만

죽었으면 재빠르게 사라집니다.

그래서 단골이 많아

불러도 늘 자리에 없죠.
我做老娘姓蔡 兩隻脚兒能快
身穿怪綠喬紅 各樣鬃髻歪戴
嵌絲環子鮮明 閃黃手拍符璨
入門利市花紅 坐下就要管待
不拘貴宅嬌娘 那管皇親國太
敎他任意端詳 被他褪衣刮劃
橫生就用刀割 難産須將拳揣
不管臍蹄脯衣 着忙用手撕壞
活時來洗三朝 死了走的偏快
因此主顧偏多 請的時常不在

이에 월랑이,

"지금 그렇게 한가로운 말을 할 때가 아니에요. 빨리 와서 이 부인을 좀 봐줘요. 바로 낳을 것 같은가요?"

하니 채산파는 침상가로 다가가 이병아의 몸을 더듬어보고는,

"때가 된 것 같아요."

라며, 월랑에게,

"기저귀는 준비해두셨겠지요?"

하고 물었다. 월랑이,

"그럼요."

라고 대답하면서 소옥에게 분부한다.

"내 방에 가서 가지고 오너라."

한편 옥루는 산파가 오는 것을 보고서 금련을 향해,

"채산파가 왔으니, 우리도 방에 가서 보지 않을래요?"

하자, 금련은 고개를 가로저었다.

"보려면 형님이나 가서 보세요. 저는 안 갈래요. 여섯째는 아기를 가진 데다 인기도 좋은데 어찌 보러 가지 않을 수 있겠어요? 제가 공연히 그러는 것이 아니라 아까 아기를 낳을 달이 이번 달이 아니라 다음 달인 것 같다고 했더니 큰형님께서 정색을 하고 야단을 하시더군요. 제 생각에는 그럴 필요까지는 없었는데. 정말로 혼쭐났어요."

이에 옥루가 말한다.

"나는 유월쯤으로 생각했는데."

"이런, 형님까지도 멍청해지다니! 제 계산으로는 여섯째가 작년 팔월에 왔고 게다가 처녀의 몸도 아닌데, 형님 말대로라면 그때 다른 사내의 애를 배가지고 들어온 게지요. 재혼한 몸이지만 그동안 이 댁 양반과 얼마나 잠자리를 했겠어요. 그러니 한 달 정도가 지난 후에 임신을 해야 비로소 이 집 자식이라고 할 수 있다고 생각하고 그렇게 말한 거예요. 만약 팔월에 태어난다면 그래도 조금이나마 이 집에 그림자가 있는 것이지만, 만약 유월에 낳는 것이라면 아마도 다른 놈의 씨를 배어 들어온 게 틀림없어요. 그럼 그 애비를 어디 가서 찾을 수 있겠어요?"

이렇게 둘이 말하고 있는데 안채에서 소옥이 기저귀와 포대기를 가지고 나왔다. 맹옥루가,

"이것들은 큰형님이 준비해놓은 것으로 일간 자기가 쓰려고 한 것인데, 급하니 먼저 쓰는군."

하자 금련이 말했다.

"하나는 큰마누라가, 또 하나는 작은마누라가 번갈아서 아기를 낳

는군. 둘이서 그렇게 낳으니 온전한 애를 낳지 못하고 별 볼일 없는 애를 낳아도 되겠군. 우리 같은 암탉이 알을 낳지 못하니, 우리를 죽여버리지 않을는지 모르겠어? 둘이 재미를 보다가 헛수고만 한 꼴이군!"

"다섯째는 무슨 말을 그렇게 해!"

그다음 말부터는 금련이 무슨 말을 하건 대꾸하지 않고 오로지 고개를 숙이고 치맛단을 만지작거리기만 했다. 이에 금련도 문설주를 손으로 잡고 문턱을 밟고 수박씨를 까먹고 있었다. 이때 손설아가 이병아가 아이를 낳으려 한다는 소식을 듣고 안채에서 허겁지겁 나와 아기 낳는 것을 보려고 했다. 그러다가 어두워 섬돌의 계단을 제대로 보지 못하고 하마터면 넘어질 뻔했다. 금련이 이를 보고는 옥루에게 말한다.

"저것 좀 보세요. 저 우라질 년이 하는 꼴을! 천천히 가보면 될 것을 뭐가 그리 급하다고 허둥대는지! 어두운데 계단에 걸려 넘어져 하마터면 이빨이 부러질 뻔했잖아요. 그랬으면 또 돈을 잡아먹었을 텐데. 하는 꼴이 꼭 무 장수가 소금짐까지 지고 다니면서 소금 절이는 것까지 신경쓰는 것 같다니깐! 아기를 낳으면 자기를 벼슬이라도 시켜줄 줄 아는 모양이지요."

그러는 중에 방에서 애 울음소리가 들려왔다. 채산파가 말하기를,

"가서 나리 마님께 말씀드려 축하금이나 받아주세요. 아들을 낳았어요."

하니 이에 월랑은 바로 서문경에게 알렸다. 서문경은 급히 손을 씻고 천지신명과 조상들의 제위 앞에 향을 피워 제사를 올리고, 또한 일백 이십 제위의 행운 신들에게도 향을 올린 후 모자[母子]의 건강과 평

안을 기도하고, 분만의 기쁨, 출산의 무사함에 대한 감사의 제를 올렸다.

한편 금련은 아기가 태어났다는 소식을 듣고 온 식구들이 기뻐하며 소란을 떠는 것을 보고는 슬그머니 화가 나 자기 방으로 돌아갔다. 방에 들어가서는 문을 걸어 잠그고 침상 위에 누워 흐느껴 울었다. 때는 정화[政和] 사년[四年](1122년) 병신[丙申]년 유월 삼십일이었다.

여덟아홉은 뜻대로 되지 않고, 사람에게 말할 수 있는 것은 두세 개뿐이려나.

채산파는 아기를 받아낸 후 탯줄을 끊어내 땅에 묻고 정심탕[定心蕩]을 끓여 산모인 이병아에게 먹였다. 월랑은 채산파를 안채로 데리고 가서 술과 음식을 대접했다. 산파가 떠날 즈음 서문경은 산파에게 은자 닷 냥을 주었다. 그리고 아기를 목욕시키는 세삼일[洗三日]에 또 비단 한 필을 주겠다고 했다. 이에 채산파는 거듭 감사하다고 하고 돌아갔다. 이날 서문경이 방에 들어가 포대기에 싸인 아기를 보니 생김이 훤하고 살결이 뽀얘 매우 기뻐했다. 또 집안의 모든 사람들도 다 기뻐했다. 이날 밤 이병아는 방에서 쉬면서 잠시도 아기에게서 눈을 떼지 않았다. 다음 날 날도 새기 전에 찬합을 열 개 정도 준비해 하인들을 시켜 친척과 이웃사람들에게 축하 국수를 보냈다. 응백작과 사희대 등도 서문경이 아들을 낳아 국수를 보내왔다는 소식을 듣고서 황급히 달려와 축하해주었다. 서문경은 그들을 머물게 하여 놀이방에서 국수를 대접했다. 겨우 그들이 돌아갔을 때 대청에서는 분주하게 아기를 돌볼 유모를 구하느라 정신이 없었다. 마침 설수[薛嫂]가 유모 한 사람을 데리고 왔는데, 원래가 가난한 집 아낙네로 나이는 서른이었다. 그런데 아이가 죽은 지 채 한 달도 되지 않았으며, 남자는 병졸이라 살아가기가 막막한 처지였다. 게다가 멀리 출정이라도 나갈 것 같으면 돌봐줄 사람도 없는 딱한 처지인지라 단지 은자 여섯 냥이면 족히 살 수 있다고 설수가 말하는 것이었다. 월랑은 아낙네의 생김새가 깔끔한 것을 보고는 서문경에게 말해 은자 여섯 냥을 주고 사서 집에 머물게 하고는 이름을 여의[如意]라 고치고, 아침부터 저녁까지 아기를 돌보게 했다. 또한 풍노파를 불러 산모의 방에서 허드렛일을 맡게 하고 한 달에 은자 닷 전씩 주며 옷시중도 들게 했다. 이렇게 집안이 떠들썩할 때, 평안이 들어와 아뢰었다.

"내보와 오지배인이 동경에서 돌아와 지금 문밖에서 대기하고 있습니다."

서문경이 급히 그들을 들게 하니, 두 사람은 들어와 서문경에게 기쁜 소식을 전했다. 서문경은,

"어찌 그런 기쁜 일이!"

하고 기뻐하니 둘은 동경에서 채태사에게 선물을 올릴 때의 상황을 처음부터 끝까지 자세하게 전했다.

"대감님께서는 그 예물들을 보시고 '내 누차 너의 주인에게서 좋은 물건을 받아도 변변히 보답을 못했구나' 하시며 물으시기를 '조상 때부터 무슨 벼슬을 하셨느냐?' 하시길래 제가 '그냥 평민으로 아직 벼슬이 없습니다'라고 말씀드렸지요. 이 말을 듣고 대감께서는 조정에서 백지 임명장을 받아 가지고 있는 것이 있으니 한 장을 나리께 주어 성명을 적게 하고, 또 금오위 부천호의 직책을 써넣으셨습니다. 그런 후에 바로 이곳 제형소의 이형에 임명해 하천호의 후임으로 임명하셨습니다. 그리고 소인에게는 철령위 교위로 삼아 운왕부의 관원으

로 근무케 하셨고, 오지배인은 본 고을의 역승에 임명하셨습니다."

그러면서 똑같은 모양의 도장이 찍힌 임명장 세 장과 병부와 이부의 등록 서류를 함께 꺼내 탁자 위에 놓았다. 서문경이 받아보니 과연 조정의 임명장으로 수많은 도장이 찍혀 있고 자기가 정말로 부천호의 관직에 임명된 것이 틀림없었다. 서문경은 싱글벙글 좋아 어찌할 줄 모르며 바로 조정의 임명장을 들고 안채로 들어가, 오월랑 등의 여인들에게 보여주며 말하기를,

"채태사 대감님께서 나를 등용해 금오위 부천호에 임명해주셨어. 이로써 나는 오품대부[五品大夫]의 자리에 오른 것이고, 당신은 오화관고[五花官誥](내명부의 품계)의 자격으로 칠향[七香]수레를 탈 수 있는 부인이 된 거란 말이오. 또 오지배인은 역승이 되었고, 내보는 운왕부의 교위가 되었소. 일전에 오신선이 내 관상을 보면서 머지않아 사모를 쓰겠고 평지에서 구름에 오르는 기쁜 일이 있을 거라고 했지. 과연 보름도 되지 않아서 두 가지 기쁜 일이 모두 들어맞는구려!"
라면서 월랑을 향해 다시 말한다.

"여섯째가 낳은 아기가 정말로 우리집 복덩이요. 낳은 지 사흘째에 목욕을 마친 후 이름을 관가[官哥]라고 지읍시다."

이때 내보가 들어와 오월랑 등에게 무릎을 꿇고 절을 올리며 동경 갔다 온 일을 아뢰었다. 서문경은,

"내일 일찍 이 서류들을 가지고 제형소의 사무실에 가서 하형소께 알려드리거라."
하고 분부했다. 그리고 오지배인에게는 다음 날 아침 서류를 현에 가지고 가라고 일렀다. 이에 그들은 서문경에게 작별을 고하고는 돌아갔다.

이튿날은 아기가 태어난 지 사흘째 되는 날이었다. 주위의 일가친척들은 서문경이 여섯째 부인에게서 아들도 보고 벼슬도 하게 되었다는 소식을 듣고는 모두 앞을 다투어 선물을 가지고 축하하러 왔다. 서문경의 집은 아침부터 저녁까지 축하객의 발길이 끊이지 않았다. 속담에도 이르기를, 때가 오면 누가 찾아오지 않겠으며, 때가 안 오면 그 누가 찾아오겠는가 하지 않던가.

　때가 되면 녹슨 무쇠도 빛이 나고
　운이 가면 황금도 빛을 발하지 못하네.
　時來頑鐵有光輝 運退眞金無艶色

낮만으로는 즐거움이 부족해

금동이 술병을 숨겨 옥소를 놀리고,
서문경은 잔치를 벌이고 축하주를 마시다

집안이 부유하면 자연히 벼슬도 생기고
사람들도 먼저 양보를 한다네.
가난한 자는 윗사람의 동정을 바라지만
서로가 모든 것을 돈으로 좌우한다네.
시집을 가려거든 돈과 권력이 있는 사람에게
돈을 써도 훌륭한 고관대작에게
흥하고 망하는 것은 마음에 달린 것을 모르고
단지 눈앞에 보이는 것만을 보네.
家富自然身貴 逢人必讓居先
貧寒敢仰上宮憐 彼此都看錢面
婚嫁專尋勢要 通財邀結豪英
不知興廢在心田 只靠眼前知見

서문경은 다음 날 바로 내보를 현에 보내 서류를 제출하고, 한편
으로 사람을 시켜 관리들이 쓰는 모자를 만들게 했다. 또 옷집을 하
는 조씨에게 재봉사 네 명을 불러 집으로 데리고 와서 치수를 재고

옷을 만들게 했다. 또 많은 장인들을 불러 허리띠를 일고여덟 개 만들게 했는데 그 폭이 사 척[四尺]이나 되는 넓은 것으로 영롱한 운모[雲母]·서각[犀角]·학단정[鶴丹頂]·귀갑[龜甲]·어골향[魚骨香]을 재료로 사용했다. 서문경의 집안이 떠들썩한 것은 말할 필요도 없다.

한편 오전은은 그날 응백작의 집으로 가서 자기가 역승이 됐다는 말을 전하고 거듭 응백작에게 서문경에게 잘 얘기해 돈을 좀 빌릴 수 있게 해달라고 간청했다. 그러면서,

"돈을 빌릴 수 있게 해주신다면, 열 냥 정도 선물을 사서 형님께 감사 표시를 할게요."

라면서 무릎을 꿇고 애원했다. 당황한 백작은 오전은의 손을 잡아 일으키면서,

"도와줄 수만 있으면 좋지. 서문 영감이 자네를 잘 봐서 동경에 보내 행운을 만나 벼슬을 얻었으니 이건 매번 있는 일이 아니잖아."

하고는 물었다.

"그래 얼마쯤 필요한가?"

"솔직히 말해 집에 돈이 한 푼도 없습니다. 내일 당장 윗사람에게 인사를 올릴 적에 선물도 준비해야 하고, 또 잔치도 한 번 벌여야 하고, 옷과 말도 준비해야 하니 적어도 은자 칠팔십 냥은 있어야겠는데 어디 구할 데가 있어야지요? 그래서 이렇게 아무것도 쓰지 않은 차용증서를 가지고 왔습니다. 제발 형님께서 제 사정을 잘 말씀드려주세요. 일만 잘되면 제가 사례하고 그 은혜를 절대로 잊지 않을게요."

백작은 문서를 본 후에 말했다.

"그럼 오씨, 자네는 칠팔십 냥만 빌리려고 한다지만 내 보기에 좀 부족할 것 같아. 그러니 아예 백 냥이라고 써넣게. 서문 대감께서 내

얼굴을 봐서라도 아마 이자는 받지 않을 걸세. 우선 빌려 쓰고 부임을 해서 조금씩 천천히 갚아도 늦지는 않을 걸세. 속담에도 '빌린 쌀로는 밥을 지을 수가 있으나, 돈을 주고 산 쌀로는 밥을 지을 수가 없다'잖은가. 우선 그렇게 말을 하자구. 더군다나 자네는 나리 댁에서 지배인 노릇을 하지 않았던가. 그러니 나리께서 어디 이까짓 은자 몇 냥 신경 쓰겠는가?"

오전은은 응백작의 말을 듣고 거듭 고맙다고 인사했다. 그러고는 서류에 일백 냥이라고 써넣었다. 둘은 차를 마신 후 함께 일어나 서문경의 집 앞에 다다랐다. 백작이 문을 지키는 평안에게,

"나리께서는 일어나셨느냐?"

하고 묻자, 평안은,

"벌써 일어나셔서 지금 놀이방에서 장인들이 허리띠를 만드는 것을 보고 계세요. 제가 가서 말씀을 드릴게요."

하고는 바로 서문경에게 가서,

"응씨 아저씨와 오지배인이 오셨어요."

하니 서문경은,

"안으로 모시거라."

했다. 바로 두 사람이 안으로 들어가 보니 많은 장인들이 부지런히 손과 발을 놀리면서 물건을 만들고 있었다. 서문경은 작은 모자에 비단 옷을 입고 복도에서 진경제가 윗사람들에게 올릴 소개서 쓰는 걸 보고 있었다. 두 사람을 보자 인사를 하고는 자리에 앉게 했다.

백작이,

"형님의 소개서를 아직 보내지 않았습니까?"

하니 서문경은,

"오늘 아침에 하인을 보내 임명장을 전달했고, 이제 동평부와 본현에 보낼 소개서를 작성하고 있는 중이라네."

말을 마치자 하인 소동이 차를 내왔다. 차를 다 마셨는데도 응백작은 오전은의 일은 꺼내지 않고 아래로 내려가 장인들이 만드는 허리띠를 보고 있었다. 서문경은 하나를 들어 응백작에게 자랑하며,

"이 허리띠가 어떤가?"

하니 백작은 입이 마르도록 칭찬했다.

"형님이 아니면 어디서 누가 이런 좋은 띠를 구할 수 있겠어요! 이렇게 폭이 넓은 것은 드물어요. 다른 것은 몰라도 이 물소뿔로 만든 것과 학의 벼슬로 만든 것은 정말이지 온 서울 안에서 돈을 가지고도 구하기 힘든 거예요. 듣기 좋으라 드리는 말씀이 아니라 동경의 웬만한 대감 집에는 옥으로 만든 것이며 금으로 만든 것은 있을지 몰라도 물소뿔로 만든 것은 없을 거예요. 이건 물에 사는 물소뿔이지, 뭍에 사는 물소뿔이 아니에요. 뭍에 사는 물소뿔은 가치가 없지만 물에 사는 물소뿔을 통천서[通天犀](뿔 가운데가 비어 있어 상하가 서로 관통됨)라고 하지요. 못 믿겠으면 물을 한 그릇 떠와 그 안에 흘려보면 물이 반으로 갈라질 것입니다. 이는 실로 값을 매길 수 없는 물건이지요. 또 밤에 태우면 그 빛이 천 리까지 퍼지고, 그 불빛이 밤새 꺼지지 않지요. 형님, 도대체 얼마에 사셨어요?"

"한번 맞혀보게."

"이런 건 값이 없어요. 제가 어떻게 값을 매길 수가 있겠어요."

"자네한테 말해줌세. 이 띠는 왕초선 댁의 띠야. 어젯밤에 어떤 사람이 내가 띠가 필요하다는 얘기를 듣고 사람을 시켜 슬쩍 의향을 물어보더군. 분사를 시켜 은자 일흔 냥을 주며 이 띠를 사오게 했더니,

저편에서 기어코 백 냥을 내라는 거야."

백작이,

"어쩐지, 넓고 보기가 좋다 했더니! 형님, 형님이 조만간 이 띠를 하고 나가시면 정말 근사할 거예요. 다른 동료들이 모두 부러워할 거예요."

라며 한바탕 추어올려 주었다. 서문경이 오지배인을 향해,

"자네의 서류는 다 갖다드렸는가?"

하고 물으니 백작이,

"오씨는 아직 서류를 제출하지 않았다는군요. 실은 오늘 이 사람이 저를 찾아와서 형님께 어려운 말씀 좀 올려달라고 하더군요. 비록 오지배인이 형님의 총애를 받아 동경으로 선물을 가지고 가서 태사님이 오씨에게 벼슬을 내렸지만 사실 이것은 형님이 발탁해주신 것과 마찬가지로 다 오씨의 복이라 할 수 있을 것입니다. 일품에서 구품에 이르기까지 모두가 조정의 신하 아니겠습니까. 그런데 지금 오씨의 집에는 돈이 한 푼도 없습니다. 그래서 오씨가 말하기를 지금 상관에게 인사도 해야겠고, 또 술자리도 마련해야 하고, 관복도 준비하려면 많은 돈이 필요한데 도저히 어디 마땅히 구할 데가 없다는군요. 빚을 질 바에는 두 사람에게 폐를 끼치지 않는다고, 그러니 어쩝니까? 형님께서 제 얼굴을 보셔서 돈을 오씨에게 빌려주시어 이 일을 해결하게 도와주세요.

오지배인이 나중에 부임을 하게 되면 형님의 크나큰 은혜를 어찌 잊겠어요! 오지배인이 본시 이 집에서 회계 일을 본 것은 말할 필요도 없고, 이 집안을 드나들던 사람이잖아요. 외부에서 온 관리들도 형님께서는 숱하게 도와주셨잖아요. 형님께서 도와주지 않으시면

오씨가 어디 가서 사람구실을 할 수 있겠어요?"

그러면서,

"오씨, 어서 빨리 차용증을 꺼내 나리께 보여드리게."

했다. 이에 오전은은 황급히 품안에서 증서를 꺼내 서문경에게 보여주었다. 보아하니 서류에는 은자 백 냥을 빌린다고 쓰여 있고 증인은 응백작이며, 이자는 월 오 부로 쓰여 있었다. 이에 서문경은 붓을 들어 이자를 지우고,

"응형이 보증을 서니 이자는 그만두고 원금 백 냥만 갚으면 돼. 나도 자네가 아래위에 인사를 하려면 이 정도의 돈이 필요할 줄 짐작하고 있었네."

라면서 문서를 거두어들였다. 안채로 들어가 돈을 가지고 나오려는데 그때 제형소의 하제형이 편지를 들린 서기를 한 명 보내고, 또 호위병 열두 명을 보내왔다. 또한 첫 등청 날짜와 등록 번호 등을 물어왔다. 뒤를 이어 아문의 동료들이 축하 선물을 가지고 인사하러 왔다. 서문경은 음양가인 서선생에게 부탁해 날짜를 뽑아보게 하니, 칠월 초이튿날이 길일이고 이날 진시[辰時]가 좋다고 하자 하제형에게 편지를 써서 회답하고 편지를 가지고 온 서리에게도 수고비로 은 닷 냥을 주었으나 이 일은 자세히 말하지 않겠다. 응백작과 오전은이 놀이방에 앉아 있는데 진경제가 은자 백 냥을 가지고 오자, 서문경은 그것을 받아 오전은에게 건네주면서,

"오씨, 나중에 원금만 돌려주면 돼."

하니, 이에 오전은은 돈을 받으면서 거듭 고맙다고 인사를 올렸다. 서문경이 다시,

"내 자네는 더 붙잡지 않겠네, 자네도 집에 가서 할 일이 많을 테니

말일세. 응형은 잠시 남아서 나와 얘기나 나누지.”

했다. 이에 오전은은 돈을 집어들고 기뻐서 대문을 나섰다.

여러분, 내 말 좀 들어보소. 나중에 서문경이 죽고 가세가 기울자 오월랑은 수절하면서 소옥을 대안에게 시집보낸 후 데리고 생활한다. 그리고 평안이란 놈은 전당포에서 물건을 훔쳐내 남와자[南瓦子]에서 기생과 놀아난다. 이에 오역승(오전은)은 평안을 때리고 고문을 해 평안의 입에서 오월랑과 대안이 밀통을 했다는 날조된 허위 자백을 받아내어, 무고한 오월랑을 거리에 내다 팔려는 일이 벌어진다. 실로 은혜를 원수로 갚는 것인데, 이것은 나중의 일이기에 여기서는 언급하지 않겠다. 다만 이를 두고 ‘열매를 맺지 않는 꽃은 심지를 말고, 의리가 없는 사람은 사귀지 말라’고 하는 것이다.

이때 분사가 동평부와 본현의 현청에 가서 서류를 제출하고 와서 그 일을 아뢰었다. 서문경은 분사도 응백작과 자리를 함께하게 해 음양사인 서선생과 함께 식사를 하도록 했다. 식사를 하고 있을 적에 서문경의 처남인 오대구가 인사를 하러 왔다. 서선생이 일어나 나가고, 잠시 뒤에 응백작도 작별의 인사를 하고는 문을 나서 바로 오지배인의 집으로 찾아갔다. 오전은은 미리 은자 열 냥을 싸놓고 있다가 두 손으로 받쳐들고 응백작에게 건네주면서 머리를 숙여 공손히 절을 했다. 백작이 말하기를,

“만약 내가 그렇게 교묘하게 말하지 않았다면 빌려주지 않았을지도 몰라. 자네에게 빌려준 백 냥이면 아래 윗사람들에게 쓰더라도 다 쓰지는 못할 것이니 반쯤은 남겼다가 집안 살림에 보태 쓰게.”

하니, 이에 오전은은 다시 한 번 백작에게 고맙다고 인사를 했다. 그

런 후에 바로 옷과 관대 등을 준비하고 날짜를 골라 상사에게 인사를 하고 부임을 했는데, 이 얘기는 그만하겠다.

이때 본현을 관장하고 있던 이지현은 동료(정택[正宅] 지현, 이택[二宅] 현승, 삼택[三宅] 주부, 사택[四宅] 전사[典史]) 네 명과 함께 양고기와 술을 인편으로 보내 축하를 해주었다. 한편으로 편지 한 통을 들려 시종을 한 명 보내왔는데, 나이는 열여덟이고 본관은 소주부[蘇州府] 상숙현[常熟縣]으로 이름을 소장송[小張松]이라 했다. 원래는 현청의 시종으로 생김이 청준하고, 얼굴은 분을 바른 듯, 이는 하얗고, 입술은 붉으며, 글도 알고, 글씨도 쓸 줄 알았으며, 또 남곡[南曲]도 부를 줄 알았다. 푸른색 비단 옷에 여름 신발에 깨끗한 버선을 신고 있었다. 서문경은 이 아이를 보자 영리하고 귀엽게 생겼기에 매우 마음에 들어했다. 바로 이지현에게 답장을 쓰게 하고는, 이 아이를 집에 남겨 시종으로 부리며 이름도 서동[書童]으로 바꾸었다. 그러고는 새 옷에 모자와 신을 지어주었다. 또한 서동에게 잡일은 하지 말고 오로지 서재를 돌보거나 선물 목록을 받거나, 화원의 출입문 열쇠를 맡는 일만을 시키기로 했다. 축일념이 또 열네 살 난 아이를 시종으로 추천했기에 이름을 기동[棋童]이라 고치고 날마다 금동과 함께 서류주머니를 지고 명함 상자를 안고 말 뒤를 따르게 했다. 취임하는 날에는 관청 안에 큰 잔치를 벌이고, 유흥가에 있는 기녀와 악사들을 모두 불러 악기를 타고 노래를 부르며 분위기를 살리게 하고는 뒤채에서 술을 마셨다. 그러고는 저녁 무렵에서야 겨우 흩어졌다.

날마다 큰 백마 위에 걸터앉아 머리에는 검은 사모[紗帽]를 쓰고 몸에는 오색 비단실로 사자머리를 수놓은 관복을 입고, 번쩍번쩍 빛을 발하는 폭 넓은 금색 허리띠에, 바닥이 흰 검은 장화를 신었다. 앞에서는 군졸들이 줄을 서서 길을 비켜라며 외쳐대고, 뒤에 서서 열댓 명이 따를 때 서문경은 커다란 부채를 부치며 유유히 거리를 누볐다.

부임한 후 먼저 본부현의 도감과 청하현의 관리와 동료들에게 인사를 하고 그런 연후에 일가친척과 이웃들에게 인사를 하러 다니니 그 위세를 어찌 말로 표현하겠는가! 집안에 축하 선물과 명함이 하루 종일 끊이지 않았다.

백마에 얹은 붉은 장식도 새로워라
오지 않던 친척도 억지로 오게 하는구나.
때가 오면 무쇠도 광채를 발하고
운이 지나면 황금도 빛을 잃는다.
白馬血纓彩色新 不來親者强來親
時來頑鐵皆光彩 遠去良金不發明

서문경은 부임한 이래 매일 제형원의 관청에 나가, 묘시[卯時](아침 여섯 시)에 하는 시무식에 참석한 후 소송을 처리했다.

시간의 흐름은 빨라서 이병아가 관가를 해산한 지도 어느덧 한 달이 됐다. 이때 오대구 부인과 오이구 부인, 맹옥루 전남편의 고모인 양노파, 반금련의 친정어머니, 오월랑의 친정 큰언니와 교대호의 부인, 이웃의 친척 여인네들이 모두 선물을 가지고 관가가 태어난 지 한 달이 되는 것을 축하해주었다. 기생집의 이계저와 오은아도 서문경이 제형소의 부천호가 되고 아들까지 낳았다는 소식을 듣고서는 큰 선물을 보내고, 가마를 타고 와서는 축하해주었다. 서문경은 이날 바깥채의 대청에 잔칫상을 벌여놓고 손님들을 불러 술과 음식을 대접했다. 춘매와 영춘과 옥소, 난향도 모두 곱게 화장하고 나와 술병을 들어 오월랑에게 술을 따르고 다른 손님들은 잔치를 즐겼다. 원래 서문경은 매일 관청에서 돌아오면 바로 바깥 객실에 옷을 벗어놓고 서동에게 잘 개어 서재에 두게 하고, 관모만을 쓰고서는 안채로 들어오곤 했다. 그러고는 다음 날 여종을 시켜 서재에 가서 옷을 가져오게 했으나, 최근에는 대청 옆에 있는 서쪽 작은 방을 정리해 그 안에 침대와 책상, 의자, 병풍, 붓, 벼루, 거문고, 책을 놓아두고 있었다. 서동은 매일 저녁 침대 곁의 얇은 판 위에 이불을 덮고 자다가 서문경이 나오기 전에 먼저 일어나 서재를 깨끗하게 청소해놓고 시중들 준비를 하곤 했다. 서문경은 어느 방에서 잠을 자든지 아침 일찍 그 방의 계집종을 보내 옷을 가져오게 했다. 이 소년이 본래 눈치도 빠르고 생김새도 곱상하게 생긴 터라 몇 차례 옷을 가지러 왔다 갔다 하면서 각 방의 여종들과 쉽게 친해지게 되었다. 그중에서도 안방에서 잔일을 하는 옥소와는 특히나 가깝게 지내며 장난하는 사이가 되었다. 이날의 일도 그저 그런 일이었다. 이 소년이 마침 잠자리에서 일어나 향을 피워놓고 창문턱 위에 거울을 올려놓고 머리를 빗은 후에 붉은 끈으로 머리를 묶고 있었다. 그때 옥소가 문을 열고 들어오면서 서동이 하는 모양을 보고는,

"이런 악당이! 여태까지 눈썹을 그리고 있네. 나리께서 죽을 잡숫고 바로 나오실 거야."

했으나 서동은 아는 체도 하지 않고 계속 상투를 매만지고 있었다. 이에 옥소가 다시 물었다.

"나리의 옷은 개어놨겠지? 그런데 어디에 놓아두었어?"

"침대의 남쪽 모서리에 놓아두었어."

"나리께서는 오늘 이 옷을 입지 않으신대. 너한테 말해 검은색 바탕에 금빛 무늬가 있는 겉옷과 옥색 속옷을 가져오라고 하셨어."

"그 옷은 옷장 안에 있어. 어제 넣어두었는데 오늘 다시 입으시겠다는 거구나. 누이가 문을 열고 좀 가져가."

그러나 옥소는 옷을 꺼내가지는 않고 서동의 눈앞까지 다가와서는 서동이 머리를 꼬는 것을 바라보면서 웃으며,

"이상한 놈이네! 계집애처럼 붉은 끈으로 머리를 묶고, 빗질로 머리를 부풀리다니."

하다가 서동이 하얀 속옷 위에 비단으로 만든 붉은색과 녹색 향주머니를 차고 있는 것을 보고서는 서동에게,

"그 붉은색 향주머니 내게 줘."

했다.

"내가 아끼는 건데 왜 달라고 해?"

"사내애가 차면 뭘 해, 내가 차면 보기 좋을 거야."

"이거면 다행인데, 만약에 남자였다면 좋아한다고 그 남자도 달라고 하겠네?"

이에 옥소는 고의로 서동의 어깨를 꼬집으며,

"요런 엉큼하기는! 너야말로 좁은 길에서 액막이 신 그림을 팔고 있는 사람같이 듣기 좋은 말도 아닌데 말이야!"

하더니 바로 향주머니 두 개를 풀지도 않고 낚아채 소맷자락에 넣었다. 이에 서동은,

"이런, 교양 없게 남의 허리띠를 낚아채다니."

했으나, 옥소는 뻔뻔스럽고 앙증맞게 주먹을 쥐고는 서동의 몸을 때리니 서동은 황급하게 말했다.

"옥소 누이, 장난치지 마, 묶은 머리가 다 흩어지겠어!"

"그럼 내 뭣 좀 물어볼게. 나리께서 오늘 어디 가신다던?"

"나리께서는 오늘 화주부[華主簿]의 송별회가 황장[皇莊]의 설공공[薛公公] 댁에서 열려서 그곳에 가셨다가 오후에나 돌아오실 거야. 또 듣기에는 그런 후에 응씨 아저씨와 함께 오늘 돈을 가지고 맞은편에 있는 교대호의 집을 사러 가셔서 거기서 술을 드신다고 하셨어."

"그럼 돌아와서는 아무 데도 가지 마. 너에게 할 말이 있으니."

"알았어."

서동이 대답하자, 옥소는 비로소 옷을 가지고 곧장 안채로 들어갔다. 잠시 뒤에 서문경이 나와 서동에게 지시했다.

"너는 아무 데도 가지 말고, 초대장 열두 통을 써 큰 붉은 봉투에 넣고 봉하거라. 스무이튿날 관리들을 청해 아들 관가의 축하연을 벌일 테니 말이다."

그리고 내흥에게 시켜 갖가지 음식재료를 사게 하고, 임시로 요리사를 더 구하고, 탁자 등도 잘 준비하게 한 후에, 대안과 병졸 두 명을 시켜 초대장을 보내고 가수를 부르는 일을 맡기고, 남아 있는 금동에게는 손님들의 좌중에서 술시중 드는 일을 시켰다. 이렇게 분부한 후에 서문경은 말을 타고 나갔다.

한편 오월랑은 여러 자매들을 대청으로 불러, 우선 차를 내와 마시게 한 뒤 큰 대청에 공작병풍을 치게 하고 부용꽃 무늬가 있는 요를 깔았다. 그런 후에 모두가 자리에 앉자 노래하는 기녀 네 명을 불러 연주와 노래를 하게 했다.

서문경은 오후 무렵에 돌아왔다. 집안에 술과 과일과 안주를 준비하게 하고는 응백작과 진경제를 불러 은 칠백 냥을 달아 가지고는 건너편의 교대호의 집을 사기 위해 건너갔다. 여인들이 거실에서 마시고 있을 적에 옥소가 술을 담은 은 주전자 하나와 배 네 개, 귤 하나를 들고 나와서 곧장 서재에 있는 서동에게 가지고 갔다. 문을 열고 보니 안에 없었다. 다른 사람이 볼까 두려워 술 주전자와 과일을 그냥 놓아두고 나왔다. 그런데 정말로 공교로운 일이다! 금동이 술좌석에서 술시중을 들다가 옥소가 서재에 들어갔다가는 한참 있다가 나오는 것을 힐끔 보았다. 금동은 서동도 안에 있으려니 여기고 안으로 불쑥 들어갔다. 그런데 서동은 아직 밖에서 돌아오지 않았었다. 주전자의 따스한 술과 과일은 그대로 놓여 있었다. 이에 금동은 과일을 급히 소맷자락에 숨기고 술병도 품안에 감추고는 그길로 곧장 이병아의 방으로 갔다. 영춘과 이병아는 아직 안채에서 돌아오지 않았고, 단지 유모인 여의아와 수춘만이 방 안에서 아이를 보고 있었다. 금동은 문안으로 들어서며,

"영춘 누이는 어디 있어?"

하고 묻자, 수춘은,

"안채에서 마님의 술시중을 들고 있던데, 그건 왜 묻지?"

하니 금동은 얼버무린다.

"뭐 좀 좋은 것이 있어, 영춘 누이한테 맡겨두려구요."

수춘이 그게 뭐냐고 물었으나, 금동은 물건을 내놓지 않고 있었다. 이때 영춘이 안채에서 구운 오리고기 한 접시, 옥수수와 장미꽃 열매를 넣은 떡을 유모를 위해 가져왔다. 영춘이 금동을 보고는,

"이 꼬마 놈아! 왜 여기서 웃고 있어? 안채에서 술시중을 들지 않고서?"

했다. 금동은 그때서야 비로소 품에 감추었던 술병을 꺼내 영춘에게 건네주면서,

"누나가 이것을 잠시만 맡아두세요."

했다. 이에 영춘이,

"이건 안채에서 쓰는 은 술 주전자가 아니냐? 그런데 네가 이것을 함부로 가지고 나왔어?"

하자 금동은,

"누이는 모를 거예요. 이건 안방의 옥소가 서동과 눈이 맞아 몰래 이 술과 배와 귤을 서재에 가져다 서동이 먹도록 한 거예요. 그들 모르게 놀래주려고 몰래 가지고 나온 거예요. 그러니 누이가 잘 간수를 해주세요. 누가 와서 이것을 찾더라도 절대로 내주어서는 안 돼요. 내가 공짜로 얻은 것이니까."

라면서 배와 귤도 꺼내놓으며 영춘에게 보여주었다. 그러면서 말하기를,

"나는 술 데우는 일이 끝나면, 오늘은 사자가 있는 집으로 가서 자야 해요."

했다. 영춘이,

"나중에 이 주전자를 찾느라고 집안에 난리가 나면 네가 알아서 해결해."

하니 이에 금동은,

"내가 주전자를 훔친 것도 아닌데, 훔치고 잃어버린 사람이 알아서 하겠죠. 나하곤 상관없는 일이에요."

말을 마치고는 횡 가버렸다. 영춘은 그 주전자를 구석방 상 안에 숨겨놓았다. 저녁에 술좌석이 끝난 후 집기류를 조사하던 중에 은 술

병이 하나 부족한 것을 알게 되었다. 옥소가 서재에 가서 찾아보았으나 어디에서 그것을 찾을 수 있겠는가? 아무리 찾아보아도 보이지 않았다. 서동에게 물었으나,

"나는 밖에 일이 있어 나가 있어서 모르겠는데."

하니, 이에 옥소는 당황해 모든 것을 소옥에게 덮어씌웠다. 소옥이 욕을 하며,

"사내의 그 맛에 얼이 빠진 음탕한 계집년이! 나는 안채에서 차 시중을 들고 있었어, 네가 술병을 들고서 마님들께 술을 따라드렸잖아. 그런데 술병이 보이지 않는다고 왜 나에게 트집을 잡는 거야!"

라며 사방을 다 찾아보았지만 찾지 못했다. 잠시 뒤에 이병아가 방에 돌아오자 영춘은 방금 전에 금동이 와서 한 일을 말해주면서,

"금동이 술병을 가지고 와서 자기 대신 잘 간수해달라고 했어요."

하니, 이병아가 말했다.

"그런 놈이 있나! 그런데 금동이 왜 그 술병을 가지고 이리로 왔을까? 지금 안채에서는 이 술병 때문에 난리가 벌어졌는데. 옥소는 소옥에게, 소옥은 옥소에게 서로 책임을 미루고 있는데. 다급해진 큰계집은 맹세까지 하면서 울고불고 야단인데. 빨리 안채로 가지고 가서 돌려주도록 해라. 만약에 늦게 돌려주게 되면 아마 네년에게 뒤집어씌울 거야."

이에 영춘은 급히 술병을 꺼내 안으로 들어갔다. 안채에서는 옥소와 소옥 둘이서 술병이 보이지 않는 것을 두고 한창 오월랑의 앞에서 입씨름을 하고 있었다. 오월랑이,

"요 계집애들이! 그래도 무엇을 잘했다고 떠들어대고 있는 게냐? 도대체 뭣들 하고 있었길래 술병이 보이지 않는다고 야단들이야?"

하자 옥소는,

"저는 자리에서 마님들께 술을 따라드리고 있었고, 소옥이 은식기를 보고 있었어요. 그러다가 보이지 않자 저한테 트집을 잡고 있는 거예요."

하니 이에 소옥은,

"오대구 마님께서 차를 드시겠다고 하시는데, 제가 안채로 차를 가지러 가지 않으면 누가 가겠어요? 자기가 술병을 들고 있다가 보이지 않는다고 하잖아요? 도대체 무슨 심보인지 모르겠어요!"

했고 오월랑은,

"오늘 술자리에는 외부 사람도 없었는데 어째서 물건이 보이지 않는단 말이냐. 여하튼 좀 기다려 그 술병이 어디서 나오나 두고 보자. 이대로 떠들고 있다가 주인어른이 돌아와 술병이 없어진 것을 아신다면 모든 사람들이 경을 칠 거야."

했다. 옥소가 말했다.

"만약 나리께서 저를 때리시면 이 음탕한 계집을 절대로 가만두지 않을 거예요!"

이렇게 소란을 피우고 있을 때 서문경이 밖에서 돌아와 물었다.

"왜 이리 집안이 소란하지?"

이에 오월랑은 술병이 보이지 않는다고 얘기해주었다. 서문경은,

"천천히 찾으면 되지, 왜 소리들은 지르고 야단이야?"

했으나 그때 반금련이 말했다.

"만약에 술을 마실 적마다 술병이 하나씩 보이지 않는데도 소란을 피우지 않으면 당신 집안이 아무리 왕십만[王十萬](당대[唐代]의 대부호 왕원보[王元寶])이라 할지라도 어찌 오래 버틸 수가 있겠어요?"

여러분, 내 말 좀 들어보소. 반금련의 이 말은 이병아가 아기를 낳아 채 한 달이 안 되어 물건이 보이지 않는 것은 불길하다는 것을 풍자해 얘기한 것이었으니. 서문경은 이 말의 뜻을 잘 알았으나 아무 말도 하지 않았다. 이때 영춘이 술병을 가지고 들어왔다. 옥소가,

　"이 술병이 아닌가!"

하니 오월랑이 영춘에게 물었다.

　"이 술병을 어디에서 가져왔니?"

　"금동이 밖에서 마님 방으로 가지고 와서 잘 간수해달라고 했는데 어디서 가져왔는지는 모르겠어요."

　"금동 그놈의 자식은 어디 있지?"

　대안이,

　"오늘 사자가의 집을 지켜야 한다며 그리 잠자러 갔어요."

하자 반금련이 곁에 있다가 코웃음을 쳤다. 이에 서문경은,

　"왜 웃지?"

하니, 반금련은,

　"금동은 여섯째의 하인이잖아요. 술병을 그 집의 방안에 숨겨놓은 것은 필시 남을 속여 이 술병을 먹을 심보였을 거예요. 저 같으면 이놈의 하인을 불러 흠씬 때려 사실을 알아냈을 거예요. 그런데 처음부터 이 둘을 가지고 트집을 잡고 있다니. 정말로 애매하게 다른 사람을 잡고, 진짜 범인들은 무사하다니!"

했다. 서문경은 이 말을 듣고 화가 나서 눈을 크게 부릅뜨고 반금련을 째려보며,

　"네 말하는 것을 들어보니 여섯째가 이 술병을 탐했단 말이 아니냐? 물건이 나왔으면 그만이지, 왜 자꾸 소란을 부리느냐!"

했다. 이에 반금련은 부끄러워 얼굴이 빨갛게 되면서,

"누구도 병아 동생이 돈이 없다고 말하지 않았어요."

하고는 바로 한옆으로 물러서며 투덜거렸다. 이때 진경제가 서문경을 부르러 와서,

"벽돌 공장의 장관인 유태감께서 선물을 보내왔습니다."

하기에 앞채로 나가보려고 했다.

맹옥루와 함께 한옆에 서 있던 반금련은 욕을 해댔다.

"옳게 죽지도 못할 제일 하류의 날강도 같으니라구! 요새 새끼를 낳은 후에는 마치 황태자라도 낳은 듯이 우리를 보면 마치 생살신[生殺神]과 마찬가지로 노려보기만 할 뿐 좋은 얼굴을 하지 않고, 말도 제대로 건네지 않고 눈을 크게 부릅뜨고 사람을 째려보잖아요! 여섯째가 돈이 있다는 것을 누가 모르겠어요! 그렇지만 도둑질을 하는 종놈이나 종년을 그대로 두었다가는 도둑이 되어 서방질을 하더라도 손을 쓸 수 없게 될 거예요."

말끝에 서문경은 잠시 앉아 있다가 앞채로 나갔다. 맹옥루는,

"아직 안 가고 뭘 해? 자네 방으로 갈 텐데."

하니 반금련은,

"나리가 말하기를 아기가 있는 방은 온기가 있는데, 우리처럼 아이가 없는 방은 썰렁하대요."

이렇게 말을 하고 있을 적에 춘매가 밖에서 들어왔다. 옥루는,

"나리께서 자네 방으로 갈 거라고 했잖아. 그런데도 안 믿고 있다니! 춘매가 자네를 부르러 왔잖아."

하면서 춘매를 불러 왜 왔느냐고 묻자, 춘매는,

"저는 옥소에게 손수건을 받으러 왔어요. 옥소가 오늘 저한테서

수건을 빌려 쓰고 갔어요."

했고 옥루는,

"나리께서는 어디에 계시니?"

하자 춘매는,

"여섯째 마님 방으로 가셨어요."

하니 반금련이 이를 듣자 마치 뜨거운 횃불이 심장 위에 놓이는 듯한 심정이었다.

"날강도 같으니라구! 내일부터 영원히 넘어져 다리가 부러져 내 방에는 들어오지도 마라. 감옥에 들어가 뼈가 마디마디 부러져 나오지도 마라!"

"다섯째, 자네가 오늘은 왜 그리 심하게 나리를 저주하나?"

"그게 아니라, 저 세 치밖에 안 되는 날강도는 쥐의 배나 닭의 내장처럼 좀스러운 배알을 가지고 있는데 공연히 큰 체를 하고 있을 뿐이에요. 모두 자기 마누라인데 갑자기 애새끼를 낳은 년만 애지중지하며 야단을 떨고 있잖아요? 설마 뭐가 크게 다르겠어요? 별것도 아닌데 누구는 저리 떠받들고, 다른 사람들은 모두 진흙 속에 떠밀어 넣는 거예요."

이는 즉, 폭풍이 오동나무를 쓰러뜨리면, 사람들 말이 많아진다는 것이다. 반금련이 성질을 낸 일은 더는 얘기하지 않겠다.

한편 서문경이 바깥채로 나가 보니 설태감이 하인을 시켜 술 한 동이, 양 한 마리, 금빛 비단 두 필, 복숭아 한 쟁반, 국수 한 접시, 요리 네 가지를 가지고 와서 첫째는 아들 태어난 것을 축하하고, 둘째로는 서문경이 벼슬을 하게 된 것을 축하했다. 서문경은 물건을 가지고 온 하인들에게 후한 상을 내려 돌려보냈다. 다시 안으로 들어가니

이계저와 오은아 두 기생이 작별을 고하고 돌아가는 참이었다. 이를 보고 서문경이 말했다.

"너희 둘, 하루만 묵었다 가거라. 스무여드렛날 수비부의 주대감, 제형소의 하대감, 도감의 형대감, 황장의 설공공, 또 벽돌공장의 장관인 유공공 등을 초청했어. 다른 기원의 기녀들도 와서 노래를 부르고 할 테니까 너희들은 오로지 술만 따르면 돼."

계저가,

"저희들이 여기서 자고 가려면 누가 저희들 대신 가서 어머니한테 알려드려야 해요. 그래야 안심하실 거예요."

하니, 이에 두 사람을 가마를 태워 돌려보냈다.

이튿날 서문경은 큰 대청에 병풍을 치고 호화로운 잔칫상을 준비하고는 먼저 남자 손님들을 청해 술을 마시도록 했다. 일전에 황장에서 벽돌공장의 장관인 유공공을 만났더니 유공공도 설내상[薛內相](내상은 환관을 일컫는 말)과 함께 선물을 보내왔다. 서문경은 이에 두 사람에게도 초청장을 보내고 응백작과 사희대도 불러 자리를 함께하도록 했다. 식사할 때가 되자 응씨와 사씨가 의관을 정제하고 가장 먼저 도착했다. 이에 서문경은 그들 둘을 놀이방으로 안내하고 차를 내와 마시게 했다. 백작이 물었다.

"오늘 잔치에는 어떤 분들을 초청하셨습니까?"

"설, 유 두 분과 수비부의 주대인, 도감의 형남강, 그리고 하제형, 훈련원의 장총병, 경비대의 범천호, 그리고 큰처남인 오대구와 둘째 처남이야. 교영감은 사람을 보내 오늘 일이 있어 못 온다고 전해왔어. 그러니 자네 둘이 끼더라도 많은 수는 아니야."

이때 서문경의 큰처남과 둘째 처남이 도착을 했기에 서로 인사를 하고 자리에 앉으니 하인들이 좌우에 식탁을 놓고 음식을 준비했다. 다 먹고 나서 응백작이 묻는다.

"아기는 이미 한 달이 됐는데 밖에 데리고 나오지 않습니까?"

"실은 안채에서 여인들이 보자고 하고, 또 집사람은 아기가 감기에 걸릴까 두려워 아기를 밖으로 데리고 나가지 못하게 해. 그런데 유모가 괜찮다고 하기에 포대기에 싸서 큰마누라 방에서 잠시 보여주고는 바로 다시 안으로 데리고 들어갔어."

"전날 형수님께서 초청해주셔서 집사람도 와서 한번 보려고 했으나 먹고사는 것이 바쁘고 또 옛 병이 도져 온돌에서 제대로 일어나지도 못해 마음만 여간 조급한 것이 아니었어요. 사람들이 더 많이 오기 전에 형님께서 잘 말씀하셔서 아기를 안고 오게 해 저희들에게도 한번 보여주세요."

이에 서문경은 안채에 분부했다.

"가만히 관가를 싸안고 나오너라. 놀라지 않게 말이다. 마님께 큰처남과 둘째 처남이 이곳에서 응씨, 사씨 아저씨와 함께 아이를 한번 보려 한다고 말하거라."

이에 오월랑은 유모 여의아를 시켜 붉은 포대기에 아기를 잘 싸서는 놀이방까지 안고 나오니 대안이 받아 안고 놀이방 안으로 들어왔다. 사람들이 눈을 크게 뜨고 바라보니 붉은 비단옷을 입고 있었고, 얼굴은 희고 입술은 붉고 몸은 통통한 것이 매우 부티가 나 보였다. 모두 극구 칭찬을 했다. 큰처남과 둘째 처남, 사희대는 소맷자락에서 비단 자락을 꺼냈는데 그 위에 은자가 매달려 있었다. 이와 함께 응백작은 오색으로 엮은 색실에 장명전[長命錢](부귀영화를 비는 돈)을 묶은 것을 대안에게 건네주고는,

"아기를 잘 안고 안으로 들어가거라. 놀래지 말고!"
했다. 그리고 말하기를,
"생김이 단정한 것이 틀림없이 높은 관리가 될 상이오!"
하니 서문경은 이 말을 듣고 매우 기뻐하며 두 사람에게 감사 인사를 했다. 백작이,
"무슨 말씀을 그리 하세요. 작은 성의 표시일 뿐입니다."
이렇게 말하고 있을 적에 유공공과 설공공이 도착했다는 전갈이 왔다. 서문경은 황급히 옷을 걸쳐 입고 문으로 나가 영접했다. 두 공공은 네 사람이 메는 가마를 타고, 몸에는 관복을 입고 붉은 술을 단창을 든 병졸들의 호위를 받으며 왔다. 서문경은 우선 그들을 대청으로 안내해 크게 인사를 올린 후에 차를 내와 대접했다. 잠시 뒤에 주수비부, 형도감, 하제형 등의 무관이 호화로운 옷에 방망이와 큰 부채를 든 병졸들의 호위를 받으며 위세 있게 소리를 질러 길을 비키게 한 후에 서문경의 집에 도달했다. 문 앞에 이르니 많은 사람들이 공손하게 맞이한다. 안에서는 때맞춰 음악소리가 드높게 연주된다. 자리에 앉을 즈음에 유공공, 설공공과도 서로 인사를 나누었다. 대청의 정면에는 열두 면의 탁자가 놓여 있는데 모든 것에는 금은 휘장이 쳐 있고 화병에는 아름다운 꽃이 꽂혀 있었다. 탁자 위에는 마른안주들이, 바닥에는 부드러운 양탄자가 깔려 있었다. 서문경이 먼저 잔을 들고 자리에 앉기를 권했다. 이에 유, 설 두 공공은 연신 사양하며 말하기를,
"다른 분이 먼저 앉으시지요."
하니 주수비가 말했다.
"두 분께서는 나이로나 덕으로나 모든 것을 다 갖추셨습니다. 속담에 이르기를 '삼 년 동안 태감을 하면 그 권세나 부귀가 삼공[三公]

(중국에서 천자를 보좌하던 최고 관직의 세 벼슬)을 능가한다'고 하지 않
습니까? 그러니 당연히 상석에 앉으셔야지요. 어찌 논란의 여지가
있겠습니까?"

이렇게 서로 사양을 하노라니 설공공이,

"유대감, 이렇게 자리를 가지고 양보를 하는 것도 주인께 실례가
됩니다. 그러니 우리 그냥 앉읍시다."

했다. 이에 서로 자리를 잡고 앉으니, 유공공은 왼쪽에 설공공은 오
른쪽에 앉고 각기 무릎에 수건들을 깔고 소동 두 명이 곁에서 부채
질을 했다. 이어 주수비와 형도감 등 여러 사람들도 자리를 잡고 앉
았다. 잠시 뒤에 계단 아래에서 악사들이 와서 악기를 연주하기 시작
했다. 과연 이날의 잔치석이 어떠한가? 살펴보자면 음식은 모두 진
기한 것이고, 과일은 제철에 나는 것들이었다. 이윽고 술이 다섯 순
배 정도 돌고 탕국도 세 번 정도 올려졌다. 주방에서 요리사가 나와
구운 오리를 머리부터 잘랐다. 이에 제일 상석에 앉아 있던 유공공이
은자 닷 전을 상으로 주었다. 다음으로 교방사[敎坊司]에 속한 배우
가 무릎을 꿇고 붉은 책자를 바치니 그곳에는 그들이 펼쳐 보일 연기
의 제목들이 적혀 있었다. 우선 옥을 관장하는 옥졸로 분장해 연기를
펼쳐 보이기 시작했다.

법이 공정하면 하늘이 만족하고, 관리가 청렴하면 백성들이 평안해
진다. 아내가 현숙하면 남편은 재앙이 적고, 자식이 효를 하면 부모
의 마음이 편하다. 소인은 다른 사람이 아니라 관청에서 일하는 낮
은 병졸입니다. 수하에는 약간의 음악과 악기에 능통한 자들도 있
습니다. 어제 시장에서 병풍을 하나 샀는데 위에 「등왕각[騰王閣]」

이라는 시가 쓰여 있었습니다. 그래서 물어봅니다, 듣자 하니 이 시는 당대[唐代] 키가 석 자도 채 안 되는 왕발[王勃]이 지었다고 하더군요. 그런데 이 사람이 한 번 붓을 휘두르면 바로 문장이 지어지고, 학문도 매우 넓은 재자[才子]라고 합디다. 나는 사람들을 시켜 왕발을 불러오게 해 좀 뵈올까 합니다. 이르기를,

"아랫것들은 어디 있느냐?"

하니 하인으로 분장한 자가 나와 아뢴다.

"나리께서 분부하시면 저희들은 모든 것을 분부대로 거행합지요. 절급[節級](관물[官物]을 맡아 지키던 낮은 벼슬) 나리께서는 무슨 분부가 있으십니까?"

"내가 어제 저 병풍 위에 쓰여 있는 등왕각이라는 시를 보았는데 아주 좋더구나. 듣자 하니 당대의 삼척도 안 되는 왕발이 지었다고 하더구나. 여기에 길이를 재는 자가 있으니 가지고 나가 즉시 찾아 모셔오도록 해라. 잘 모셔오면 상으로 일 전을 내리고, 모셔오지 못할 시에는 스무 대의 매를 치고 결코 용서하지 않겠다."

"소인이 알아서 잘 처리하겠습니다."

그러면서 내려가 말하기를,

"절급도 멍청하기는. 그 왕발이 살았던 당대로부터 지금까지는 거의 천여 년이 지났는데 어디 가서 왕발을 찾아 데려온단 말인가?"

했으나, 그래도 어쩌지를 못하고 이곳저곳을 다니다가 문묘 앞에까지 이르렀다. 멀리서 보니 글을 많이 읽은 듯한 선비가 다가오고 있기에 다가가 물었다.

"선생께서는 등왕각이라는 시를 지은, 키가 채 석 자가 안 되는 왕발 아니십니까?"

수재[秀才](송대에는 과거에 응시하는 선비들을 모두 수재라 불렀는데, 명대에 이르러서는 현학에 들어가는 선비들까지 수재라 칭함)로 분장을 한 자는 웃으며,

'왕발은 당나라의 사람인데, 지금 어찌 살아 있겠는가? 내 이놈을 한번 속여먹자.'

라고 생각한 후에 말했다.

"내가 바로 왕발로 등왕각이라는 시를 내가 지었소. 한번 두 구를 읊어보겠소. '남창은 옛 도읍지이고, 홍도는 새로운 도읍지. 별은 이십팔 수 자리에서 익[翼]별과 진[軫]별로 나뉘고, 명검 용천의 광채가 견우성과 북두칠성의 사이를 가른다. 인걸은 땅이 영험해야 되니, 서유나 진번과 같은 인물을 배출했구나.'"

이에 하인이 말한다.

"우리 절급이 이 재[尺]를 주면서 키가 딱 석 자로 조금이라도 틀리면 데려오지 말라고 했습니다. 당신의 신체는 어찌 되겠습니까?"

"괜찮아요, 다 사람이 하기 나름이오. 저기 또 하나의 왕발이 오고 있지 않소."

이에 모든 사람들이 키가 작은 채로 나온다. (가짜 수재는 자신의 몸을 움츠린다.) 하인은 웃으며,

"이젠 되겠군요."

하니 가짜는,

"한 가지, 당신네 절급을 만날 때 작은 의자가 필요하니 절대 잊지 마시오."

그러고는 왔다 갔다 하다가 절급의 집에 도착했다. 가짜는 밖에서 기다리고, 하인은 안으로 들어가 아뢰려 한다. 가짜는,

"작은 의자가 필요하니 안에 들어가 절급한테 그리 말해줘요."

했고 절급이,

"그래 왕발을 모셔 왔느냐?"

하니 하인이 답한다.

"지금 밖에서 기다리고 계십니다."

"나가서 내가 중문에서 뵙겠다고 전하거라. 그리고 차와 음식, 고기 등을 준비하거라."

이에 밖에 나와 만나보고는,

"정말로 왕발이로구나! 이렇게 얼굴을 뵙게 되다니 실로 삼생의 영광이옵니다!"

라고 고개를 조아려 절을 한다. 가짜는 황급하게 어찌할 줄 모르며,

'작은 의자가 어디에 있단 말인가?'

하고 속으로 말했으나 절급은 또다시 이르기를,

"고금 이래로 실로 만나기 어려운 분입니다. 내 일찍이 존귀한 이름은 들었으나 뵙지를 못했습니다. 오늘 이렇게 뵙고 보니 듣던 것보다도 훨씬 훌륭하시군요."

라면서 다시 고개를 조아리면서 절을 했다. 이에 가짜는 당황하며 속으로,

'도대체 의자는 어디에 있단 말인가?'

했으나 하인은 옆으로 몸을 피한다. 절급이,

"듣자 하니 선생께서는 박학다식하시고 붓을 들면 용과 뱀이 춤을 추듯 한다 하니 진정한 재인이십니다! 이 사람은 실로 목마를 때 마실 것을 생각하고, 더울 때 시원한 것을 생각하는 마음으로 선생님을 기다렸습니다. 제 절을 받으시지요."

하니 가짜는 다급하게 말한다.

"댁의 나리와 마님, 따님과 누이도 모두 건강하십니까?"

절급이,

"모두 좋습니다."

하자 가짜는,

"육시랄 것 같으니라구! 집안이 다 편안하면 내 허리를 바로 펴줘야 될 것 아니야!"

라고 했다.

백 가지 보석으로 장식한 허리띠

주옥을 박아 만든 두 팔찌.

웃을 때는 눈을 가까이 하고

춤이 끝나면 돈을 건네주네.

百寶粧腰帶 珍珠絡臂鞲

笑時能近眼 舞罷錦纏頭

자리에서 서로 술잔을 주거니 받거나 하면서 관리들은 모두 웃었다. 설공공이 대단히 즐거워하면서 배우를 위로 올라오게 해 은자 한 냥을 상으로 주니 절을 하고 받았다. 잠시 후에 이명[李銘]과 오혜[吳惠] 두 사람이 위로 올라와 악기를 연주하기 시작했다. 하나는 쟁을, 하나는 비파를 탔다. 주수비가 먼저 두 손을 맞잡고 두 공공에게 양보하면서,

"두 분 태감님, 저들에게 무슨 노래를 부르도록 할까요?"

말을 하자, 유공공이,

"여러분이 먼저 하시지요."

하니 주수비는,

"태감님, 당연히 먼저 시키셔야지요."

하자 유공공이 답한다.

"그럼 「한낱 꿈같은 삶을 한탄하네[嘆浮生有如一夢裏]」나 한번 부르지."

이에 주수비는,

"태감님, 이 노래는 세상을 피하고 인생을 한탄하는 노래입니다. 오늘은 서문대인의 부임을 축하해주는 동시에 아드님의 탄생을 축하해주는 자리인데 그 곡은 어울리지 않습니다."

하니 유공공은 다시 물었다.

"그럼 너희들 「비단띠 두른 신하가 아니어도 육궁의 여인들을 관장하는 사람[雖不是八位中紫綬臣 管領的六宮中金釵女]」이라는 곡을 부를 줄 아느냐?"

주수비가,

"이것은 바로 진림의 「화장대 끌어안고[抱粧盒雜記]」잖아요. 오늘처럼 경사스러운 날에 부를 노래가 아닙니다."

하니 설공공이 말한다.

"그럼 저 둘을 이곳으로 오르도록 하게. 내 그들에게 분부할 테니. 『보천악[普天樂]』에 「인생에서 이별처럼 고통스러운 것은 없어라!」라는 것을 기억하고 있느냐?"

하제형이 큰소리로 웃으며,

"태감님, 이 노래는 이별의 노래라 더욱더 시키기가 곤란합니다."

하니 이에 설공공은,

"우리 같은 환관들은 단지 황제폐하를 모시는 일 외에는 잘 몰라요. 그런데 어찌 음악의 오묘한 맛을 알겠어요. 그러니 당신네들이 알아서 시키도록 하세요."

했다. 이에 하제형은 금오위에서 일도 하고 또 법을 집행하는 사법관이라는 이름도 있는지라 바로 악공을 위로 오르라 일러 분부하기를,

「서른 가락[三十腔]」을 한번 불러보거라. 오늘은 서문영감이 관계에 들어오시고, 또 아들을 얻은 경사스러움도 있으니, 이 곡을 부르는 것이 어울릴 게다."

하자 설공공이,

"득남의 기쁨이라니, 무슨 말이오?"

하고 묻자, 주수비는,

"두 분 태감님, 오늘은 서문 대인의 아드님이 태어난 지 꼭 한 달이 되는 날입니다. 그래서 저희 동료들은 보잘것없는 선물이나마 가지고 와서 축하를 해주었습니다."

하자 이에 설공공은,

"그럼 우리들은?"

하며 유공공을 보며 이르기를,

"유대감, 우리들은 내일 선물을 보내 축하를 해주도록 합시다."

했다. 서문경은,

"소생이 돼지 새끼를 하나 얻었는데 무슨 축하를 받겠습니까? 그러니 두 분 태감께서는 신경 쓰지 마세요."

이렇게 말을 하고는 대안을 시켜 안으로 들어가 오은아와 이계저를 나오게 해 술좌석에서 술을 따르게 했다. 기녀 두 명은 화려하게 옷을 차려입고 바람에 흔들리는 가지처럼 위를 바라보며 날아갈 듯

이 네 명에게 절을 했다. 그러고 일어나서 술 주전자를 들고 자리를 오가며 술을 따라 올렸다. 두 악사들도 새로운 곡을 연주하며 노래를 하는데 그 목소리의 거침없는 부드러움이 진실로 대들보를 감싸고 도는 소리였다. 그날 밤 춤과 노래에 아름다운 여인들이 술을 따르며 즐겁게 마시고 놀던 모임은 거의 초경까지도 계속됐는데 그때 비로소 설공공이 자리에서 일어나며 말하기를,

"오늘 우리가 과분하게 대접을 받고 또 경사스러운 날인지라 시간 가는 줄도 모르고 이렇게 늦게까지 폐를 끼친 것 같습니다. 대접도 잘 받고 했으니 이제 그만 일어설까 합니다."

하니 서문경이 답했다.

"변변히 차린 것도 없는데 일부러 왕림해주셔서 저의 누추한 집을 빛내주셨습니다. 좀 더 앉아 계시며 마음껏 즐겨주시기 바랍니다."

이에 두 공공은,

"우리들이 너무 신세를 졌고, 술도 더는 못하겠습니다."

라며 몸을 일으켜 허리 굽혀 인사를 했다. 서문경은 재삼 만류했으나 붙잡지 못하자 어쩔 수 없이 오대구, 오이구와 함께 대문까지 나가 배웅했다. 두 공공은 하늘을 찌르는 음악소리에, 양편에 등불을 환하게 켜고, 앞뒤에서 병졸들이 소리를 질러 길을 트게 하고는 위세 등등하게 길을 나섰다.

낮만으로는 즐거움이 부족해
등불을 높이 들어 미녀를 비추네.
得多少歡娛嫌日短 故燒高燭照紅粧

모든 것은 말 못함 속에 있는 법

이계저는 월랑의 수양딸이 되고,
응백작은 임기응변으로 응수하다

사람들은 부[富]란 것이 귀[貴]함의 기본이라 말하고
재물이 많으면 벼슬도 생긴다는 것을 모두들 알고 있네.
승진과 영전도 뜻대로 되니
권세 있는 사람에게 줄을 대기 위해 야단이네.
인척과 악의가 있는 무리들은 모두가 두려우니
세를 믿고 힘 있게 구는 자를 누가 감히 기만하겠는가.
득세했을 때 실세할 때를 생각해야 하느니
어찌 사람의 힘으로 하늘의 뜻에 대항하겠는가.
常言富者貴之基 財旺生官衆所知
延攬宦途陪激引 夤緣權要入遷推
姻連黨惡人皆懼 勢倚豪强孰敢欺
好把炎炎思寂寂 豈容人力敵天時

그날 관리들이 술을 마시고 집으로 돌아간 뒤에 서문경은 오대구
와 둘째 처남, 응백작, 사희대 등을 남게 해 더 놀게 하고는 악공들에
게도 술과 밥을 먹게 했다. 그리고 말하기를,

"너희들 내일 다시 와서 수고해주어야겠다. 내가 내일은 현청의 관리들을 초청해 한턱을 내기로 했으니 모두들 잘 차려입고 오너라. 일이 다 끝나면 내 너희들에게 상을 내려줄 테니."

하자 이에 악공들은,

"분부대로 거행하겠습니다. 내일은 관청에서 정한 옷을 차려입고 오겠습니다."

하면서 술과 음식을 먹은 후 절을 하고 돌아갔다. 잠시 뒤에 오은아와 이계저가 머리를 틀고 생글거리며 안에서 나왔다. 이들이 웃으며 말하기를,

"나리, 날도 어두워졌고 가마도 왔으니 저희들도 돌아가겠습니다."

하자 응백작이,

"얘들아, 잠시 더 있거라. 큰마님의 두 분 오라버니들께서 아직 계신데 한 곡 더 불러드리지 않고 바로 가려고 하느냐?"

하니 이에 계저가,

"나리가 그렇게 말씀 안 하셔도 우리는 벙어리가 아니란 말이에요. 그렇지만 이틀이나 집에 돌아가지 않아서 어머니가 얼마나 기다리고 계실지 모르겠어요."

하자 응백작은,

"뭘 기다린다고 그래? 여기서 서문대인을 모시나, 집에 가서 다른 손님을 모시나 매한가지가 아닌가?"

했다. 듣고 있던 서문경이,

"됐어, 그만 보내주지 뭐. 며칠 고생했으니. 대신 이명과 오혜더러 노래를 부르게 하면 될 테니."

라며,

"그래, 밥들은 먹었니?"

하고 묻자, 계저가,

"방금 큰마님 방에서 먹었어요."

하고 공손히 절을 올리고는 물러나려 했다. 서문경이,

"그럼 너희들은 모레쯤 다시 오거라. 그리고 둘을 더 불러오거라. 정애향[鄭愛香]도 좋고, 한금천[韓金釧]도 괜찮아. 친척과 친구들을 불러 술을 마시기로 했거든."

하자 백작이,

"재수가 트였구나, 계집들아! 모레 부름을 받고 충분하게 돈도 받으니 말이다."

하니 이에 계저는,

"당신은 기둥서방도 아닌데 그런 걸 어찌 그리 잘 알지요?"

말하고 웃으며 나갔다. 백작이 다시 물어보았다.

"형님, 모레는 누구를 초청했지요?"

서문경이,

"모레는 교영감과 처남 둘, 화대가와 동서인 심서방에다 자네들 몇 명도 함께 불러 같이 하루를 즐기려고 하네."

하자 백작이 말했다.

"이거 너무 황송해서! 오늘 형님께 잔뜩 폐를 끼치고 잘 얻어먹었으니, 그날은 저희들이 일찍 와서 손님들을 접대할게요."

"그럼 그렇게 하게나."

서문경이 말을 마치자 이명과 오혜가 악기를 들고 위로 올라와 한 곡 연주했다. 오대구 등은 늦게까지 있다가 집으로 돌아갔다.

다음 날 서문경이 현청의 관리들을 초청하니 먼저 선물을 보내 서문경이 아들 낳은 것을 축하해주었다. 또한 설공공도 일찍 찾아왔다. 이에 서문경은 놀이방으로 안내해 차를 내와 대접하니 설공공이 물었다.

"유공공도 선물을 보내왔소?"

서문경은,

"보내주셨습니다."

그러노라니 설공공이 한번 아기를 보자고 하면서,

"아기를 축하해주려고 하오."

하니 서문경은 청을 거절하지 못하고 대안을 불렀다.

"안에 들어가 아기를 안고 나오거라."

잠시 뒤 유모가 아기를 안고 문밖까지 오니 대안이 받아들고 안으로 들어왔다. 설공공이 보고는,

"그놈 참 잘생겼구나!"

라며 연신 칭찬을 하면서,

"하인들은 어디 있느냐?"

하고 외치니, 푸른 옷을 입은 하인 두 명이 금빛 나는 네모진 쟁반에 선물을 담아가지고 왔다. 붉은 비단 한 필에, 수복강녕[壽福康寧]이라고 금으로 새긴 은전 네 개, 금가루로 수성[壽星]을 그려 넣은 장난감 작은 북 하나, 무게가 두 냥쯤 되어 보이는 은 노리개였다. 이것을 건네주며,

"가난한 환관인지라 별것 없습니다. 변변치 않은 것이지만 아기의 노리개로나 쓰기 바랍니다."

하니 서문경은 깊이 허리를 숙여 인사를 했다.

"태감님께서 너무나 신경을 써주셨습니다."

서문경은 아기를 보여준 후에 바로 안채로 데려가라 일렀다. 서문경이 설공공을 상대해 차를 마시는 동안에 하인들은 먼저 큰 탁자를 깔고 그런 후에 열두 종류의 반찬과 밥을 준비했는데 밥은 햅쌀로 지은 것이었다. 한참 식사를 하고 있을 적에 문지기가 와서는,

　"현청의 관리들이 도착하셨습니다."

하고 전갈했다. 이에 서문경은 황급히 의관을 정제하고 문밖으로 나가 영접했다. 바로 지현인 이달천, 현승인 전성[錢成], 주부[主簿] 임정귀, 전사[典史] 하공기로 먼저 명함을 건넨 후에 대청에 이르러 서로 인사를 했다. 설공공이 밖으로 나오니 그들도 서로 인사를 나눈 뒤 설공공이 상석에 앉고, 각기 자리를 잡고 앉을 즈음에 상거인[尙擧人]도 도착해 주인과 객이 서로 자리를 잡고 앉은 후에 차를 내와 마셨다. 잠시 뒤에 계단 밑에서 북소리와 생황의 악기 소리가 들리면서 술을 따라 올리고 교방의 배우들이 연기할 제목을 적은 곡목표를 올리자 설공공은 네 막으로 된 「한상자승선기[韓湘子昇仙記]」를 골랐다. 춤을 몇 차례 펼쳐 보이는데 매우 세련되고 정돈된 공연이었다. 이에 설공공은 매우 기뻐해 좌우의 하인에게 명해 은전 두 전을 악공들에게 상으로 주었다. 그날 여러 관리들이 늦게까지 마시고 놀았음은 더 말할 필요가 없다.

　한편 이계저는 집으로 돌아가 서문경이 제형관이 된 것을 보고는 노파와 한 가지 계략을 짜내, 다음 날 과일이 든 떡 한 상자, 돼지 다리 하나와 구운 오리 고기 두 마리, 술 두 병과 여자 신발 한 켤레를 사서는 집안에 있는 하인에게 짐을 지게 하고 아침 일찍 가마를 타고 서문경의 집에 도착했다. 바로 오월랑을 수양어머니로 삼아 수양딸이 되겠다는 꿍꿍이 속셈이 있는 것이었다. 서문경의 집에 이르러

곧바로 오월랑의 방으로 가서 공손하게 고개를 숙여 네 번 절을 올렸다. 그런 연후에 이교아와 서문경에게도 인사를 했다. 오월랑은 매우 기뻐하며,

"일전에도 훌륭한 선물을 받았는데, 오늘 또 자네가 신경을 써서 많은 선물을 가져오다니."

하자 이에 계저는 웃으며 말했다.

"어머니께서 말씀하시기를 나리마님께서 이제 관리가 되셨으니 예전처럼 기방 출입을 못하실 거라구요. 그래서 제 소원이 수양딸이 되는 것이온데, 그렇게만 된다면 가까운 친척이 왕래를 하듯 자유롭게 왔다 갔다 할 수 있을 텐데요."

당황한 월랑이 계저에게 겉옷을 벗고 자리에 앉기를 권하면서 물어보았다.

"오은아와 다른 둘은 왜 오지를 않는 게지?"

"오은아는 제가 어제 만났는데 아직 왜 안 오는지 모르겠어요. 며칠 전에 나리께서 저더러 정애향과 한금천도 함께 부르라고 하셨거든요. 제가 올 적에 그 사람들 가마도 모두 문 앞에 있었는데 아마 곧 오겠지요."

말이 채 끝나기 전에 오은아와 정애향, 그리고 붉은 망사 겉옷을 걸친 나이 어린 기생이 옷 꾸러미를 들고서 문안으로 들어섰다. 먼저 오월랑을 보고는 날아갈 듯이 사뿐히 절을 올렸다. 오은아는 이계저가 겉옷을 벗고 온돌 위에 앉아 있는 것을 보고서는 말했다.

"계저 언니, 무슨 사람이 그래요. 어째 기다리지 않고 먼저 왔죠?"

"나는 네가 오기를 기다리고 있는데, 어머니가 내 가마가 문 앞에 대령하고 있는 것을 보고서는 '은아가 먼저 갔을지 모르니 너도 빨리

가도록 해라' 하시더군. 그런데 네가 이렇게 늦게 올 줄 누가 알았겠어?"

월랑은 웃으며,

"늦지 않았어. 다 같이 앉아 차나 한 잔씩 마시지."

그러며,

"이 아가씨는 누구지?"

하고 묻자 이에 오은아가 답했다.

"한금천의 동생으로 옥천[玉釧]이라고 해요."

잠시 뒤에 소옥이 탁자를 펼치고 차와 약간의 음식을 내와서는 노래하는 기녀 네 명에게 주었다. 이계저는 자기는 이미 월랑의 수양딸이 된 것처럼 온돌 위에 앉아서 옥소와 함께 상자에 담긴 과일 씨를 까먹고 있었다. 오은아, 정애향, 한옥천은 아래 의자에 일렬로 앉아 있었다. 계저는 거만하게,

"옥소 언니, 미안하지만 차를 좀 따라줄래요."

하고는 다시,

"소옥 누이, 내 손 씻을 물 좀 떠다줘요."

하니 이에 소옥은 정말로 주석으로 만든 세숫대야에 물을 떠다 손을 씻게 가져다주었다. 오은아 등은 눈을 크게 뜨고는 감히 아무 말도 못했다. 계저는 다시 말했다.

"은아 언니, 세 사람은 악기를 가지고 와서 마님께 들려드리도록 해요. 나는 아까 들려드렸어요."

월랑과 이교아는 맞은편에 앉아 있었다. 오은아는 그녀가 그렇게 말을 해도 어쩌지 못하고 악기를 가져오니, 정애향이 거문고를 타고, 오은아는 비파를 타고, 한옥천은 곁에서 그것에 맞추어 「팔성감주

[八聲甘州]」 중의 한 곡 「꽃으로 감추고 비취로 감싸는[花遮翠擁]」이
라는 노래를 불렀다. 노래를 마친 후에 악기를 내려놓자 오은아가 월
랑에게 물었다.

"오늘 나리께서 어떤 관리분들을 청하셨지요?"

"나리께서 오늘은 일가친척들을 초대하셨어."

계저가 다시 물었다.

"그럼 오늘은 두 분 태감님은 안 오시나요?"

월랑이,

"설공공은 어제 오셨었는데, 유공공께서는 오시지 않았어."

하자 계저는,

"유공공은 그런대로 괜찮은데, 그 설공공은 너무 짓궂어. 사람을
더듬고 꼬집고 못하는 짓이 없단 말이야."

하니 월랑이,

"환관인데 뭐가 있겠어. 한번 그렇게 장난치게 내버려두면 돼."

했다. 이에 계저는,

"말은 그렇지만 정말 참기 힘들어요."

이렇게 얘기를 하고 있을 적에 대안이 안으로 과일을 가지러 왔다
가 네 명이 앉아 있는 것을 보고서 말했다.

"손님들이 이제 거의 다 오셔서 자리 잡고 앉아 계세요. 그런데 빨
리 나가지 않고 여기서 뭘 하고 있지요?"

월랑이 물어보았다.

"바깥채에는 어느 분들이 오셨느냐?"

"교대감님, 화대가, 그리고 마님의 두 분 오라버니, 사희대 아저씨
가 와 계세요."

이에 계저가 말했다.

"오늘은 어째 응거지와 곰보 축가가 오지 않았지?"

"아마 열 분 모두 오실 거예요. 응씨 아저씨는 아침에 오셨다가 나리마님의 심부름으로 잠시 밖에 나가셨으니 바로 돌아오실 거예요."

"아야, 그 변변히 죽지도 못할 인간이 있다니, 언제까지 늘어붙어 있을지 모르겠군요? 나는 오늘 나가지 않겠어요. 차라리 여기서 마님들께 노래나 불러드리겠어요."

대안이,

"아주 제멋대로군!"

하고는 과일을 가지고 밖으로 나갔다. 이에 계저는,

"어머니께서는 모르세요. 그 곰보 축가는 술좌석에서는 언제나 뭔가를 입에 가득 담고 먹으면서, 다른 사람 말을 듣기만 해요. 남이 축가에게 무슨 말을 하건 전혀 상관 안 해요. 축가와 말이 없는 손과취[孫寡嘴] 둘은 정말로 얼마나 얼굴이 두껍고 뻔뻔스러운데요!"

하니 정애향도 맞장구쳤다.

"언제나 응씨와 함께 다니는 곰보 축씨 말이죠? 그 사람이 며칠 전에 장소이관[張小二官]과 함께 우리 집에 은자 열 냥을 가지고 와서는 제 동생 애월[愛月]을 만나게 해달라고 하는 거예요. 그래서 어머니께서 '그 애는 얼마 전에 남방에서 온 사람이 머리를 올려준 지 채 한 달이 되지 않았고, 또 그 남방 사람이 아직 떠나지 않았는데 어찌 당신을 받을 수 있겠어요?'라고 했으나 막무가내였어요. 하도 치근거리며 보채는 통에 어머니께서는 문을 걸어 잠그고 나가보지 않았어요. 그 장소이관이라는 사람은 돈은 좀 있어서 언제나 커다란 백마를 타고 네댓 명을 거느리고 다니는 사람인데, 우리 집 안에 떡 버티고 앉아서는 도무지 나가지를 않는 거예요. 다급해진 곰보 축씨가 안채 뜰 앞에 무릎을 꿇고 애걸복걸하며 '제발 나와 이 돈을 좀 받아주세요, 애월을 딱 한 번만 보고 차나 한 잔 마시고 돌아갈게요!' 하는 거예요. 이에 우리들이 얼마나 웃었는지 몰라요. 마치 수해를 당해 관청에 세금을 깎아달라는 사람처럼 말이에요. 정말로 얼굴이 어찌나 두껍고 뻔뻔스러운지!"

오은아도,

"그 장소이관은 처음에는 동묘[董猫]를 데리고 살던 사람이야."

하자, 정애향이,

"그래, 처음에는 죽자 살자 좋아서 지내다가, 지금은 서로 헤어져버렸어!"

그러면서 계저를 쳐다보며,

"어제 교외에서 주초아를 만났어. 자기한테 안부 좀 전해주라고 하더군. 며칠 전에 섭월과 함께 자기를 찾아갔는데 집에 없더래."

하니 계저는 얼른 정애향에게 눈짓을 하며,

"그때 나는 나리 댁에 와 있었어. 그 사람은 아마 계경 언니를 불렀을걸."

했다. 정애향이,

"뭐 제대로 사귀지 않았다고? 그렇다면 어찌 그리 친숙하게 아는 체를 했을까?"

하자 계저는,

"저런 거지발싸개 같은 색골 같으니라구! 늙어빠져 무슨 쓸모가 있다구! 저를 여간 창피 주는 게 아니에요! 주초아는 일을 벌여놓고 만나는 사람마다 내가 만나주지 않는다고 화를 내고 있어요. 그래서 어머니가 말했죠. 주초아가 우리 집에 와 죽치면서 뭘 사가지고 와 너를 보려 하건 너는 신경쓰지 마라. 너는 다른 사람과도 모두 친한데 주초아만 멍청하게 놀고 있어. 수정으로 만든 유리구슬은 바깥에서 보아도 유리구슬인데 말이야!"

하니 모든 사람들이 웃었다. 월랑은 온돌 위에서 이들의 말을 듣고 있다가 한마디 했다.

"너희들 얘기를 난 알아들을 수가 없구나. 누구 얘기를 하는 게냐?"

한편 바깥채에는 손님들이 모두 도착해 서문경은 의관을 차려입고 술을 따랐다. 모든 사람들은 교대호를 맨 윗자리에 앉히니 교대호가 먼저 서문경에게 잔을 권했다. 그때 노래 부르는 가희 세 명이 안채에서 나왔다. 머리는 구슬로 장식을 하고 몸에서는 난과 사향의 향기가 물씬 났다. 응백작이 이들을 보고는,

"이 닳아빠진 여인 셋이 어디서 오는 게야? 통행세를 내지 않으면 들어가지 못하게 해야지."

라고 말하며 다시,

"그런데 이계저는 왜 안 오지?"

묻자 서문경도 이에,

"나도 모르겠는데."

했다. 바로 정애향이 거문고를 타고, 오은아가 비파를 타고, 한옥천은 박자판을 두드리며 붉은 입술을 열고 하얀 이를 드러내며 먼저 「수선자[水仙子]」 중의 「호랑이탈 쓰고 나아가네[馬蹄金鞱就虎頭牌]」 한 곡을 불렀다. 이윽고 술을 다 따른 후에 교대호가 맨 상석에, 그다음으로 오대구, 오이구, 화대가, 심이부, 응백작, 사희대, 손과취,

축일념, 운리수, 상시절, 백래창, 부자신, 분지전의 순으로 열네 명이 탁자 여덟 개에 둘러앉았다. 서문경은 아랫자리의 주인석에 앉았다. 노랫소리가 간드러지고 춤추는 모습이 자못 요염했다. 술은 넘쳐흐르고, 안주는 산과 같이 첩첩이 쌓여 있다. 술도 몇 순배 돌고 노래도 세 곡조가 끝날 즈음에 응백작이 술자리에서 일어나 말했다.

"주인 나리, 저들에게 그만 노래를 부르게 하세요. 매일 부르는 게 그 노래가 그 노래인데 누가 듣기를 바라겠어요! 노래를 부르게 하느니 차라리 하인들에게 의자를 세 개 가지고 와서 우리들 곁에 앉혀 놓고 술이나 따르게 하는 것이 노래를 부르는 것보다 훨씬 좋을 거예요."

이에 서문경은,

"윗분들도 계시니 그냥 두세 곡 더 들어보도록 하지. 그런데 이 싸가지 없는 양반은 왜 벌써부터 판을 깨고 있어!"

하니 정애향이 거들었다.

"정말 성질도 급하시다니깐!"

이에 응백작이 좌석에서 일어나 아래로 내려가,

"요 조그만 음탕한 계집, 뭐가 성질이 급하다고 지랄하고 있어!"

라고 욕을 하며 대안을 불러,

"야! 악기들을 모두 치워버려라! 그리고 하나씩 자리로 데리고 가서 술을 따르게 해라."

하니 정애향이 대꾸했다.

"별 양반을 다 보겠네! 이렇게 사람 손을 잡아끌면 몸이 땅에서 뜨잖아요."

백작이,

"솔직히 말해줄까, 요 계집아! 시간은 없는데 바로 허리 밑의 것이 성이 나서 더는 참을 수가 없단 말이다."

하니 이에 사희대가,

"왜 물건이 서냐?"

묻자 백작이 말한다.

"계집들이 노는 꼴을 보고 있노라니 물건이 서지."

이 말을 듣고 사람들이 모두 웃었다. 오은아는 교대호에게, 정애향은 오대구에게, 한옥천이 오이구에게 둘로 갈라서 술을 따랐다. 잠시 뒤에 오은아가 응백작 앞에 다가서니 백작이,

"이계저는 왜 안 왔지?"

하고 물었다. 오은아는,

"아직 모르고 계셨군요. 이계저가 큰마님 수양딸이 된 것을. 나리께만 말씀드리는데 사람이 때로는 양심을 속이는 모양이에요. 전에 서문 나리 댁 잔치가 끝나고 함께 돌아갔잖아요. 다음 날 같이 오기로 하고 저는 집에서 짐을 챙겨서 계저를 기다리고 있었어요. 그런데 계저가 다른 속셈이 있어 일찌감치 선물을 사들고 미리 올 줄 누가 알았겠어요. 그래서 계저를 기다리다가 여종을 보내 알아보니 먼저 갔다는 거예요. 그 바람에 우리는 어머니에게 잔뜩 욕을 먹고 늦게 왔지요. 일찍이 우리 둘이 함께 왔을 적에 자기가 큰마님을 수양어머니로 삼으려 한다는 걸 나한테 말해주면 어때서 그런다고 왜 그러는지 모르겠어요. 자기 체면이 깎이는 것도 아니잖아요? 사람을 그렇게 속이다니! 그래놓고는 아까 큰마님과 함께 온돌 위에 앉아서 자기가 수양딸이 된 걸 자랑하고 있는 거예요. 과일 씨를 까먹고, 이리저리 물건을 옮기라고 지시하는 등 위세부리는 거예요. 저는 그때까

지 아무것도 몰랐었는데 여섯째 마님께서 슬쩍 저한테 말씀해주시기를, 계저가 마님께 신 한 켤레와, 과자 한 상자, 오리고기 두 마리, 돼지 발 하나, 그리고 술 두 병을 사가지고 이른 아침에 가마를 타고 왔다는 거예요."

하며 자초지종을 얘기해주었다. 백작이 듣고 말했다.

"계저가 오늘 이곳에 나오지 않는다 해도 상관없어. 그렇지만 내 어떤 수단을 쓰든 그 음탕한 계집을 나오게 하고 말 테다. 내 너한테 말하건대 그년은 반드시 제 어미와 상의했을 거야. 서문 나리가 관리가 되고, 그것도 법을 관장하는 관리가 되니 한편으로는 나리의 세력도 두렵고, 또 한편으로는 나리가 기방에 오는 기회도 많지 않을 것 같으니, 나리의 수양딸이라는 핑계를 대어 이 집안을 자유로이 드나들 속셈인 게야. 어때, 내 추측이? 내가 한 가지 방법을 가르쳐줄게. 그년은 큰마님의 수양딸이 됐으니, 너는 다른 날 선물을 좀 사가지고 와서 여섯째 마님의 수양딸이 되는 거야. 너와 그 사람은 이미 세상을 등진 화영감(화자허)을 함께 섬긴 적도 있으니 같은 길을 가는 것도 괜찮을 거야. 내 말이 맞지? 그렇게 되면 너는 그년을 원망 안 해도 돼."

오은아가,

"영감님 말씀이 맞아요. 제가 집에 돌아가서 어머니께 자세히 말씀드릴게요."

하고 말을 마친 후에 술을 따르고 물러갔다. 이번에는 한옥천이 다가와 술을 따르기 전에 절을 올리려 하자 이에 백작이 물었다.

"아가씨, 절은 그만두고 일어서요. 그래 언니는 집에서 뭘 하고 있지?"

"언니는 집에서 이미 다른 사람과 선약이 되어 있는 관계로 밖으로 나올 수가 없어요."

"내 기억으로는 오월 중에 네 집에서 본 이후에는 본 적이 없어."

"그날은 영감님께서는 왜 오래 계시지 않고 일찍 가셨지요?"

"그날은 오래 앉아 있을 수가 없었어. 자리에 두 놈이 마음에 안 맞았고, 또 이 댁 영감께서 나를 부르시는 바람에 먼저 왔지."

옥천은 백작이 술을 한 잔 비우는 걸 보고 다시 한 잔 따랐다. 이에 백작이 말한다.

"됐어! 조금만 따라. 못 마시겠어."

"그럼 천천히 드세요. 잠시 뒤에 제가 노래 한 곡 불러드릴게요."

"귀여운 것, 아무도 몰라주는데 너만 내 마음을 알아주는구나! 속담에 '돈을 잘 버는 아이를 낳을 것이 아니라, 부모에게 효도하는 아이를 낳아라'라는 말이 맞구나. 지금 비록 유곽에 몸을 담고 있지만 네 하는 짓이 귀염성이 있어 결코 먹고살 걱정은 하지 않겠군! 저 정가 계집애는 뺀질뺀질해서 영 쓸모가 없어! 입만 살아서 노래도 부르려고 하지를 않잖아!"

이 말을 듣고 정애향이,

"거지발싸개 같은 응씨는 허튼소리만 지껄이고 있어!"

하니 서문경이 말했다.

"이런 못된 자식 같으니라구, 아까는 노래를 부른다고 트집 잡더니, 지금은 또 노래를 안 부른다고 트집 잡다니!"

"그것은 아까 일이죠. 우선 술을 따르게 한 다음에 다시 노래를 부르게 하면 되잖아요? 제가 은자 석 냥이 있으니 요 계집을 잘 가지고 놀아봅시다."

한옥천은 어쩔 수 없이 비파를 가지고 와 자리에 앉아 노래 네 곡을 불렀다. 백작은 서문경에게 물었다.

"어째서 이계저는 나오지 않는 게지요?"

"오늘 안 온 게지."

"제가 아까 안채 쪽에서 계저가 노래 부르는 걸 들었어요. 그런데 계저를 위해 거짓말을 하시는군요."

그러면서 대안에게,

"안채에 들어가서 빨리 불러오너라."

했으나 대안은 가지 않고 말했다.

"응씨 아저씨가 잘못 들으셨을 거예요. 아마도 장님인 욱[郁]누이가 마님을 위해 노래 부르는 것을 들으신 걸 거예요."

"요 주둥이만 살아 있는 자식이, 아직도 나를 속이려 하다니. 그럼 내가 안으로 들어가서 불러와야겠군."

축일념은 서문경을 향해 말했다.

"형님, 어때요! 단지 이계저를 불러 손님들께 술이나 따라드리게 하면 되잖아요, 노래는 시키지 말고요. 저도 계저가 선물을 가지고 온 걸 알고 있어요."

서문경은 사람들이 이렇게 말을 하니 어쩌지 못하고 대안을 시켜 안채로 들어가서 계저를 불러오라 일렀다. 이계저는 그때 월랑의 방에서 비파를 타며 오월랑의 친정올케, 양노파와 반금련의 어미에게 노래를 들려주고 있었다. 대안이 오는 것을 보고서는 불러 물었다.

"누가 보냈니?"

"영감마님께서 이계저 누이를 나오게 해 손님들께 술이나 따라 올리래요."

"마님, 영감님께서는 참으로 끈질기시군요. 제가 아까 분명히 나가지 않겠다고 말씀드렸는데 다시 나를 부르시다니."

"나리께서는 사람들이 하도 성화를 부리는 바람에 할 수 없이 소인을 보내신 거예요."

월랑은,

"그래, 나가서 술이나 한 잔씩 따라드리고 빨리 다시 들어오게나."

했다. 이에 계저는 대안에게,

"정말로 나리께서 나를 불렀다면 내 나가지. 그렇지만 만약 그 거지발싸개 같은 웅가가 제멋대로 불러낸 거라면 죽어도 나가지 않을 테야!"

이렇게 말을 하면서도, 월랑의 경대로 가서 화장을 새롭게 고치고 밖으로 나왔다. 사람들이 새로 화장을 고치고 나오는 계저를 보니, 머리에는 은으로 만든 장신구와 비녀를 꽂고, 구슬을 주렁주렁 달고 있었다. 위에는 연뿌리색 저고리에 비취색 치마를 입고 있었다. 그리고 코가 뾰족한 붉은 원앙이 그려진 신을 신고 있었다. 얼굴에 분을 하얗게 바르고 몸에는 기이한 향을 뿌려 코를 자극했다. 안으로 들어와서는 위를 보고 대강 인사를 하고 금색 부채를 가지고 부끄러운 듯이 얼굴을 가리고는 바로 서문경의 앞으로 다가섰다. 이에 서문경은 대안에게 비단의자를 위로 가져오게 한 후 계저에게 먼저 교대호에게 술을 따라 올리라고 했다. 이에 교대호는 황급히 손을 저어 사양하면서,

"나는 괜찮으니 다른 분들이나 따라주시구려."

하니 서문경은,

"그래도 교영감이 먼저 받으셔야지요."

했다. 이에 계저는 가볍게 소매를 걷어올리고는 금잔을 높이 들어 교대호에게 술을 바쳤다. 백작이 곁에 있다가 말한다.

"교나리, 자리에 앉아서 잔을 받으세요. 여춘원[麗春院]에 있는 이 기생은 술을 따르는 것이 그네들의 일이니 내버려두세요!"

"응씨, 그래도 이 아가씨는 서문경 영감이 귀여워하는 사람인데 어찌 내가 함부로 시킬 수가 있겠나? 앉아 있는 내가 편치 못해!"

"나리께서는 안심하세요. 계저는 지금 기생이 아니에요. 서문 나리가 관리가 되셨다고 스스로 원해서 수양딸이 됐어요."

이 말을 듣고 이계저는 얼굴이 빨개지며 말하기를,

"징그러운 인간 같으니라구! 누가 그런 허튼소리를 해요?"

하니 사희대는,

"그런 일이 있었나, 나는 전혀 모르고 있었는데. 오늘 모든 사람들이 이곳에 모여 있으니 한 사람도 빠지지 말고 은자를 닷 푼씩 내어 계저가 형님의 수양딸이 된 것을 축하해줍시다."

했다. 백작도 이어서,

"역시 형님이 관리가 되셨다는 것은 좋은 일이야. 자고로 '관리[官吏]는 무섭지 않지만, 남의 관리[管理]를 받는 것은 두렵다'고 하지를 않던가? 게다가 이번에는 수양딸도 생겼으니 더욱 좋은 일이구! 조만간에 우리한테도 조카가 생기겠군!"

하니 이에 서문경은 욕을 하며,

"이놈이, 쓸데없는 소리를 하고 있어."

하자 백작은,

"못 쓰는 쇠도 잘 두들기면 좋은 칼이 돼요!"

했다. 이때 정애향은 심이부에게 술을 따라주다가 말참견을 했다.

"응씨 영감님, 이계저가 서문 나리의 수양딸이 됐으니, 당신은 머지않아 나리의 수양아들(간아자[幹兒子])이 되겠군요. 거꾸로 하면 마른 아들(아간자[兒幹子])이 되는 것이니 말이에요."

응백작은,

"이놈의 계집애가! 너는 왜 옆에서 염병을 떨고 있는 게야."

하니 이계저는,

"향언니, 거지발싸개 같은 영감한테 나 대신 욕 좀 해줘요."

하자 정애향이 말한다.

"이 얼어죽을 영감을 누가 상대나 해주겠어."

"요 음탕한 계집이! 있는 주둥이라고 잘도 놀려댄다. 하지만 난 아무 말도 하지 않겠어. 내 한번 힘에 좋은 약을 먹고 네 어미의 바지를 벗겨 본때를 보여주겠어. 그때 가서는 내가 얼마나 무서운 사람인지 알게 될 거야."

계저는,

"그만 놀려, 아기가 칭얼대니깐."

하니 정애향이 웃으며 말한다.

"응씨 아저씨께서 오늘은 제대로 주인 만났군. 제대로 술도 못하고 대꾸도 못하는 것을 보니. 하기야 원래 출생도 분명치 않은 비구니의 자식이잖아."

"이 염병할 년이! 모든 사람이 다 필요 없다고 해도 나나 되니까 너를 불러주는 거야."

이에 계저는,

"놀고 있네, 주둥이나 깨끗이 하시지, 이빨을 모조리 빼버릴까 보다. 나리, 이 사람을 두어 차례 때려주세요! 얼마나 제멋대로 하고 있는지 나리도 보셔서 아시겠지요?"

라며 욕을 퍼부었다. 서문경도,

"이런 고얀 자식이 있나! 술을 따르라 해놓고 공연히 트집을 잡고
있어."

라고 욕을 하며 위로 올라가 한 대 갈겨주었다. 백작은,

"이 싸가지 없는 년이! 네년이 나리의 위세를 믿고 까불고 있는데
내가 고작 너를 두려워할 줄 아느냐? 네가 어리광부리는 걸 두고 봐
야겠다!"

라며,

"저년한테 술은 그만 따르게 하세요. 그래봐야 저년만 좋을 뿐이
에요. 그러니 악기를 가져오게 해 우리가 들을 수 있게 노래나 한 곡
뽑게 하는 게 좋겠어요. 저년은 여태껏 안방에 있었으니 마땅히 노래
를 부르게 해야 해요."

하니 한옥천이 말했다.

"응씨 아저씨는 조주[曹州](지금의 산동성 하택[菏澤])의 수비 대장
처럼 왜 이리 말이 많으시죠?"

여기에서 미인들을 끼고 술을 마시며 진탕 논 얘기는 그만하겠다.

한편 반금련은 이병아가 아기를 낳고 이후 서문경이 항상 이병아
의 방에 들어가 쉬는 것을 보고서 늘 가슴속에 질투의 불길을 태우고
있었기에 하루도 마음 편한 날이 없었다. 이날도 서문경이 바깥에서
술좌석을 벌이고 있는 것을 알고 경대 앞에서 곱게 눈썹을 그리고,
귀밑머리를 부풀리고, 입술을 붉게 바르고, 옷을 차려입고 방을 나섰
다. 이때 이병아의 방에서 아이가 우는 소리가 들리자 즉시 달려가,

"엄마가 없구나. 그런데 왜 아기가 울고 있지?"
하고 물었다. 이에 유모 여의아가,

"마님은 안채에 계세요. 그런데 아기씨가 엄마를 찾으며 울고 있는 거예요."
하니 이에 반금련은 생글생글 웃으며 앞으로 다가가 아기에게 장난치며,

"낳은 지 얼마 안 된 아기가 어떻게 엄마를 알아보겠어. 내 너를 안고 안채에 들어가서 엄마를 찾아줄게."
하면서 기저귀포대를 풀고는 아기를 꺼내 안으려 하자, 유모가 말하기를,

"다섯째 마님, 안지 마세요. 마님 몸에 오줌이라도 싸면 어쩌시려고 그러세요."
하니 금련은,

"사람도! 싸면 어때? 기저귀를 채우면 되잖아."
라면서 관아를 받아 품안에 안고 바로 안채로 들어갔다. 들어가다 중문쯤에 이르러 아기를 높이 추켜올렸다. 그런데 마침 오월랑이 안방 복도에서 하인들이 사랑채 손님들에게 요리를 내가는 것을 보고 있다가 반금련의 이런 모습을 보았다. 이때 이병아는 옥소와 함께 우유과자를 담고 있었다. 반금련은 월랑 앞으로 다가와서는 웃으며 아기에게 말하기를,

"큰엄마! 뭘 하고 계세요, 제가 엄마를 찾으러 왔어요 해야지."
라고 했다. 이를 듣고 오월랑은,

"다섯째, 무슨 말을 하고 있는 게야? 아까부터 그 애 엄마는 없었는데 그렇게 안고 밖으로 나오면 어떡해? 그리고 그렇게 애를 높이

추켜들어 만약 애가 놀라기라도 하면 어쩌려고 그래. 애 엄마는 방에
서 바빠서 어쩔 줄 모르는데!"
라고 말하면서,

"병아 동생, 나와봐, 아이가 찾아왔어."
하자 이 말을 듣고 이병아가 밖으로 나왔다. 금련이 아이를 안고 있
는 걸 보고서는,

"아가야, 방 안에 잘 있으면 유모가 어련히 잘 알아서 안아줄 텐데
나를 찾으면 어쩌자는 게야? 그러다가 다섯째 엄마 옷에 오줌이라도
싸면 어쩌려고 그래."
이에 금련은,

"애가 방에서 몹시 울며 엄마를 찾기에 내가 안고 온 거예요."
하니 이병아는 포대기를 풀어헤쳐 아기를 받아 안았다. 월랑도 한 번
받아 얼러주고는,

"잘 안고 방으로 돌아가! 애 놀라지 않게 하고."
라고 분부했다. 이병아가 바깥채로 나와 살며시 유모에게,

"애가 울면 잘 달래어 내가 나오기를 기다리지, 어쩌자고 다섯째
마님 품에 안겨 안채로 나를 찾아오게 만들어?"
라고 말을 하니 여의아는,

"제가 말씀드렸는데도 다섯째 마님께서 억지로 우겨서 안고 가신
거예요."
했다. 이병아는 유모가 아이에게 젖을 물리고 재우는 것을 보고 있었
다. 그러나 누가 알았겠는가? 아이는 이때부터 자다가 무슨 꿈에 놀
라 울기 시작하고, 한밤중에 한기를 느끼며 열이 오르기도 하며, 유
모가 젖을 먹여도 먹지 않고 울기만 했다. 이에 이병아는 놀라 어쩔

줄 몰랐다.

한편 서문경은 술좌석이 끝나자 기녀 넷을 돌려보냈다. 월랑은 이 계저에게 따로 특별히 금실을 짜넣은 두툼한 비단옷 한 벌과 은자 두 냥을 주었다.

서문경은 밤에 이병아의 방에 가서 아기를 보았는데 아기가 계속 울기만 하기에 어찌된 일인지 그 이유를 물었다. 이병아는 반금련이 아기를 안고 안채로 왔던 일은 얘기하지 않고 단지,

"웬일인지 모르겠어요. 자다가 깨어나 이렇게 울기만 하고 젖도 먹지 않아요."

라고 했다. 서문경은,

"잘 달래 재워봐."

하고는 여의아에게,

"애를 잘 보지 않고 뭐했어? 애가 놀랐잖아!"

라고 혼을 내주고는 안채로 들어가 이 사실을 얘기했다. 월랑은 금련이 아기를 안고 나와 놀랜 사실을 알고 있었으나, 서문경에게는 한마디도 뻥끗하지 않고 단지,

"내일 유노파를 불러 왜 그런지 알아볼게요."

라고 말했다. 그러나 서문경은,

"그 엉터리 할망구는 부르지도 마! 제멋대로 침을 놓고 뜸이나 놓을 뿐이야. 그러니 소아과 의사를 불러 애가 어떤지 보여봐."

했으나 월랑은 그 말을 듣지 않고,

"낳은 지 갓 한 달밖에 안 됐는데 무슨 소아과 의사가 있겠어요."

했다. 다음 날 오월랑은 일찌감치 서문경이 현청에 출근한 후 하인을 시켜 유노파를 불러 아기를 보여주니 놀라서 경기가 들었다고 했다.

이에 은자 세 냥을 주어 약을 짓게 해 아이에게 먹이니 아이는 비로소 칭얼대지도 않고 잠을 자고 젖도 토하지 않았다. 이것을 보고서야 이병아도 겨우 안도의 숨을 내쉬었다.

　만 가지 일을 가슴에 담고 있으나
　모든 것이 말 못함 속에 있나니.
　滿懷心腹事 盡在不言中

서강의 물로도 부끄러움은 씻을 수 없어

진경제는 열쇠를 잃어버려 벌로 노래를 하고,
한도국은 놀아난 부인 때문에 싸움을 하다

인생은 비록 앞날을 알 수 없지만
부귀공명을 바라지 않으리.
금은재화를 기초로 한다지만
어찌 사람의 힘으로 하늘을 거스르리.
세속의 무상함은 어쩔 수 없으니
사람의 이합집산에 마음 쓰지 마라.
군자의 진퇴는 때를 보아야 하니
미간을 펴지 않고 어찌 지내랴.
人生雖未有前知 富貴功名豈力爲
枉將財帛爲恨蒂 豈容人力敵天時
世俗炎涼空過眼 塵紛離合漫忘機
君子行藏須用舍 不開眉笑待何如

서문경은 현청에서 집으로 돌아오자마자 바로 월랑의 방으로 들
어와,
"애는 어때? 하인을 시켜 의사를 불러왔나?"

하고 물으니 월랑이 답했다.

"유노파를 불러 이미 다녀갔어요. 유노파가 지어준 약을 먹고 젖도 잘 먹고 잠도 아주 잘 자고 있어요. 좋아질 것 같아요."

"그 망할 할멈은 닥치는 대로 침을 놓고 함부로 뜸을 놓고 하는데, 그 할멈을 믿다니. 아무래도 소아과 의사를 불러 보이는 게 좋을 것 같아. 나으면 괜찮지만 만약 낫지 않으면 내 이 할멈을 관청으로 끌고 가 주리를 틀어야겠어!"

"어찌 그리 말을 험하게 하세요. 좀 전에 유노파가 지어준 약을 먹고 좋아졌는데 입에 게거품을 품고 욕을 하시는 거예요!"

이렇게 말을 하고 있을 적에 하인이 식사를 내왔다. 서문경이 막 식사를 끝낼 무렵 대안이 들어와 응백작이 왔노라고 전해주었다. 서문경은 하인에게 차를 내오라 이른 후 응백작을 놀이방으로 안내해 잠시 기다리게 했다. 그러고는 월랑을 향해 말했다.

"내가 먹던 음식은 치우지 말고 하인을 시켜 밖으로 내오게 해요. 사위와 함께 응동생이 먹게 할 테니. 내 바로 돌아오리다."

"참, 어제 아침에 응씨에게 무슨 심부름 시켰어요?"

"응군이 아는 호주[湖州](절강성의 도시로 비단과 견직물로 유명)의 상인 하관이라는 사람이 성 밖 객점에 비단실 오백 냥어치를 갖고 와 있었는데, 집에 급히 돌아갈 일이 생겨서 값싸게 사줄 수 없냐고 물어본 게야. 나는 사백오십 냥이면 괜찮다고 흥정했지. 그래서 어제 응씨와 내보를 시켜 은자를 보내 계약을 맺은 거야. 오늘은 나머지 돈을 치르기로 했지. 내 생각으로는 사자가의 집이 비어 있으니 거기에 두 칸짜리 상점을 내어 비단 가게를 차리고 적당한 관리인을 두는 게 좋을 것 같아. 게다가 내보가 운왕부의 녹을 먹게 됐으니 내보에게 다른 관리인과 그곳의 관리를 맡게 하고, 집도 보고 장사도 하게 하려고 해."

"그렇다면 또 지배인을 구해야겠군요?"

"응씨가 아는 사람이 있는데 성이 한[韓]씨로 원래 비단실 가게를 했으나 밑천이 없어 지금은 집에서 놀고 있대. 읽고 쓸 줄도 알고, 셈도 바르고 품행도 단정하다고 하면서 쓸 만하다고 자꾸 추천하더군. 그래서 일간 나에게 데려와 만나본 후에 계약서를 쓰려고 해."

말을 마치고 서문경은 은 사백오십 냥을 달아서 내보를 시켜 가지고 나갔다. 응백작은 진경제와 함께 식사를 마치고 초조한 마음으로 서문경이 나오기를 기다리고 있었다. 서문경이 내보를 시켜 은을 들고 나오는 것을 보고는 몹시 기뻐하며 서문경에게 인사를 했다.

"어제는 정말 잘 얻어먹었어요. 늦게 돌아가 지금에서야 겨우 일어났네요."

"여기 은 사백오십 냥이야. 내보를 시켜 눈앞에서 달아 주머니에 넣었어. 오늘은 날도 좋고 하니 수레를 세 대 빌려 거기 물건을 사자가에 있는 집에 갖다 넣으면 될 걸세."

"형님이 부른 값은 적당해요. 그놈이 처음에는 가격 흥정에 꽤 까다롭게 굴었어요. 하지만 돈을 치르고 물건을 가져오면 다 끝나는 게 지요."

백작은 이렇게 말하고 내보와 함께 말을 타고 은자를 가지고 객점으로 가서 거래를 성사시켰다. 그러나 누가 알았겠는가? 백작은 몰래 가격을 깎아 사백이십 냥을 주고 서른 냥을 가로챘다. 내보에게는 아홉 냥을 구전으로 받았다고 말하고는 둘이서 나누어 가졌다. 수레를 빌려 물건을 싣고 성안으로 들어가 사자가의 빈집에 넣고 자물

쇠를 채운 후, 돌아와 서문경에게 일의 경과를 얘기해주었다. 서문경은 응백작에게 길일을 택해 한지배인을 데려오게 했다. 데려온 자를 보아하니 키는 오 척의 자그만한 체구에 나이는 서른쯤 되어 보였다. 말도 잘하고 용모도 괜찮고 온화한 모습이었다. 서문경은 그날로 한지배인과 계약을 맺어 내보와 함께 돈을 관리하고, 염색공을 고용하는 일 등을 맡겼다. 마침내 사자가의 집에 가게를 열고 각양각색의 비단 염색실을 팔게 됐다. 하루 매상이 수십 냥으로 그 밑으로는 내려가지 않았다.

세월은 화살같이 빨리도 흘러 어느덧 팔월 보름이었다. 이날은 월랑의 생일로 대청에다 술좌석을 벌이고 오대구 부인, 반금련 어머니, 양노파 그리고 비구니 둘을 붙들어두고 밤에는 불곡[佛曲]을 부르게 하며 놀다가 열두 시가 넘어서야 비로소 헤어져 쉬었다. 그날 서문경은 안방에 오대구가 있는 것을 보고서 안으로 들어가기가 뭣해서 이병아의 방으로 가서 아기를 보고 자려고 했다. 그러나 이병아는,

"아이가 겨우 좋아져서 아직 제가 마음을 놓을 수가 없어요. 그러니 다섯째 방에 가서 주무세요."

했다. 이에 서문경은 웃으며,

"안 건드리고 조용히 하고 잘게."

라면서 반금련의 방으로 건너갔다. 반금련은 서문경이 자기 방으로 오는 것을 보고서는 마치 금붙이라도 주운 듯 급히 어머니를 이병아의 방에 건너가 쉬게 했다. 그러면서 방 안에 등불을 높이 달고 비단 이부자리를 깔고 향을 뿌리고 밑에 뒷물을 잘 한 다음에 서문경과 함께 잠자리에 들었다. 그 이불 속의 정경이란 말로 다 표현하기 힘들다. 단지 무슨 수를 쓰건 간에 사내 마음을 사로잡아 다른 여인의 방

으로 가지 못하게 하면 되는 것이었다.

바람난 벌이 꽃가루에 파묻혀서 봄을 탕진하고, 욕심쟁이 나비가 꽃 속에 깊이 파고들어 밤을 즐기다니.

이병아는 반노파가 건너오는 것을 보고서는 황급히 자리에서 일어나 온돌 위에 앉게 하고는 영춘을 시켜 떡과 술을 내오게 해 대접하며 밤새 얘기했다. 다음 날 아침에 반노파에게 하얀 비단 저고리 한 벌과 신발 두 켤레를 만들 수 있는 비단과 은자 이백 문을 주었다. 이 노파는 좋아서 오줌을 찔끔거리면서 금련에게 건너와 보여주며 말했다.

"이것을 저쪽 마님이 주었단다."

금련이 보고는 톡 쏘아붙인다.

"어머니도 참 주책이 없으시기는! 뭐가 좋은 거라고 집어들고 왔어요!"

"애야, 남이 호의를 베풀었는데 무슨 말을 그리 하는 게냐. 그러는 너는 나한테 옷 한 벌이라도 줘봤냐?"

"제가 어디 여섯째만큼 돈이 있어야지요. 제가 입을 것도 없는데 어떻게 드릴 수가 있겠어요! 어머니께서 그쪽에서 대접을 잘 받으셨다니 제가 다음에 술과 음식을 한턱 잘 차려놓고 접대하면 돼요. 그래야만 나중에 뒤에서 이러쿵저러쿵 잔말이 없죠. 저는 그런 건 딱 질색이잖아요."

금련은 춘매에게 요리 여덟 접시, 과일 네 접시, 술 한 병을 준비하라고 일렀다. 그러고는 서문경이 집 안에 없는 것을 확인하고는 추국을 시켜 준비된 음식들을 이병아의 방으로 보내고는,

"저희 마님과 할머니께서 이리로 건너오신답니다. 바쁘지 않으시

면 같이 술이나 한잔 나누자고 하십니다."
라고 전하게 했다. 이에 이병아는,

"공연히 마님께서 신경쓰시는구나."
했다. 오래지 않아 반금련과 반노파가 건너와 셋은 자리를 잡고 함께 술을 마시는데 춘매는 곁에 서서 술을 따랐다. 이때 추국이 와서 춘매를 부르며,

"진서방님께서 전당포에 맡겨놓은 옷을 찾으러 오셨으니, 네가 가서 다락방 문을 열어드려."
하니 이에 금련은,

"옷을 찾은 후에 오셔서 술이나 한잔 드시고 나가시라고 전해라!"
했다. 진경제는 옷을 찾아들고는 그냥 밖으로 나갔다. 춘매가 안으로 들어와 이를 전하니 금련은,

"아무튼 데리고 와!"
하면서 다시 수춘을 시켜 진경제를 불러오게 했다. 반노파는 온돌 위에 앉아 있고 작은 탁자에 과일과 요리를 차려놓고 금련과 이병아와 함께 마시고 얘기하고 있다가 진경제가 들어오는 것을 보고는 황급하게 인사했다. 금련은,

"내가 모처럼 호의를 베풀어 술이나 한잔 하자고 청했는데 어째서 일부러 안 오는 거지요? 무슨 심산인지 모르겠군! 들어온 복을 발로 차다니!"

입을 삐쭉이며 말을 하면서 춘매를 불러,

"가서 큰 잔을 가져와 한 잔 가득히 따라드려라."
하니, 이에 진경제는 찾은 옷을 온돌 위에 올려놓고 자리에 앉았다. 춘매가 큰 잔을 들어 술을 따른 후에 진경제에게 주었다. 당황한 진

경제가 말했다.

"다섯째 어머니, 살려주세요. 차라리 작은 것으로 두 잔을 마실게요. 밖에서 많은 사람들이 제가 옷 가져오기를 기다리고 있어요."

"기다리게 하면 되잖아. 난 여하튼 당신이 이 큰 잔으로 마시는 걸 봐야겠어요. 그런 작은 잔으로는 오히려 귀찮기만 하다면서요!"

이에 반노파가 옆에서 말했다.

"그럼 이 잔만 마시게 해. 밖에 일도 바쁘신 모양인데."

"어머니는 바쁘다는 걸 믿으세요? 그리고 얼마나 술이 센데요! 통째로 마셔도 표도 나지 않을 걸요."

이에 진경제는 웃으며 술잔을 들어 단 두 모금에 잔을 비웠다. 반노파는,

"춘매야, 젓가락으로 사위님께 안주 좀 집어드려라."

했고, 춘매는 젓가락을 들지 않고 고의로 진경제를 골려주려고 찬합 속에서 호두 두 알을 꺼내주었다. 진경제는 호두를 받아 들고는,

"나를 골려주려고 그러지, 내가 이걸 못 깰까봐."

하면서 입안에 물고 힘을 주어 깨어서는 안주로 삼았다. 이에 반노파가 말했다.

"역시 젊은 분이라 힘도 좋으시군요. 저 같은 늙은이는 이에 힘이 없어 이런 딱딱한 것은 먹지도 못한답니다."

"이 세상에서 자갈과 쇠뿔만 빼고는 무엇이든 먹을 수 있어요."

금련은 경제가 잔을 비우는 것을 보고서는 춘매에게 다시 한 잔을 더 따르게 했다.

"첫 잔은 제가 올리는 잔이에요. 어머니와 여섯째도 사람이잖아요? 많이는 마시지 말고 석 잔만 마시면 용서해드릴게요."

"다섯째 어머니, 제발 저를 불쌍히 봐주세요! 정말로 마시지 못하겠어요. 만약 이걸 마시면 얼굴이 빨개져서 장인어른께서 보시면 야단치실 거예요!"

"그래도 장인은 두려워하는 모양이지요? 나는 사위께서 장인도 두려워하지 않는 것으로 알고 있었는데. 그런데 나리께서는 오늘 어디로 술을 마시러 가셨어요?"

"아마 오후에는 오역승의 집에 가서 술을 드실 텐데, 지금은 맞은편 교대호 집을 수리하는 걸 보고 계세요!"

"교대호의 집은 어제 이사를 갔는데, 어째 오늘 아무런 예물도 보내지 않는 게지요?"

"오늘 아침에 차를 보내왔어요."

이병아가 묻는다.

"그 집은 어디로 이사 갔어요?"

"동대가[東大街]에 은자 천이백 냥을 들여 큰 집을 사서 갔어요. 아마 우리 집과 크기가 거의 같을 걸요. 행랑채에 방이 일곱 개고 안으로 집이 다섯 채 있는 거예요."

이렇게 얘기하고 있다가 경제의 잔에다 술을 한 잔 더 따라주었으나 진경제는 금련이 잠시 다른 데를 바라보는 사이에 옷을 집어들고 바람과 같이 밖으로 나갔다. 이에 영춘이,

"마님, 서방님께서 열쇠를 두고 나가셨어요."

하니, 금련은 열쇠를 가져오게 해 엉덩이 밑에 깔고 앉으면서 이병아를 향해,

"진사위가 들어와 찾으면 절대 말하지 말아요. 어찌하나 보고 돌려줄 테니."

하자 반노파가 질책했다.

"그냥 돌려주지 그래. 왜 사위를 가지고 놀려고 해?"

한편 경제는 가게에 돌아와 소매 속을 뒤져보니 열쇠가 보이지 않자 곧장 다시 이병아의 방으로 찾으러 갔다. 이병아는,

"누가 열쇠를 봤다고 그래요. 사위님이 열쇠를 가지고 뭘 관리하는지 알게 뭐예요? 어디에 떨어뜨렸는지 누가 알겠어요?"

했고 춘매는,

"혹시 다락방에 떨어뜨리지 않으셨어요? 아까는 저도 가지고 오시는 걸 보지 못했어요."

했다. 경제는,

"가지고 온 것 같은데."

하니 금련이 말했다.

"춘매의 엉덩이가 크니 그것에 눈이 팔린 모양이군. 사람이 칠칠치 못하게 집안인지 밖인지 어디에 떨어뜨렸는지도 모르다니! 다른 사람이 집어가면 어쩌려고 그래요? 도대체 정신을 어디에다 팔고 다니는지 모르겠군요!"

"사람들이 그동안 옷을 찾으러 오면 어떡하지요? 장인어른께서 돌아오시기 전에 대장장이를 불러 이층 문을 열게 하면 그 안에 있는지 없는지 알 수 있겠지요?"

이를 듣고 이병아는 결국 웃음을 참지 못하고 웃고 말았다. 경제는 다시,

"여섯째 어머님이 주우셨군요. 돌려주세요."

하니 이에 금련은,

"여섯째는 보지도 못했다는데 뭘 안다고 웃겠어. 그러니 우리가

마치 주운 것이 되잖아."

하자, 속이 달아오른 경제는 방안을 빙글빙글 돌다가 금련의 허리 밑
으로 열쇠 끈이 삐죽하니 나와 있는 것을 보고,

"이게 열쇠가 아니고 뭐예요?"

하면서 손을 뻗어 잡아당겼으나, 금련은 열쇠를 소매 속에 넣고는 주
지 않았다. 그러면서,

"그게 당신의 열쇠라면, 어째서 내 손에 있겠어요?"

하니, 애가 달아오른 이 어린 사위는 목이 비틀어진 닭처럼 무릎을
꿇고 애원했다. 이에 금련이 말했다.

"듣자 하니 사위님께서는 노래를 잘 부른다고 하더군요. 밖에서는
아랫것들에게도 노래를 들려주면서 어째 우리들에게는 들려주지 않
는 게지요? 오늘 마침 이 자리에 여섯째, 특히 장모도 있고 하니 좋은
것으로 골라 한 곡조 잘 뽑으면 이 열쇠를 돌려드릴게요. 그렇지 않
으면 아무리 당신이 뭐라 한들 돌려주지 않을 거예요."

"다섯째 어머님, 제발 억지 좀 부리지 마세요! 누가 마님께 제가
노래를 부를 줄 안다고 말씀드렸어요?"

이에 금련은,

"내가 모든 걸 다 알고 있는데 공연히 내숭 떨지 마세요."

하니 경제도 어쩌지 못하고,

"알았어요, 제가 한 곡조 부를게요. 제 뱃속에는 노래 백여 곡이 담
겨 있어요!"

하자 금련은,

"큰소리치기는!"

하며 각자 잔을 채우게 했다. 그러면서,

"사위님께서도 한 잔 드시고 한번 뽑아보세요."

하니 경제는,

"노래를 부르고 나서 천천히 마실게요. 제가 부를 것은 과일과 꽃을 열거한 것으로 곡명은 「언덕 위의 양[山坡羊]」이니 한번 들어보세요."

처음에 도원에서 결의를 했다네.

친해진 이후에 너는 기생이 되어 이름을 날리네.

남들은 모두 네가 청취화[靑翠花]란 집에서 술을 마신다고 했지.

화가 난 나는 사과 같은 너의 얼굴을 부수려고 했다네.

정작 너를 잡아보니 흉내를 잘도 내어 겉은 실하나 속은 텅 비어 있어

화가 난 나는 오얏 같은 눈으로 눈물만 흘렸다네.

복숭아 사동 같은 애들 두 명을 보내 너를 찾아보라 시켰더니

너는 대추나무 아래에서 나를 보자 떠나갔다네.

화가 난 나는 고염나무처럼 붉어져서는 푸르른 버들가지를 잘라 버렸지!

너는 잘못은 내게 있다고 하면서 나를 강도라 욕하는구나.

나는 너무 어처구니가 없어

처녀 끝에 매달린 곶감에서 인생의 무상함을 찾았네.

그로부터 어언 삼 년이 지난 지금

너는 누구를 의지해 살아가고 있느냐?

初相交 在桃園兒裡結義

相交下來 把你到玉黃李子兒擡擧

人人說你在靑翠花家欲酒

氣的我把頻波臉兒 摑的粉粉的碎

我把你賊 你學了虎刺賓了

外實裏虛 氣的我李子眼兒兒珠淚垂

我使的一對桃奴兒尋

見你在軟棗兒樹下 就和我別離了去

氣的我鶴吐頂紅 剪一柳靑絲兒來呵

你海東紅 反說我理虧

罵了句半心紅的强賊 逼的我急了

我在弔枝乾兒上尋個無常

到三秋 我看你倚靠着誰

이어서 꽃에 관한 노래를 부르기 시작하니,

나는 금작화[金雀花]가 눈앞에서 큰소리로 우는 것을 들었네.

버림받은 나는 아모국[鵞毛菊]이 되어 반점이 있는 대나무의 발 아래에 있다네.

다행히 두 분 덕분으로 까치가 반가운 소식을 가져왔다네.

누가 왔을까? 생각지도 않게 기다리던 강남에서 온 것이라네.

나는 수홍화[水紅花] 아래에서 화장도 채 하지 않았는데

어린 강아지는 문간에 나가 짖어댄다네.

나는 몰래 영춘화에게 일러 사방으로 당신을 찾았다오.

장미꽃에 손을 대고 입에 향기를 머금고 나 옥잠화를 부르고 있네.

꽈리꽃이 당신을 천천히 방으로 끌어들인다네!

둘이서 푸른 복숭아 꽃 아래에서

서로 손을 잡고 금잔화[金盞花] 꽃은 버렸다네.

일찍이 전지련[轉枝蓮] 아래에서

몇 번이나 당신에게 어리광을 부렸는지.

당신을 부르는 소리는 감미로워 석류꽃이 구르는 듯했는데

당신은 여종인 구화[九花]와 십자매[十姉妹]를 꼬여 무슨 짓을 했나요?

그러다 끝내는 남들의 웃음거리가 됐잖아요.

我聽見金雀兜花 眼前高哨

撒的我鴛毛菊 在斑竹簾兒下喬叫

多虧了二位靈鵲兒報喜

我說是誰來 不想是望江南兒來到

我在水紅花兒下 梳粧未了 狗奶子花迎着門子去咬

我暗使着迎春花兒 遠到處尋你

手搭伏薔薇花 口吐丁香 把我玉簪兒來叫

紅娘子花兒 慢慢把你接進房中來呵

同在碧桃花下鬪了回百草

得了手 我把金盞兒花丟了

曾在轉枝蓮下 纏勾你幾遭

叫了你聲嬌滴滴石榴花兒

你試被九花丫頭傳與十姉妹 什麼張致

可不交人家笑話叉了

경제는 노래를 부르고 나서,

"다섯째 어머니, 빨리 열쇠를 돌려주세요! 지배인이 가게에서 저를 얼마나 기다리고 있는데요! 그러다가 장인어른께서 오시기라도 하면 정말 큰일 나요."

하며 금련에게 열쇠를 달라고 했다. 이에 금련이 답했다.

"참, 성미도 급하시기는. 나리께서 나에게 물으시면, 사위께서 어디에서 술을 드셨는지 모르겠지만, 어디에다 열쇠를 잃어버리고 우리들 방에 와서 찾는다고 난리 피웠다고 할 거예요."

"아이구 맙소사! 어머니께서는 사람 목을 자르는 망나니 같으시군요! 누구를 죽이려고 아예 작심을 하셨군요."

이에 이병아와 반노파는 곁에서,

"그만 돌려줘요!"

했다. 금련은,

"어머니와 여섯째가 권하지 않았다면 벌로 저녁까지 노래를 시켰을 거예요. 처음에는 일이백 곡도 부를 수 있다고 큰소리를 치더니, 겨우 한두 곡을 부르고 급히 달아날 심산인 모양인데 내가 그리 손쉽게 놔줄 것 같아요?"

경제는,

"아직 두 곡이 더 남아 있으니 불러드릴게요. 은전[銀錢]을 노래한 「언덕 위의 양[山坡羊]」으로 부르는 김에 다 불러드릴게요."

라며 목소리를 가다듬은 후에 노래를 부르기 시작했다.

원망스러운 내 님은 오시지 않으니
내 한 달 동안 근심을 했다네.
가슴을 두들기며 한탄을 해도 비싼 은[銀]인 너는 모를 거야.

나는 사자두정아[獅子頭定兒]라는 하인을 시켜
황표[黃票](돈 액수를 적은 것)를 가지고 가 너를 청했다네.
너는 병부[兵部]의 깊숙한 곳에서
원보아[元寶兒]와 함께 밤을 지새우며 놀고 있었다네.
나는 지금 동경[銅磬]이의 집에 나와 있지만 조바심이 난다네.
네가 나를 버렸기에
내 가슴은 인두불로 지진 듯이 쓰리다네.
근심을 달랠 길이 없어 너를 불러보았으나
너는 험한 얼굴을 하고서 아는 체도 않는구나.
그래서 나는 어쩔 수 없이 밤새 대롱 불을 불면서
늦은 밤까지 너를 기다렸단다.
결국은 화가 나서 내 얼굴은 쉰 냥 화은[花銀]처럼 하얘졌다가
다시 대나무 잎처럼 파래지고 은 이빨을 갈곤 했다네!
관은[官銀]을 불러 내 방문을 지키게 해야겠다.
그 얼굴 두꺼운 원수 같은 자가 찾아오면 아는 체를 않으리라.
나쁜 자식이라고 아무리 욕을 해도
속이 풀리지가 않는다!
나의 이 따스한 국물 같은 진심을
그대에게 바친다면 뜨거운 피가 될 수 있다고 여겼는데
이 모든 것이 다 부질없는 짓이라네!
冤家你不來 白悶我一月
閃的人反拍着外膛兒 細絲諒不徹
我使獮子頭定兒小斯 拏着黃票兒請你
你在兵部窪兒里 元寶兒家歡娛過夜

我陪銅磬兒家 私爲焦心

一旦兒來捨我 把如同印箱兒印在心里

愁無救解 叫着你 把那挺臉兒高揚着不理

空教我撥着雙火同兒 頓着罐子 等到你更深半夜

氣的奴花銀竹葉臉兒 咬定銀牙來呵

喚官銀 頂上了我房門

隨那潑臉兒冤家 乾敲兒不理

罵了句煎徹了的三傾兒 搗槽斜賊

空把奴一腔子煖汁兜 眞心倒與你 只當做熟血

이어서,

아가씨, 너는 개원아[開元兒]의 집에 있으며

나와 향을 피우며 맹세를 했다네.

나는 상도상원[祥道祥元]이나 황변전[黃邊錢]을 갖고

늘 너의 집에 다녔었지.

그런데 네가 향 피우며 했던 맹세를 뒤집을 줄 누가 알았겠느냐?

나는 네 어미의 째려보는 듯한 눈길을 정말로 참을 수가 없단다.

너는 느릅나무 잎처럼 몸이 가벼워서 붓대처럼 마음도 비어 있어

잘도 움직이는구나. 너는 옛 동전처럼 몸은 작고 눈은 커서 쓸모
가 하나도 없다.

네가 좋아하는 저 교활한 만아[鏝兒](동전의 글씨가 없는 면)는

너를 가지고 놀려 할 뿐이라네.

벌거숭이로 너를 벗겨서는 온갖 못된 짓을 하면서 가지고 놀 게다.

그러다가는 머지않아 진흙만큼도 가치가 없는 것이 되리라.

이흥[二興]아씨 하고 부르면 목소리로 나인 줄은 알겠지.

하지만 이 몸은 누런 금덩이로, 너 같은 은덩이와 짝을 하면 내 체면이 말이 아니라네.

姐姐 你在開元兒家 我和你燃香說誓

我拏着祥道祥元 好黃邊錢也 在你家行三坐四

誰知你將香爐拆爪哄我 受不盡你家虞婆鵝眼兒閑氣

你楡葉兒身輕 筆管兒心虛

姐姐你好似古碌錢 身子小 眼兒大 無莊兒可取

自好被那一條棍滑鎪兒油嘴 把你戲要

脫的你光屁股 把你線邊火漆打胳跌潤兒 無所不爲

來呵 到明日只弄的倒四碩三 一個黑沙也是不值

叫了聲二興兒姐姐 你識聽知

可惜我黃鄧鄧的金背 配你這錠難兒一臉褶子

경제가 노래를 다 부르니 금련은 춘매를 불러 술을 따라주게 했다. 그때 오월랑이 안채에서 나오다가 유모인 여의아가 아이를 안고 방 앞 계단에 앉아 있는 것을 보고서 말했다.

"아이가 이제 겨우 좋아졌는데, 멍청하게 아기를 안고 여기서 바람을 쐬면 어쩌자는 게야! 어서 안으로 안고 들어가지 못하겠어?"

이에 금련은 누가 왔느냐고 묻자 수춘이,

"큰마님께서 오셨어요."

하고 대답했다. 경제는 다급히 열쇠를 들고 밖으로 나가려고 했으나 그럴 틈이 없었다. 사람들이 모두 내려와 월랑을 맞이했다. 월랑이

묻기를,

"사위께서는 여기서 뭘 하고 계세요?"

하자 이에 금련이,

"병아 동생이 음식을 마련해 저희 어머니를 대접했어요. 그때 마침 사위님께서 옷을 찾으러 들어오셨기에 들어와 한잔 드시게 했어요. 형님도 여기 앉으셔서 단술 한잔 드세요."

하니 월랑은,

"난 안 마실 테야. 안채에서 형님과 양고모님께서 집으로 돌아가시려고 해요. 아기가 걱정이 되어 잠시 나와봤어요. 그런데 병아 동생은 어쩌자고 유모한테 아기를 맡겨 밖에서 찬바람을 쐬게 만들어. 전일에 유노파는 아이가 찬바람을 쐬어 놀랐다고 했는데! 제대로 주의하지 않으면 어떡해!"

했고, 이병아는 답했다.

"저희가 어머니를 모시고 술을 마시고 있었는데 저 변변치 못한 여편네가 아이를 안고 밖으로 나갈 줄 누가 알았겠어요."

월랑은 잠시 앉아 있다가 안채로 들어갔다. 잠시 뒤 소옥을 시켜 반노파와 다섯째, 여섯째를 안채로 들라 했다. 이에 반금련은 이병아와 함께 얼굴을 매만진 후에 반노파와 함께 안채로 들어가 오대구 부인과 양고모를 상대로 술을 마셨다. 해질 무렵에 대문 앞까지 가서 가마를 타고 가는 것을 전송하며 잠시 문 앞에 서 있었다. 이때 맹옥루가,

"큰형님, 지금 나리께서도 오역승의 집으로 술을 마시러 가시고 집에 계시지 않으니, 우리 지금 맞은편 교대호의 집을 보러 가는 게 어때요?"

하니, 이에 월랑은 평안에게 물어보았다.

"누가 그 집 열쇠를 갖고 있느냐?"

"마님들께서 보러 가셔도 돼요. 문은 열려 있어요. 내흥이 미장이 두 사람이 일하는 걸 보고 있어요."

그러자 월랑은,

"그럼 건너가서 잠시 비켜 있도록 일러라. 우리들이 한번 건너가 볼 테니."

라고 분부했다. 평안은,

"그냥 건너가 보시면 돼요. 그들은 지금 네 번째 집에서 흙일을 하고 있어요. 큰소리로 불러야 겨우 들릴 거예요."

하자 이에 월랑, 이교아, 맹옥루, 반금련, 이병아는 모두 가마를 타고 집안까지 들어갔다. 집안으로 들어가 중문쯤에 이르니 대청 세 개와 이층으로 된 누각이 있었다. 월랑이 이층으로 올라가려고 하는데 계단의 중간쯤에 이르러 생각지도 않게 돌계단에 가로막히는 바람에 월랑이 놀라 아얏, 소리를 지르면서 한쪽 발이 미끄러지고 말았다. 다행히 월랑은 얼른 양쪽 난간을 잡아 몸을 지탱했다. 놀란 옥루가,

"형님 괜찮으세요?"

하며 급히 월랑의 팔을 잡아당겨 더는 미끄러지지 않게 했다. 월랑은 놀라 그 이상 올라가지 못했다. 사람들이 부축해 내려와 보니, 월랑은 놀라 얼굴이 납덩이처럼 파랗게 질려 있었다. 옥루가 말했다.

"형님, 발을 헛디디셨군요. 어디 삔 데는 없으세요?"

"넘어지지는 않았지만 허리를 삐끗했어. 놀라서 가슴이 아직도 이렇게 뛰고 있잖아. 계단이 가파른 줄 모르고 우리 집 계단처럼 올라가다가 발이 미끄러졌어. 다행히 난간을 잡았으니 망정이지 그렇지

않았으면 어쩔 뻔했겠어!"

이교아는,

"지금 형님은 홀몸도 아니신데 진작 오르지 말 걸 그랬어요."

하니, 이에 여러 여인들은 월랑을 부축해서 집으로 돌아왔다. 집에 오자마자 배가 아프기 시작했다. 월랑은 참지 못하고 서문경이 집에 없는 걸 보고서는 하인을 시켜 유노파를 오게 해 보여주었다. 유노파가 보고서는,

"밑에서 피가 흐르는 것이 아마 유산이 될 것 같아요."

하자 월랑이 말했다.

"거의 다섯 달이 됐는데, 위층에 오르다가 삐끗했어요."

"제가 드리는 이 약을 잡수시고, 안 되면 떼어버리세요."

"그럼 떼어야겠지요."

노파는 커다란 환약을 꺼내놓으면서 월랑에게 쑥으로 담근 술과 함께 마시라고 일러주었다. 밤중이 되자 소식이 왔다. 변기에 불을 밝히고 보니 원래 사내아이였는데 거의 형체가 다 이루어져 있었다.

씨앗은 온전한 생명을 갖추지 못하는데,
진실한 영혼은 먼저 하늘나라에 가네.
胚胎未能全性命 眞靈先到杳冥天

다행히 그날 서문경이 집으로 돌아왔으나 안방에서 자지 않고 옥루의 방에서 잤다. 다음 날 옥루가 아침 일찍 안방으로 건너가 월랑에게 물어보았다.

"몸은 좀 어떠세요?"

"어젯밤에 결국 유산을 했는데 사내아이였어요."

"참으로 안됐어요. 나리께서는 모르시죠?"

"나리께서는 다른 집에서 술을 마시고 내 방으로 건너와 옷을 벗고 자려고 하기에 내 다른 방에 가서 주무시라고 했어요. 제 기분이 안 좋다고요. 그래서 나리께서 동생 방으로 건너간 거예요. 아직 나리께 말을 안 했어요. 지금도 아랫배가 은근히 아파요."

옥루는,

"아직도 배 안에 나쁜 핏덩이가 남아 있을지 모르니, 술을 따스하게 데워서 솥에 붙은 까만 재와 함께 마시면 좋아질 거예요."

라며 덧붙여 말했다.

"형님, 이삼 일간은 집안에 계시고 바깥에 나가지 마세요. 유산이 출산하는 것보다 몸조리하기가 더 힘들다고 하잖아요. 만약에 감기라도 걸리면 형님 몸을 지탱하기가 어려울 거예요."

"이 일을 다른 사람에게는 절대 얘기하지 말아요. 사람들이 알면 쓸데없이 유산하고 자리만 차지하고 있다는 둥 공연히 시끄럽게 말들만 많을 테니."

이렇게 해서 이 일은 서문경에게 알리지 않았으니 여기서 접어두자.

한편 서문경이 새로 문을 연 비단실 가게의 지배인은 본래 분수를 지키지 못하는 위인이었다. 성은 한[韓]이고, 이름은 도국[道國], 자는 희요[希堯]라는 자로 몰락한 한광두의 아들이었다. 가세가 몰락해 큰아버지 집의 일을 도와주다가 지금은 운왕부에서 교위로 있었다. 현의 동쪽에 있는 우피소항[牛皮小巷]에 살고 있었다. 본래 사람이 옷을 뻔지르르하게 입고 허풍이 심하고 말솜씨가 좋았다. 남에게 돈을 빌릴 때는 그림자를 잡듯 바람을 붙들듯 하지만, 남의 돈을 가로챌 때는 주머니에서 물건을 꺼내듯 한다. 그러하길래 사람들은 한도국의 허풍이 센 것과 행동을 보고서 한도국[韓盜國]이라 부르기도 했다. 그러한 한도국이 서문경의 집에서 장사를 하고 나서부터 손안의 재물을 마음대로 쓰고 새 옷도 많이 지어 입고 거리에서 허풍과 거짓말을 더 심하게 하곤 했다. 네 활개를 치며 거들먹거리고 다녔다. 이에 사람들은 한도국을 보고는 한희요라 부르지 않고 한일요[韓一搖]라고 불렀다. 한도국의 부인은 푸줏간을 하는 왕도[王屠]의 누이로 집안에서 여섯째로, 생김이 키가 크고 갸름한 얼굴에 붉은 빛을 띠고 있었으며, 나이는 스물여덟, 아홉쯤이었다. 딸이 하나 있어 세 식구가 같이 살고 있었다. 한도국의 동생으로는 한이[韓二]라는 자가 있었는데, 별명이 이도귀[二搗鬼](사기꾼)로 늘 노름만 하고 다녔다. 일찍부터 형수와 놀아나 형인 한도국이 상점에서 자고 집에 없을 적에는 집으로 찾아와서 부인과 함께 술을 마시고 밤이 깊어도 얼굴이 두껍게 돌아가지를 않고 딴짓을 하고 있었다.

그런데 거리의 불량꼬마 놈들이 한씨의 부인이 입술을 붉게 바르고 화장을 진하게 하고 옷도 화려하게 입고 문 앞에 서서 누군가를 기다리고 있는 것을 보았다. 이를 보고 놈들이 놀려주자 부인은 지저분하고도 도도하게 욕을 해댔다. 이에 놈들은 분을 풀지 못하고 두서너 명이 모여 의논하기를 몰래 누구와 관계를 맺는지 알아보자고 했다. 거의 보름이 됐을 때 한씨 부인이 시동생인 한이와 일을 벌이고 있다는 사실을 알아냈다. 원래 한도국은 우피소의 거리에 살고 있었는데 세 칸짜리 집으로 양옆에는 이웃이 있었고, 뒷문 쪽에는 연못이 있었다. 이 꼬마 놈들은 한이가 들어가는 것을 보면 뭘 하는지 알아보기 위해 깊은 밤에 담장을 넘어가 몰래 보거나, 벌건 대낮에는 뒤 꼍에서 벌레를 잡는다는 핑계를 대고 안으로 들어가 노는 장면을 포착하려고 했다.

그러던 어느 날 이도귀는 자기 형이 집에 없다는 걸 알고서 대낮부터 형수와 함께 술을 마시고 방문을 걸어 잠그고 그 짓을 했다. 생각지도 않게 여러 놈들이 뒤를 쫓아왔으니, 장난꾸러기 놈들이 담을 타고 넘어와 뒷문을 열었다. 이에 사람들이 모두 안으로 들어와 방문을 비틀어 열고 방 안으로 들어갔다. 한이는 쏜살같이 도망치려고 했지만 한 젊은이한테 걷어차여 땅에 나동그라지고 말았다. 한씨 부인도 온돌 위에 앉아 있다가 황급히 옷을 입으려고 했으나 그럴 겨를도 없이 한 사람이 들어와서는 먼저 속고쟁이를 낚아채고는 끌고 나와 사내와 함께 밧줄로 묶었다. 잠시 뒤에 문 밖에는 사람들이 모이고 우피가의 상점 모두에는 이 소식이 전해져 떠들썩하게 됐다. 혹은 와서 무슨 일인지 물어보고, 혹은 와서 무슨 일이 벌어졌나 하고 보면서 모두들 한도국의 마누라와 그 시동생이 서로 배를 맞추었다고 한마디씩 했다. 그중 한 노인네가 두 남녀가 묶여 있는 것을 보고서는 좌우에 서 있는 사람들에게,

"무슨 일이 일어났소?"

하고 물었다. 주변의 사람들이 이구동성으로,

"모르시는 모양인데, 시동생과 형수가 서로 눈이 맞았대요."

하니 노인은 이 말을 듣고 고개를 끄떡이며 말했다.

"안됐군! 시동생이 형수를 범한 것이로군. 관에서는 시동생과 형수가 간통을 하게 되면 모두가 교수형감인데."

노인이 이렇게 말을 하자 사람들 중에는 그 노인을 아는 사람이

있었는데, 그 노인은 유명한 도배회[陶扒灰](며느리를 범한 자)라는 자로서 연달아 며느리 세 명을 보고서는 모든 며느리에게 손을 댄 인물이었다. 그래서 곁에 있던 사람이 말참견을 하면서 이르기를,

"듣자 하니 영감께서는 법률에 능통하신 것 같은데 시동생이 형수를 범하면 모두 교수형이라고 하셨지요. 그럼 만약에 시아버지가 며느리를 범하면 무슨 벌을 받나요?"

하니 그 노인은 고개를 숙이고 아무 말도 하지 못하고 줄행랑을 쳐버렸다.

자기 처마 밑의 눈이나 쓸 것이지, 다른 집 위의 서리는 관여하지 말라 하지 않던가.

이도귀와 부인이 붙잡힌 얘기는 그만하겠다.

한편 그날 한도국은 가게에서 잘 차례가 아니어서 일찌감치 집으로 돌아가려고 했다. 때는 팔월 중순경이라 몸에는 얇고 가벼운 비단옷에, 새 모자에 망건을 두르고, 검은 비단 신에, 푸른색 버선에, 부채를 흔들며 거리를 큰 걸음으로 성큼성큼 걸어갔다. 길에서 사람을 만나면 앉거나 서서 입으로 쉴 새 없이 구구절절 얘기를 하면서 그치지 않았다. 그러다가 오늘은 길에서 평소에 알고 있던 두 사람을 만났는데, 하나는 지물포를 하는 장이가[張二哥]고, 또 하나는 은방을 하는 백사가[白四哥]였다. 이들을 보고 공손히 인사를 하니, 장씨가,

"한형, 오랜만에 뵙습니다. 최근에 서문대인의 집에서 가게를 열고 장사를 하신다는 기쁜 소식을 들었는데 축하를 제대로 해드리지 못했습니다. 결례를 너무 책하지 마십시오!"

라면서 자리를 권했다. 한도국은 의자에 앉아 얼굴을 치켜들고는 부채를 부치면서 말하기를,

"제가 재주가 없는데도 여러분의 덕택으로 은인이신 서문대인의 밑에서 지배인 노릇을 하고 있습니다. 이익 배당은 삼칠제로 하고 있지만 수많은 재산을 관리하고, 가게 몇 군데를 감독하고 있지요. 크게 돌봐주시기에 보통 사람들과는 좀 다르지요."

라 하니, 은방을 하는 백씨가,

"듣자 하니 한형은 단지 실가게만을 관리하고 있다고 하던데?"

하자 한도국은 웃으며,

"백형은 모르시고 있구려. 실가게는 단지 명목일 뿐이오. 오늘날 서문대인 댁의 크고 작은 매매와 돈의 입출 등 모든 것에 제가 관여하지 않는 것이 있는 줄 아세요? 항상 제 말을 들으시고 모든 것을 함께 알고 있지요. 만약 제가 없다면 한 가지도 제대로 되는 것이 없어요. 나리께서 날마다 현청에서 집으로 오셔서 식사를 하실 때도 제가 늘 함께 있지요. 제가 없으면 식사도 제대로 하지 않으세요. 또 우리 둘은 나리의 작은 서재에서 한가로이 과자를 먹으며 얘기를 한답니다. 그렇게 밤늦게까지 앉아 있다가 안채로 들어가시곤 하지요. 어제는 마침 큰마님의 생신이었는데 안사람이 가마를 타고 들어가 얘기를 나누고, 큰마님께서 만류해 술을 마시고 놀다가 밤 열 시경에야 겨우 돌아왔지요. 이처럼 집안끼리도 서로 기탄없이 통하는 사이지요. 솔직히 말씀드려 집안의 사소한 일까지도 저와 상의하신답니다. 그러나 저는 행동이 바르고 곧기에 마음을 바로 먹고 주인에게 이익이 되는 일은 하고, 해가 되는 일은 제거하며, 온갖 어려움을 구원하리라 마음먹고 있어요. 또 재산상의 셈도 정확해 정도를 취하고 있길래, 종전의 지배인인 부자신[傅自新]도 저를 약간 두려워하고 있답니다. 제가 잘난 척하는 것 같아 좀 그렇지만 이런저런 이유로 서문대인께서 저를 매우 귀여워하시지요."

이렇게 열을 내며 얘기를 하고 있을 적에 갑자기 한 사람이 황급하게 한도국의 앞으로 오면서,

"한형, 여기서 무슨 얘기를 하고 있는 거야? 가게에 가서 찾아보아도 없더구만!"

하고 소리치면서 한도국을 한쪽 조용한 곳으로 끌고 가 말했다.

"지금 당신 집안에 여차저차한 일이 벌어졌어. 아주머니와 자네 동생이 이웃 사람들에게 붙잡혀 관가로 끌려갔는데, 내일 아침 일찍 현청으로 넘겨져 정식 재판을 받게 된다는군. 그러니 어서 아는 사람을 통해 손을 써야 이 일이 해결될 것이 아닌가?"

한도국은 이 말에 하얗게 질려 혀를 차고 발을 구르다가 갑자기 달려 나가려고 했다. 이에 장씨가,

"한형, 아직 자네 얘기가 다 끝나지도 않았는데 왜 가려고 하는 게야?"

라고 외치자, 한도국은 손을 내저으며,

"소인 집에 일이 생겨서 같이 있을 수가 없어요."

하고는 황급히 밖으로 나갔다.

누군가 서강의 물을 끌어온다 해도
오늘 아침의 부끄러움은 씻기가 어렵겠구나.
誰人挽得西江水 難洗今朝一面羞

(4권에서 계속)